민요집

Series of Korean Literature in China

Series of Korean Literature at China

이 전집은 대산문화재단의 2007년 해외한국문학연구 지원을 받았습니다.

연세국학총서**73**
중국조선민족문학대계 17

민요집

연변대학교 조선문학연구소
김동훈·허경진·허휘훈 주편

보고사

◉ 권 철

중국 연변대학 조문학부 졸업. 연변대학 조문학부 교수로 재직하며 민족연구소장을 역임
하고, 현재 조선문학연구소 고문으로 있다. 저서로『광복전조선민족문학연구』,『중국조선
족문학』등이 있다.

◉ 김동훈

중국 중앙민족대 중문학과 졸업, 중앙민족대와 연변대 교수를 거쳐 현재 상해공상외대
한국어 학부장으로 있다. 연변대조선언어문학연구소 소장, 북경대조선문화연구소 고문
역임. 저서로는『중국조선족구전설화연구』,『조선족문화』,『중국조선족문학사』(공저),『간
명한국백과전서』(주필),『중국조선족문화사대계』(총주필) 등이 있다.

◉ 허경진

한국 연세대 국문학과 및 동 대학원 졸업. 목원대 국어교육과 교수를 거쳐 현재 연세대
국문학과 교수로 있다. 2005년부터 중국 연변대 겸직교수로 재직중이다.

◉ 허휘훈

중국 연변대 조문학부 및 동 대학원 졸업. 문학박사. 현재 연변대 조문학과 교수로 있다.
연변대 조선문학연구소 소장, 연변민간문예가협회 이사장이다. 저서로『조선민간문화연
구』,『조선문학사』(공저),『중조한일민담비교연구』(주필) 등이 있다.

연세국학총서73
중국조선민족문학대계 17

민요집

초판 1쇄 발행 _ 2010년 6월 15일

주편자 _ 김동훈 · 허경진 · 허휘훈
          연변대학교 조선문학연구소

발행인 _ 김흥국

발행처 _ 도서출판 보고사

등   록 _ 1990년 12월(제6-0429)

주   소 _ 서울시 성북구 보문동 7가 11번지 2층

전   화 _ 922-5120/1(편집) 922-2246(영업)

팩   스 _ 922-6990

메   일 _ kanapub3@chol.com

홈페이지 _ www.bogosabooks.co.kr

ISBN _ 978-89-8433-418-2(94810)

        978-89-8433-401-4(세트)

정   가 _ 32,000원

간 행 사

　우리 조상들이 중국 땅에 이주해온 이후, 오랜 역사를 통해 탁월한 저력으로 독자적인 문화를 창출해냈고 또한 많은 문화유산을 물려주기에 이르렀다. 그 가운데 우리 조상들의 알찬 삶의 지혜와 다양한 경험들이 축적되어 있다. 바로 이 때문에 문화유산 중 큰 비중을 차지하는 구비문학과 기록문학이 소중하며, 다시 읽어야할 보전(宝典)으로 남게 되었다.

　과경(跨境)민족으로서의 중국 조선민족은 19세기 후반이래로 수차의 문화적 격변의 시대를 살아왔다. 이른바 개화기의 격류 속에서는 전통문화와 서구문화사이의 갈등, 한문학과 국문문학 간의 교체를 경험했고, 식민지시대에는 국문문학의 문체혁신과 일제에 의해 책동된 전통문화의 쇄멸 말살이라는 시련을 겪기에 이르렀다. 이런 변화와 역경 속에서도 중국 땅에 망명하였거나 이 땅에서 유·이민 혹은 정착민으로 생활해온 우리 겨레의 지조 있는 애국문인들은 결코 붓을 던지지 않았다. 류인석, 김택영, 신규식, 신채호, 안중근, 리상룡, 김정규, 김소래, 최서해, 염상섭, 주요섭, 최상덕, 강경애, 현경준, 김창걸, 안수길, 박영준, 황건, 김조규, 윤동주, 박팔양, 이육사, 함형수, 리학성, 천청송, 김학철, 윤해영, 채택룡, 설인 등 헤아릴 수 없이 많은 문학도와 시인, 작가들이 바로 필설로 그 시대를 증언해온 대표적인 지성인들이다.

　그들 중에는 고국을 떠나 갈바람에 흩날리는 낙엽처럼 정처 없이 떠돌다 두만강, 압록강을 건너와 허허 넓은 만주벌판, 낯선 이국땅 서러운 추녀 밑에서 간도아리랑을 부른 망향시인이 있었고 하늬바람 불어치는 산해관을 넘어 북경, 서안, 상해, 무한 등 천년고도에 떠돌이로 남아 언론매체를 빌어 '천고'를 울리고 '진단'을 노래하고 청구의 '광명'을 만방에 호소한 청년전위가 있었는가 하면 백산, 흑수, 송료, 제로, 태항, 중원의 고전장에서 융마일생을 수놓아 가며 목숨을 바친 무명용사도 있었다. 여순, 나가사끼, 후꾸오까의 감옥에서 단지혈맹의 뜻을 굽히지 않고 다리를 절단해가면서도 끝까지 혁명의 지조를 지켜왔거나 끝내 '한 점 부끄럼 없이' 꽃처럼 피어나는 피를 민족의 제단 앞에 바친 암흑기의 푸른 별들도 있다. 그들은 문자에 앞서 몸으로 지탱해온 삶 그 자체가 더 고결하고 값진 것으로 여겨왔던 것이다. 그들의 피와 땀으로 가꾸어온 문화의 숲은 헌걸찬 우리 민족의 에너지를 부단히 충전시켜 주는 불멸의 혈맥, 끈질긴 생명력의 고동으로 무성하게 자라고 있으며 영광과 비애의 굴곡, 흥망과 성쇠의 기복이 교차되는 수많은 역사 주체의 명멸을 간직한 채 군건하고 강인한 기백으로 오늘날까지 민족의 정기를 면면히 이어주고 있다.

그들이 남긴 풍부한 문학유산은 그동안 중외(中外)학자들에 의하여 적지 않게 발굴 연구되었으나, 지금까지의 연구는 단편적인 자료에 근거를 둔 것으로서 그 진면목을 체계적으로 파악하기에는 역부족이라고 할 수 있다. 이런 의미에서 중국 조선족과 광복 전 재중 한인, 조선인들의 문학 자료를 체계적으로 발굴, 정리, 출판하는 것은 정체(整体)적인 민족문학연구에서 대단히 중요한 작업이 아닐 수 없다. 그들이 남긴 문학 자료는 지금도 중국각지와 해외의 여러 도서관, 박물관, 문서보관소에 신문, 잡지, 일기, 필사본, 프린트본, 활자본 등 형식으로 흩어져있다. 이런 현실을 감안하여 본 대계는 선배들이 중국 땅에 남긴 문학 자료들을 집대성하여 후세인들로 하여금 문화민족으로서의 자긍심을 갖게 하고 애국애족의 정신을 계승 발양하며 문학, 언어, 역사, 민속, 언론, 사회 등 여러 분야를 망라한 학계인사들에게 21세기 중국 조선민족문화의 새로운 비약을 위한 계통적인 연구 자료를 제공하는데 그 목적과 의의가 있다.

중국조선민족문학의 진수를 정리, 간행하기 위한 계획이나 준비 작업은 연변대학 조선언어문학연구소(현재의 조선문학연구소)의 창립과 더불어 20세기 80년대부터 본격적으로 시작되었다. 권철교수를 비롯한 연변대학 조선언어문학연구소의 조선문학 관계 선배학자들은 1950년대부터 벌써 재중조선인

문학자료 수집에 착수하였고 1990년에는 권철, 조성일, 최삼룡, 김동훈 등 네 연구원의 공동 집필로 된 《중국조선족문학사》를 공개출판하기에 이르렀다. 1992년 연변대학 조선언어문학연구소(현재의 조선문학연구소)는 한국 숭실대학교 인문대학과의 공동연구과제로서 소재영, 권철, 김동훈, 조규익 교수를 중심으로 집필한 《연변지역조선족문학연구》를 펴냈다. 같은 시기에 김영덕, 최문식 교수를 비롯한 연변대학 고적연구소에서는 《류린석전집》, 《김택영전집》, 《윤동주유고집》, 《한양가》, 《연변조사실록》 등 중국지역에서 발굴, 정리한 17권의 민족고전을 출판하였다.

이와 동시에 문학현장의 사실을 증언하기 위해 두 연구소 산하의 수십 명의 연구원들은 연변의 각 현시와 북경의 백림사, 상해의 서가회, 남경의 용반리, 심양시 서류보관소 그리고 하얼빈, 대련, 서안, 남통 등지의 도서관, 박물관 등 중국 국내 수백처의 자료관을 누비면서 우리 민족의 해방 전 문학자료들이 흩어져 실려 있는 《천고》, 《진단》, 《천고》, 《진단》, 《독립신문》, 《민성보》, 《북향》, 《만선일보》, 《카톨릭소년》, 《광복》, 《신한청년》, 《조선의용대통신》, 《한민》, 《연변문화》 등 신문과 잡지, 그리고 지난 세기 초부터 이 땅에서 유전되었던 《백두산민담》, 《장백산강강지략》, 《초등소학수신》용 우화집과 《싹트는 대지》, 《재만조선인시집》, 《혈해지창》 등 최초의 소설집, 시집 및 극본들을 속속 발굴하였으며 무려 1,500만자에 달하는 작가문학 자료와 800여 수의 민요, 2,000여 편의 전설과 민담을 수집하였다. 그들은 하늘을 비상하는 나비가 아니라 발로 땅을 기어 다니는 지네와 같이 지나간 역사와 문화현장에 파고들어 문학현상 자체를 자기의 피부로 촉감하고 확인함으로써 오늘의 이 방대한 민족문학대계의 탄생을 준비하였던 것이다.

본 대계의 출간과 관련하여 우리는 다음과 같은 몇 가지 원칙에서 이 사업을 추진키로 하였다.

첫째, 본 대계에는 중국 조선족 작가와 재중 한국인, 조선인 작가들이 건국(1949년) 이전에 창작한 시, 소설, 일반 산문, 극작품 등 일체의 문예작품들을 수록한다.

둘째, 우리 문학의 세 가지 큰 갈래인 조선문 문학, 한문문학, 구비문학을 통해 역사적으로 이룩한 모든 양식을 함께 수록한다. 먼저 건국 전에 창작된 작품을 30권에 나누어 1차적으로 간행하고 이를 더욱 확대하여 진정한 의미의 문학대계가 되게 한다.

셋째, 구비문학작품은 건국 전에 수집된 것과 건국 후에 수집된 것을 망라하며, 그 내용이 해방 전에 이미 구전으로 전승되었음을 감안하여 이를 모두 1차 간행분에 포함시킨다.

넷째, 언어상으로나 역사적으로 가치가 있는 일부 원전은 원전과 현대어역을 동시에 수록한다. 현대어역을 통하여 한문과 원전의 감상을 가능하게 하고 정확한 원전의 제시로 그 연구의 자료가 되게 한다. 단 일부 한시와 고문은 번역 사업이 미처 미치지 못해 원문만 그대로 싣기로 한다.

다섯째, 건국 전의 작가문헌은 그 문체들이 발생한 시대적 선후를 염두에 두면서 한시, 현대시, 소설, 산문, 희곡 순으로 배열하고 구비문학은 민요, 전설, 민담 순으로 배열한다. 건국 이후의 작품은 대부분 쉽게 찾아볼 수 있는 것들이어서 2차적으로 그 출간을 계획해보려 한다.

1차 간행에 교부된 작품집 목록은 아래와 같다.

제1-3권 한시집
제4-6권 시집(조선문)
제7-13권 소설집
제14-16권 산문집
제17권 희곡집
제18권 민요집
제19권 문헌설화
제20-21권 전설집
제22-27권 민담집
제28-29권 중국에 번역 소개된 문학작품
제30권 별책(색인)

끝으로 본 대계가 편집 출판되는 동안 관심 있는 모든 분들의 협력과 질정을 바라며 어려운 가운데도 이 사업에 동참해주신 편찬위원, 책임편자, 역주자 여러분과 연변대학 고적연구소 임원들에게 감사드린다.

그리고 본 사업의 취지를 이해하고 편집비를 지원해주신 한국 대산문화재단, 2005년도 연세특성화지원금으로 「중국내 한국관련 문헌자료집성사업단」을 지원해주신 한국 연세대학교의 후의에 감사드리며, 아울러 편집과 교정에서 제작에 이르기까지 노고를 아끼지 아니한 보고사 여러분께도 고마움을 표한다.

2005년 12월 26일

중국 연변대학교 조선문학연구소 전 소장 김동훈
중국 연변대학교 조선문학연구소 소장 허휘훈
한국 연세대학교 국학연구원 허경진

편집위원 명단

◉ 일러두기

이 ≪대계≫는 다음과 같은 요령으로 엮었다.

1. 중국 조선족의 기록, 구비문학작품을 비롯하여 재중한인(韓人), 조선인이 중국 지역에서 창작한 작품들을 함께 수록하였다.

2. 20세기 전반기에 창작 발표된 문학작품을 일차적 선제대상으로 확정하였다.

3. ≪대계≫ 각권의 출판은 한시, 현대시, 소설, 산문, 희곡, 민요, 전설, 민담 순으로 배열하였다.

4. 한시와 기타 한문(漢文)으로 쓰인 원전은 매 편마다 원문을 앞에 싣고 역문을 뒤에 함께 수록하여 상호 참조하기에 편리하도록 하였다.

5. 원전에 나오는 일부 지명, 인명, 전고, 방언과 알기 어려운 글자, 누락, 오기 등에 대해 필요한 주를 달았다. 주석표기는 원문(혹은 역문)에 번호를 붙이고 해당 면 하단에 각주(脚注)함을 원칙으로 하였다.

6. 고한문 원전은 번체자로 표기하고 이해가 어려운 한자어의 경우에는 괄호 안에 한자를 넣어 병기하였다.

7. 간행사와 일러두기 그리고 해설은 한국에서의, 작품의 맞춤법·띄어쓰기·외래어 표기는 중국에서의 현행 조선말 규범원칙을 따르되, 어학적·민속적 가치가 높은 해방 전 원전은 원문 그대로 수록하였다.

8. 본문은 연변의 표기방식대로 실었으며, 해설은 한국의 표준법에 맞추어서 윤문하였다.

9. 이 ≪대계≫에서 사용한 주요 부호는 다음과 같다.

    1) (   ) : 음이 같은 한자를 병기함.

    2) [   ] : 음은 다르나 뜻이 같을 때나 혹은 풀이한 한문을 병기함.

    3) ≪ ≫ : 책명, 작품명, 대화나 인용을 나타냄.

    4) 〈 ? 〉 : 불확실한 경우를 나타냄.

    5)   □   : 원전 또는 원문에서 누락된 문자를 나타냄.

    6) 주석은 ①②로 표시하여 해당 면 하단에 표기함.

차 례

제1부 로동요

제2부 세태요

제3부 애정요

제4부 풍자요

≪중국조선족문학대계≫·17 − ≪민요집≫

최삼룡

≪중국조선민족문학대계·17≫—≪민요집≫이 출간된다.

이 책에는 민요 428수를 수록한다.

원래 민요라고 하면 오랜 세월 민족공동체의 성원들속에서 전해내려온, 민족공동체성원들의 소박한 생활과 감정이 담긴 노래를 말한다.

노래란 천성적으로 노래가락과 노래말 즉 곡조와 가사가 예술적으로 결합되여야 하는바 민요도 례외가 아니다. 그러나 이 책은 문학대계의 한권으로 출판되는것이므로 노래말만 수록한다. 그러므로 정확히 말하면 이 책은 ≪민요집≫이 아니라 ≪민요가사집≫이라고 하여야 할것이다.

여느 민족과 마찬가지로 배달겨레도 오랜 력사시기 생존과 발전의 길에서 기쁠 때는 기쁨의 노래를 지어 불렀고 슬플 때는 슬픈 노래를 지어 불렀다. 민요는 바로 배달겨레의 기쁨과 슬픔이 어린 노래이며 배달겨레와 더불어 세월의 언덕을 넘어 오늘에 이른 노래이다.

민요는 대체적으로 구전민요. 즉 예로부터 입에서 입으로 전해온 음악이며 문학이다. 작사자와 작곡자가 없고 전승자(傳承者)만 있을뿐이다.

여기에서 전승자의 신분문제가 제기도 되며 전승한 시대의 사회문화여건도 문제로 제기된다.

이른바 중국조선족의 구비문학의 다른 형태의 문학과 마찬가지로 중국조선족의 민요도 바로 이 문제상에서 다시 말하면 전승자의 신분문제와 전승한 시대의 사회문화여건도 한국과 조선과는 다른 특색이 있다.

사실상에서 이 문제는 해석하기 그리 쉬운 문제가 아니다.

편찬자의 립장에서 이 문제에 대하여 다음과 같이 개괄하여 여러분의 금후 진일보의 채보 혹은 채집 작업에 참고로 제기하는바이다.

첫째, 중국조선족이라고 불리우는 이 민족공동체는 그 형성된 시간이 겨우 1세기 반이라는 시간밖에 안된다. 그러므로 중국조선족민요라고 해봤자 정말 과경민족으로서 중화의 56개 민족의 하나로서의 중국조선족이 자기가 창조한 민요는 있을수 없는것이 력사적진실이라고 해야 할것이다. 왜냐 하면 사실상에서 중국조선족이 형성되는 20세기는 총체상에서 구비문학이 발전될수 있는 시기가 아니기때문이다. 만약 새로운 노래가 창출되였다면 그때는 작사자와 작곡자가 꼭 자기의 이름을 밝혔을것이며 이렇게 되면 구비문학이 아니다. 바꾸어 말한다면 조선족민요와 한국이나 조선의 민요와 크게 다른점이 거의 없다는것이다. 특히 그중에서도 아주 저명한 민요 례를 들면 ≪아리랑≫, ≪도라지≫, ≪양산도≫, ≪녕변가≫, ≪옹헤야≫, ≪쾌지나 칭칭나네≫, ≪강강수월래≫ 같은 민요는 조선족들속에서 변이가 없는것이다. 만약 있다면 그것은 전승자들의 실수에서 생긴 와전일것이다.

중국조선족이라는 이 민족공동체의 형성과 발전의 력사는 짧지만 민요는 내용과 형식상에서 아주 대양하며 풍부하다. 왜냐하면 과경민족으로서 중국조선족은 고국의 어느 한 도(道)나 어느 한 지방에서만 천입(遷入)해들어온것이 아니라 약간의 시간상에서 선후는 있지만 팔도강산 방방곡곡에서 천입해들어왔기때문이다. 그 결과 중국조선족들속에서 불리운 민요는 관북민요로부터 시작하여 관동민요, 관서민요, 경기민요, 남도민요, 제주민요 할것없이 없는것이 없다.

둘째, 중국조선족은 압록강과 두만강을 건너 이곳에 아서 자리잡는 과정에 자기생존과 발전의 길에서 20세기 세계의 다른 민족공동체, 나아가서 세계의 다른 이민족(移民族)들과도 다른 길을 걷지 않으면 안되였다. 한쪽으로 이 땅을 개척하는 개간민(開墾民)이였으며 다른 한쪽으로 이 땅을 침략해들어오는 일본제국주의침략자를 비롯한 외래침략자와 항쟁을 하지 않으면 아니 되는 『불령민(不逞民)』이였다. 우리가 해방전 위만주국이나 일제침략자들의 문헌에서 제만조선인들을 『墾民』, 『不逞』이라는 단어를 자주 만날수 있는것은 결코 우연이 아닌것이다. 우리의 할아버지와 할머니들 과경1세(過境1世)들은 확실히 간민이였으며 확실히 불령민이였다. 이런 생활의 특수성은 원래 문학예술적인 표현을 요청하는데 그런 력사적각색을 감당할 지식인이 우리에게는 오래동안 부재하였다. 그래서 여기에는 원시적인 문학예술형태가 생성하고 발전할 토양이 있었다는 결론을 내릴수 있다.

사실 우리의 문학예술사를 두루 살펴보면 이민초기에 구전설화 그중에서도 민담이 아주 활발하게 창조되였는바 고국의 신화, 전설, 민담을 그대로 전승하기도 했으며 아울러 변이시킨 흔적도 많이 보이고 또 새롭게 창조된것도 대량 찾아볼수 있다. 그런데 민요의 변이정도나 변이양상은 구비설화에 비하면 크지 않고 복잡하지 않다. 이것은 아마도 음악예술의 내재적규률에 의하여 결정된것 같다.

그러나 이것은 근근히 민요로부터 출발하여 내리는 결론이고 우리가 만약 여기서 항일가요까지 포함시켜 사고해보면 다른 하나의 결론을 내릴수 있을것이다.

20세기 30년대로부터 40년대사이에 일본제국주의의 침략에 저항하는 투쟁중 여러갈래의 항일부대에서 활발하게 창조된 항일가요를 민요의 한 갈래라고 보는데 대하여 이의가 있는이들은 많지 않을줄 안다. 지금까지 이따금씩 항일가요의 작자가 밝혀지는 연구보고가 나오기는 하지만 그것은 극히 개별적인 사례에 불과할뿐 총적으로 항일가요는 민요성격의 음악이며 구비문학으로 보는것이 틀림이 없을줄 안다.

그리고 항일가요의 음악사적의의와 문학사적의의는 이미 음악계와 문학계에서 공통한 견해를 가져온바이다. 문학사의 각도에서는 만약 항일가요를 빼버린다면 우리의 20세기 시문학발전사는 거의 담론거리가 없을 정도로 그 문학사적 자리매김을 하여주어야 할 정도이다. 이렇게 20세기에 새로운 구비문학이 생성되고 발전한것은 확실히 희귀한 문화현상이라고 할수 있겠다.

그렇다면 여기서 이 권에 수록하는 428수의 민요와 항일가요는 어떤 관계가 있는가 하는 문제가 제기된다.

이 문제도 사실상에서는 간단한 담론거리가 아니다.

여기서 결론만 제기한다면 그것은 항일가요는 전쟁문화의 산물로서 로동요, 세태요, 애정요 등 민요와 주제사상이 다르다는것이다.

항일가요는 인류의 비정상적인 생활현장 즉 서로 살륙하지 않으면 안되는 전쟁이라는 환경의 산물이며 생과 사의 교차속에서 피와 불의 세례를 겪는 투사들의 심성(心聲)이다. 하기에 항일가요는 군체를 존중하고 개체를 배척한 문학이고 공리를 중히 여기고 심미를 경히 여긴 문학이였으며 리념을 선양하고 개성을 억제한 문학으로서 혁명을 위하여 적을 타격하고 동지를 고무하고 벗을 단결하고 민중을 궐기시키는 도구 즉 나팔과 폭탄과 탄알과 기발로서의 문학이였다.

그러나 로동요 등 일반적인 민요는 전쟁문화의 산물이 아니다. 인간의 가장 정상적인 로동과 먹고 입고 살고 남녀가 서로 사랑하는 생활세태와 그리고 원시종교를 비롯한 각종 종교의식과 밀접히 련계된 노래였다. 하기에 전쟁문화 신물로서의 항일가요보다 퍽 제재범위가 넓으며 주제사상도 다양하며 퍽 원색적이며 퍽 현실적이며 랑만주의 색채가 없다. 때문에 20세기 상반엽의 중국조선족의 정신사연구의 시각에서 보면 민요는 구비설화와 더불어 귀중한 재료로 되고있으며 민족의 음악예술을 발전시키는데 건실한 바탕으로 되는것이며 민요의 노래말로 놓고 말하면 우리의 시문학을 발전시키는데 있어서 항일가요와 더불어 하나의 주요한 귀감(龜鑑)으로 되는것이다.

셋째, 앞에서 언급했지만 민요의 생명은 전승자 즉 민요를 부르는 자와 채집하거나 채보하는 자가 결정한다. 그런데 전승자는 신이 아니며 초인이 아니므로 전승과정에 개체적인 성분이 침투는 불가피면적인것 같다. 그렇지만 인류학적으로 고찰해보면 설화, 민요, 속담, 수수께끼 등 부비문학은 천성적으로 시종 생명개체의 단독활동이 아니였기에 어떤 의미에서 전승자의 개성이나 흥취가 민요의 전승과정에서 결정적작용을 노는것이 아니다. 이것은 구비문학이 작가문학과 구별되는 제일 주요한 차이점이다.

그러나 노래를 부르는 자나 그것을 채집하고 채보하는 자들은 모두 일정한 시대적여건속에서 생존하는바 그들의 전승과정에는 어쩔수 없이 그 시대적락인이 찍혀있기마련이다.

이제 중국조선족민요를 고찰해보면 우리는 이 민요들의 채집 혹은 채보과정에 역시 그 시대적여건이 남긴 흔적을 종종 찾아볼수 있다. 민요의 예술적특성 그중에서도 민요의 창작과 전승의 집단성에 의하여 시대가 민요에 주는 영향은 극히 개별적이다. 례를 들면 일부 민요노래말의 개별적인 구절들을 시대적인 구호로 바꿔넣은 현상이 보이지만 대체상에서 시대가 민요에 주는 영향은 아주 국한되여있다.

그러나 거시적인 대문화의 시각에서 보면 중국조선족의 민요도 시대적여건의 영향을 적지 않게 받았다고 볼수 있다. 그 표현의 하나는 창자와 채집자, 채보자의 갈등에서 나타나는데 창자는 근근히 자기의 기억에 근거하여 노래를 불렀는데 채집자나 채보자가 손을 대서 「완전하게」 혹은 더 「아름답게」 완성시키는 경향이 존재하였으며 그 결과로 민요의 맛이 사라진것이 많다. 이것은 우리가 지금이라도 한국에서 정리된 민요와 우리 여기서 정리 출판된 같은 류형, 같은 제목, 같은 내용의 민요를 대비분석해보면 대뜸 명확해진다. 특히 많은 로동요에서 핵심부분이라고 할수 있는 메김소리와 받는소리가 대량 삭제된것 같은것이 가장 비근한 례로 단다.

다음으로 이른바 미신사상을 반대하는 의식형태의 요청에 따라 어떤 민요는 채집자 혹은 채보자가 어떤 민요의 어떤 구절을 마음대로 삭제했거나 수정해버린것이다. 이런 경향은 총체상에서 민중의 원시신앙이나 종교리념을 반영하는 의식요(儀式謠)가 많이 정리되지 못하고 잘 정리되지 못한 결과를 초래했다. 이것은 마치 우리의 구비설화 정리고정에서 토템과 금기를 미신이라고 인정하고 마음대로 삭제, 수정해버린것과 같은것이다. 그리고 일부 세태요는 문화적인 질이 있는데도 원작이 패설적이고 저급하다는 리유로 채보는 되였지만 정식 출판시에는 삭제당한것도 적잖다.

그 다음으로 20세기 중국조선족의 생존여건에서 민요의 수집, 정리, 출판에서 하나의 커다란 문제점의 하나는 민요에 대한 연구가 동보(同步)하지 못한것이다. 이러한 현상은 민요연구에만 존재한것이 아니라 시·소설 등 본격적인 문학에 대한 연구와 평론에도 존재하는 현상이였지만 이러한 평론이 결석 혹은 지각상태는 민요의 수집, 정리, 출판에 많은 후유증을 남겨놓았다. 례를 들면 일부 노래말이 엄중하게 와전(訛傳)되였는바 어떤 민요나 어떤 민요의 어떤 구절은 오늘 창자와 채집자, 채보자가 모두 타계한 상황에서 제대로 바로 잡을 가능성이 영영 없게 되였다. 그리고 연구가 따라가지 못한 상황에서 일부 음악리론개념이나 음악사개념이 틀리게 리해되고 전승되여 많은 후유증을 산생시켰다.

례를 들면 ≪신민요(新民謠)≫에 대한 리해가 그렇다. 신민요란 문자그대로 새로운 민요란 개념이 아니라 일정한 시대적배경이 있고 곡조나 가사의 작자가 밝혀지고 창작상에서 여러모로 민요와 전혀 다른 특점이 있는 20세기 조선 현대음악사에서 주요한 작용을 논 형태이다 그것들이 신민요라고 이름을 갖게 된것은 바로 민요에 바탕을 두고 창조되였기때문이다. 많은 사람들이 일부 신민요를 민요라고 생각하고있으며 반대로 어떤 노래는 그 곡조와 가사의 작자가 망각된것이 아니라 천성적으로 집단창작의 산물인 민요인데도 신민요라고 한다. 례를 들면 신민요 ≪노들강변≫은 신불출(1907년~1969년)작사, 문호월(1908~1953) 작곡, 박부용이 1930년에 음반에 취입한 노래인데 우리 여기의 많은 사람들은 민요라고 생각한다. 또 례를 들면 일부 ≪십진가≫와 ≪월령가≫를 신민요에 분류하고있는데 우선 그 곡조부터 어느 한 사람의 창작이 아니므로 그것을 신민요에 넣는것은 전혀 도리가 없고 또 그 가사를 보아도 절대 어느 한 작자에 의하여 씌여진것이므로 역시 신민요에 넣을수 어붓는것이다.

이상 몇가지 생각들은 편찬자는 이번 선배들이 채집했거나 채보한 민요 2000여수중 428수 민요의 노래말을 선정하면서 한 토막생각들이다.

아무튼 우리의 민요는 아주 고귀한 문화유산인것만 틀림없다. 이런 시각에서 우리는 오랫동안 민요의 채집과 채보에 힘쓴 많은 많은 선배들의 노력을 높이 평가하게 되며 그들에게 심심한 감사의 마음을 표시하게 된다.

이 민요집은 ≪중국조선민족문학대계≫의 총적취지에 따라 주로 민요의 문학적요소만을 고려하여 선정하였다. 이를테면 곡조가 같더라도 가사가 다르면 여기에 수록하는것을 원칙으로 하였으며 같은 제목의 가사라고 해도 서로 다른 특점이 있으면 수록하는것을 원칙으로 하였다.

428수 민요의 노래말을 ≪로동요≫, ≪세태요≫, ≪애정요≫, ≪풍자요≫, ≪서사요≫로 나누어 묶었다. 그리고 조선족들속에서 애창되는 ≪신민요≫ 몇수를 따로 묶었다.

앞에서 언급했지만 신민요란 새롭게 창작된 민요란 개념이 아니라 1920년 대말경부터 1945년 8.15광복전까지 사이에 민요를 바탕으로 하여 창작된 민 중들속에서 널리 불리워진 노래를 가리킨다. 신민요에는 나라 잃은 슬픔과 애수를 반영한 노래들이 많으며 조국의 아름다운 자연에 대한 사랑의 마음과 식민지사회에서 민중들의 한과 소박한 생활감정을 맑고 부드럽고 경쾌한 곡 조로 표현했는바 민중들속에 민족의식을 넣어주고 반일감정을 불러일으키는 데서 일정한 작용을 놀았다. 신민요는 민요와 달리 작사자와 작곡자가 분명하 게 있다.

알수 있는바 민요와 신민요는 완전히 다를 개념이다. 그러나 문화생활중에 서 신민요는 민요보다 못하지 않게 민요의 구실을 놀고 게다가 우리 여기서 부르는 사람이나 듣는 사람 모두가 적지 않는 신민요에 대하여 오해하는 상황 에서 력사사실을 분명히 하기 위하여 이 권에 싣는다. 이런 저런 여건에서 작사자와 작곡자의 이름을 망각하였지만 신민요로 인정되는것이 더 있지만 여기에는 작사자와 작곡자가 명확한것만 수록하였다.

이 권에서 창자와 채집자, 채보자를 밝힘에 있어서 가장 대표적인 민요들과 신민요의 창자와 채집자, 채보자는 밝히지 않기로 하였다. 왜냐하면 사실 이런 노래의 창자와 채집자, 채보자를 밝히는것은 실용적인 의의가 없으며 문화사 적인 참고고자료도 제공해줄수 없다고 생각하였기때문이다. 신민요는 작사자 와 작곡자가 분명할뿐만아니라 제일 처음 노래를 불렀거나 레코트에 취입한 가수도 분명한데 거기에다가 다시 창자와 채보자를 밝히는것은 아무런 의의 도 없고 ≪도라지≫ 등 몇몇 대표적인 민요의 창자와 채보자, 채집자를 밝히는 것은 어떤 혼란을 조성해줄 가능성이 많다. 사실상에서 우리의 민요집들을 두루 살펴보면 같은 한수의 저명한 민요에 이 책에서는 갑 창, 을 채보로 기록 되였는데 저 책에서는 병 창, 정 채보로 기록되였다. 이것은 좀 사람을 웃기는 현상이라고 인정하면서 이 책에는 저명한 몇수의 민요에는 창자와 채보자, 채집자를 밝히지 않기로 하였다. 저명한 민요가 아니라도 창자와 채보자, 채집자를 밝히는데는 아직 많은 문제가 존재한다. 례를 들면 한수의 꼭 같은 민요에 이 책과 저 책에서 창자와 채보자 혹은 채집자가 틀리게 기록된것이 적지 않다. 편찬자는 이 권을 편찬하면서 대개 먼저 출판된 책을 존중하였다. 사실이 어떻게 되였는지를 편찬자로서는 알아낼수가 없으니 말이다.

마지막으로 집고 넘어가고싶은것은 이 권에 수록하는 민요는 죄다 우리 중국조선족들속에서 1945년 8.15해방전에 불리우던 민요와 신민요라는것이다. 그러한 우리민족들속에서 불리였다는 근거가 없는 민요는 절대 수록하지 않았다.

읽는이들 특히 중국조선족의 민요에 대한 정확한 접근에 도움을주자는 생각으로부터출발하여 중점적인 민요에 대하여서는 편찬자의 해석을 가하였다.

편찬을 마감하면서 편찬자본신이 음악에 문외한이고 또 문학도로서 한번도 민요수집활동에 참가한바 없기에 이 권에 어떤 의외의 오류나 웃음거리가 있을수 있으니 여러분들의 지적과 비판이 특별히 요청된다는것을 강조하면서 해설을 이만 줄인다.

2008년 8월 20일
편찬자로부터.

제1부 로동요

농부가(1)

농부일생이 무한이라네
춘경추수는 년년이로다
허널너리 허널너리 상사나듸야
가지나 저리절사 농사로구나

염제신농씨 내신 법은
천하지대본이 농사로다
허널너리 허널너리 상사나듸야
가지나 저리절사 농사로구나

사래 길고 장찬밭[1]을
어느 농부가 갈아줄가
허널너리 허널너리 상사나듸야
가지나 저리절사 농사로구나

주: 《농부가》는 남도지방의 대표적인 농요로서 《상사소리》라고도 한다. 가사에는 농
   업 로동에 시달리는 농민들의 고달픈 생활처지와 소박한 념원 부지런하고도 성실한
   근면성이 표현되여있다. 이 민요는 받는소리와 먹이는소리 두부분으로 되여있는데 선
   률에는 낡은 판소리음악투가 적잖게 섞여있으며 잡가로 발전하는 과정에 소박성이 없
   어지고 로동을 관조적으로 노래한 대목이 생겼다. 《농부가》는 변종이 많은데 지방에
   따라 많은 변종이 생겼으며 제목도 《상사디야》, 《농사타령》 등 여러가지로 만들어
   졌다. 여기에 수록하는 이 《농부가》는 《함경도농부가》이다. 일반적으로 조선의 주
   요한 농산지인 전라도의 농부가를 대표적인 농부가라고 하지만 중국조선족들속에 가
   장 널리 보급된것은 《함경도농부가》다.
   1) 장찬밭- 곡식이 잘 자라는 밭.

농부가(2)

어화 어여루 상사되여
아나 농부의 말들어
아나 농부의 말들어
돌아왔네 돌아왔네
풍년세월 돌아와
금년 정월 망월당
청사은사로 바로 떠
백옥금이 솟았구나
어화 어여루 상사되여
어화 농부들 말듣소
어화 농부들 말듣소
서마지기 논배미가
반달만큼 남았네
제가 무슨 반달이냐
초생달이 반달이로다
어화 어여루 상사되여
여보소 농부들
고대광실을 부러워 마소
오막살이 단간이라도
태평년월이 비쳤다네
어화 어여루 상사되여
떠들어온다
점심바구니가 떠들어온다
어화 어여루 상사되여

(박정렬 창, 김태갑 채집)

농부가(3)

농부농부야 우리집농부
농부일생이 무한일이드냐
어널널 저널러리 상사나되여
가지나 저리절사 농사로다

염제신농씨 내시는 법은
천하에 대본은 농사로구나
어널널 저널러리 상사나되여
가지나 저리절사 농사로다

칠대장손을 병들어 놓고
삼신산으로 약캐러 간다
어널널 저널러리 상사나되여
가지나 저리절사 농사로다

가면가고요 오며는 오지
저달이 지도록 노다나갑세
어널널 저널러리 상사나되여
가지나 저리절사 농사로다

이포저포는 양대나포야
이름이 좋아서 마산포[1]로구나
어널널 저널러리 상사나되여
가지나 저리절사 농사로다

팔월 국화는 다돌아가고
구월 국화가 돌아를 온다.

어널널 저널러리 상사나되여
가지나 저리절사 농사로다

(박정열 창, 조성일 채집)

주: 1) 여기서 양대포 마산포 모두 지명임.

농부가(4)

여봐라 농부야 말들어라
얼널럴 얼널널 상사되야
얼널널 얼널널 상사되야

이 농사를 지을적에
무엇하려고 짓단 말가
얼널럴 얼널널 상사되야
얼널널 얼널널 상사되야

이 농사를 지어서로[1]
나라님전 시주하고
얼널럴 얼널널 상사되야
얼널널 얼널널 상사되야

부모님전 봉양하고
처자권속 먹여내세
얼널럴 얼널널 상사되야
얼널널 얼널널 상사되야

여봐라 농부야 말들어라
얼널럴 얼널널 상사되야
얼널널 얼널널 상사되야

이 농사를 가굴적에
벼돌피 개돌피 남기지말고
얼널럴 얼널널 상사되야
얼널널 얼널널 상사되야

앞의 사람은 뒤를 보고
뒤의 사람은 앞을 보고
얼널럴 얼널널 상사되야
얼널널 얼널널 상사되야

서로서로 살펴서로[2]
알뜰살뜰 가꾸세
얼널럴 얼널널 상사되야
얼널널 얼널널 상사되야

(리상철 창, 김태갑 채집)

주: 1) 지어서로—지어가지고.
　　2) 살펴서로—살펴가지고.

농부가(5)

여여여여루 상사듸여
상사소리가 듣기도 좋다

이논배미 어서매고
장구배미로 넘어가자
여여여루 상사듸야
얼널널 상사듸야
먼데사람은 보기도 좋고
가까운 사람은 듣기도 좋게
여여여여루 상사듸여
어떠한 농부는 가래장부를 들고
어떤 농부는 호미를 들고
여여여여루 상사듸여
여보소 농부들 말들어라
고대광실 부러마소
오막살이 단간방에도
태평년월 비친다니
온갖일 겨워말고
어서바삐 일하여보소
여여여여루 상사듸여

(김상국 창, 리황훈 채보)

어화 우리 농민들아

얼씨구 절씨구 좋을씨구
소를 몰아 밭을 갈고
한이랑 두이랑 씨를 뿌려
니나노 닐리리야 닐리리야
니나노요 얼씨구 좋다 절씨구 좋아요

범나비는 이리저리 훨훨훨
꽃을 찾아 날아든다 꽃을 찾아 날아든다
(박정렬 창, 정준갑 채보)

긴농부가

에여루 상사뒤여
오류월 농사철은 우리 농부 시절이다
매랭이 꼭지에다 장화[1]를 꽂고서
마구라기 춤이나 추어보세
사농공상 생애중에 천하대본이 농사로다
금관 옥대 귀한 벼슬 부러울줄 있을소냐
여루 상사뒤요 에에여루 상사뒤요
서마지기 논배미가 반달만큼 남았네
네가 무슨 반달이냐 초생달이 반달이로다
에라에루 상사뒤요
푸릇푸릇 배추잎은 찬이슬 오기만 기다리고
남원 옥중 춘향이는 리도령 오기만 기다린다
에헤에여루 상사뒤여
선제 내고 환자 내고 계돈까지 내면
남은것은 하나도 없으니 무엇으로 살아가니
에에에여루 상사뒤여 에헤 헤에루 상사뒤여
상사소리도 듣기도 좋다상사뒤여
이배미 심그고 저배미를 심그고
장구배미로 건너가자 에헤에여루 상사뒤여
무엇을 타고서 건너갈가 총각대반은 가래타고

렬녀 춘향은 쌍교타고 리도령은 남여타고
우리 골 원님은 태울것 없으니
지붕에 태워서 담아내 버리자
옳다 그렇다 쿵다쿵 쿠쿵쿵닥 쿵다쿵
에헤여루 상사뒤여

(리지영 창, 리황훈 채보)

주: 1) 장화─장미꽃

농사타령

에라얼싸 좋구나
농사한철 해보세
에라얼싸 좋은데
무슨농사 해볼가
에라얼싸 좋으니
옥토금토 량전에
어떤벼를 지을가
많이먹어 등터벼
적게먹어 홀쭉벼
청실홍실 잔치벼
옥백미라 사발벼
마당쓰레 검불벼
어서빨리 지으세

에라얼싸 좋구나
농사한철 해보세

에라얼싸 좋은데
무슨농사 해볼가
에라얼싸 좋으니
조농사나 해보세
옥토금토 량전에
어떤조를 뿌릴가
만알박이 왕옥조
뭉게뭉게 개똥조
느실느실 방치조
여기저기 그루조
자작자작 도적조
풀도좋다 떡차조
어서빨리 뿌리세

에라얼싸 좋구나
농사한철 해보세
에라얼싸 좋은데
무슨농사 해볼가
에라얼싸 좋으니
콩농사나 해보세
옥토금토 량전에
어떤콩을 박을가
년세많은 백태콩
푸르청청 청대콩
천리타향 강낭콩
올콩올콩 땅땅콩
퍼져둥굴 넙적콩
오롱촉백 비단콩
어서빨리 박으세

에라얼싸 좋구나
농사한철 해보세
에라얼싸 좋은데
무슨농사 해볼가
에라얼싸 좋으니
참외농사 해보세
옥토금토 량전에
아떤참외 놓을가
개골개골 왁참외
개똥전에 떡참외
황금보화 황참외
할멈좋아 꿀참외
색시얼굴 홍참외
어멈닮은 젓참외
어서빨리 놓으세

에라얼싸 좋아서
대풍년이 왔구나
노적가리 두둥실
일년사철 땀흘려
은혜갚음 받았네
집에집에 토광에
천석만석 찼으니
풍년새가 지종종
나래슬쩍 편다네
풍년일세 만대풍
어화둥둥 북치세
지화절싸 춤추세
대대손손 이터에

부귀영화 누리세.

(박금세 창, 리룡득, 김학렬 채보)

상사소리

여 상사디요
여봐라 농부야 말들어라
아나 농부야 말들어라
오뉴월이 돌아와
우리 농부들 시절이라
패랭이꼭지에다 장화[1]를 꽂고
마구라기춤[2]이나 추어들 볼가
어려루 상사디야

여 상사디요
여봐라 농부야 말들어라
아나 종부야 말들어라
충청도 중복성[3]
우지가지가 열리고
강남땅 당대추는
아그대다그대 열렸다
어여루 상사디야

여 상사디요
여봐라 농부야 말들어라
아나 농부야 말들어라

서마지기 논배미가
네가 무슨 반달이야
초생달이 반달이지
어여루 상사디야.

(강성기 창, 김태갑 채집)

주: 1) 장호하-장식하는 꽃.
    2) 마구라기춤- 모자를 비뚤게 쓰고 고개를 뒤로 젖치며 거드럭거리면서 추는 춤.
    3) 중복성-복숭아.

밭가리소리(1)

어허 봄철 때가 왔구나
화답탑 쥐고 이제 우리 대농사 지탑 쥐고
한고랑 두 고랑 갈아번져보자
이라 이소 잘 돌아가자
아래고랑 내려서면 잘되고
올라서면 밭고랑 안 되누나
이라 말아 잘 돌아가자
머리빼기 밭고랑 머리가 잘 되여 가누나

(박명룡 창, 김원창 채보)

주: 로동요. 논밭가리를 하면서 부른 노래로서 혼자서 일하는 고달픔을 잊고 소를 부리는
    목적에서 부른 노래인것만큼 『이랴』, 『돌아서』, 『서라』와 같이 순수 소를 부리는 구두
    어들이 많으며 선률은 자유박자로 되였으며 전반적음악형상은 구성지고 처량하다.

밭가리소리(2)

이 고랑 저 고랑을 어서나 뒤자
어서나 뒤자 어서나 뒤자 어서나 뒤자
이 고랑 저 고랑을 어서나 뒤자
이 고장 저 고랑 뒤집고 씨 뿌리고
어서나 뒤자 어서나 뒤자 어서나 뒤자

　　　　　　　　　　(김경모 창, 리황훈 채보)

밭가리소리(3)

이라 이 소야 어 어서 가자
점심참이 늦어간다
마라 이 소야 말들어라
산천에 초목은 젊어가는데
나만은 총각은 늙어만 가누나
이라 아리랑 아라랑
산천에 초목은 젊어가는데
나많은 총각은 늙어만가누나
이라 아리랑 말아 어서 가자
어 저소 무릎 꿀어라
바위돌에 장기 걸려 부서지면
주인한테 뵈올 낯이 어데 있느냐
이라 쯔쯔쯔 이라 말아 어서 가자

　　　　　　　　　　(최룡순 창, 리황훈 채보)

단허리

어하어신 단허리야
여보소 농부들 말들어요
천하지대본은 농사로다
어하어신 단허리야
이농사를 지을적에
어하어신 당허리야
신농씨의 본을 받아

어하어신 단허리야
높은데는 밭을 갈고
어하어신 단허리야
낮은데는 논을 갈고
어하어신 단허리야
이논배미 모를 심궈
어하어신 단허리야
아시매고 두벌매니
어하어신 단허리야
장잎이 훨훨 영화로구나

어하어신 단허리야
이농사를 지어내니
어하어신 단허리야
우리농부들 영화로구나
어하어신 단허리야
이런 영화가 또 있는가
어하어신 단허리야.

(신인순 창, 리황훈 채보)

모찌는 소리(1)

졌네 졌네
모를 한짐 졌네
여보소 계원님네
일심져서 찌여보세
졌네 졌네
너두나 한짐 졌으면
나두나 한짐 졌구나
고추장을 찌려다가
당추장을 졌구나
계란을 찌려다가
닭알을 졌구나
백하젓¹⁾을 쩌오래니까
새우장만 졌구나
와르릉 처르릉
여기 또 한짐 졌네

(홍종환 창, 김태갑 채집)

주: 1) 백하젓-새우젓

모찌는 소리(2)

에워내세 에워내세
이 모자리 에워내세
들어내세 들어내세

이모자리 들어내세

이승차사 이밍손아
이모자리 잡아가소

에워내세 에워내세
이 모자리 에워내세
들어내세 들어내세
이모자리 들어내세

저승차사 강림도야
이모자리 잡아가소

　　　　　　　(이병지 창, 리황훈 채보)

모심는 소리(1)

어려루 상사디야
이 논배미 모를 심고
장구배미 넘어가자
저만큼 뛰지 말고
빈데없이 총총심자

어여루 상사디야
모내기를 하는데는
소리가 명창이요
먼길을 걷는데는

활개가 날개로다

어여루 상사디야
열사람이 노래해도
한사람이 부른듯이
소리하세 소리하세
상사소리 잘넘긴다

어여루 상사디야
일화꽃은 피여가네
당화꽃은 피여오네
황금같은 꾀꼬리
들며울고 날며우네.

(한창섭 창, 리상각 채집.)

모심는 소리(2)

여봐라 농부들 내말 듣소
여봐라 농부들 내말 듣소
이 논배미에 모를 심궈
장잎이 훨훨 휘날린다
어널널 상사디야
어널널 상사디야

여봐라 농부들 내말 듣소
여봐라 농부들 내말 듣소

이논배미를 얼른 심고
장고배미로 넘어심소
어널널 상사디야
어널널 상사디야

여봐라 농부들 내말 듣소
여봐라 농부들 내말 듣소
너른 질바를 재껴쓰고
거들 거들 잘도 심네
어널널 상사디야
어널널 상사디야

여봐라 농부들 내말 듣소
여봐라 농부들 내말 듣소
영자 좌사 가래장 메고
논물보기 바쁘고나
어널널 상사디야
어널널 상사디야

여봐라 농부들 내말 듣소
여봐라 농부들 내말 듣소
총각재반 솜씨좋아
60명 농부가 못당하네
어널널 상사디야
어널널 상사디야

여봐라 농부들 내말 듣소
여봐라 농부들 내말 듣소
갈지자를 둘러서서

줄을 맞춰 잘도 심네
어널널 상사디야
어널널 상사디야

(강성기 창, 김태갑 수집)

모심는 소리(3)

모야모야 노랑모야
너언제커서 완성할래
오월크고 류월커서
칠팔월에 완성할래

바다장같은 이논배미
모를심궈서 영화로다
우리부모 산소등에
솔을심궈 영화로다

쉰길청수에 모를부어
그모찌기가 난감하다
하늘가에 목화갈아
목화따기도 난감하다

(김동순 창, 리황훈 채보)

모심는 소리(4)

우리 논엔 물채가 좋아
한마지기에 열닷섬
어어허야 더덩지로다

한덩이 두덩이 넘어갈제
논두렁이가 실룽실룽
어어허야 더덩지로다

골채논마 쌀을 랑은
우리 부모 공양하고
어어허야 더덩지로다

여보 동무 정신을 차리소
아차 실수 벼포기 뜨네
어어허야 더덩지로다

삐아리광지 흰저고리
아마도 우리네의 점심인가
어이허야 더덩지로다

여러동무 일심을 해서
한일자로 나가 보세
어이허야 더덩지로다

(창, 채보 미상, 김태갑 조성일 편 ≪민요집성≫에서)

모심는 소리(5)

파랑아 부채야 청사도포
꽃을 보고 지내말아
꽃아꽃아 설어말아
명년 삼월 다시핀다

이물께 저물께 다헐어놓고
주인네 량반 어데로 갔소
뭉야 대전복 손에 들고
첩의 방에 들어갔네

사래야 길고도 정찬 밭에
목화 따는 저 처녀야
너이야 집은 어데 두고
해 빠진데 목화따노
(손복오 창, 리황훈 채보)

모심는 소리(6)

상주 함창 공궐못에
련밥따는 저 처녀야
련밥 줄밥은 내따줌세
백년언약을 내캉하세

안개지고 자진골에

방울 떨렁 매가 떳소
그매 저매는 뉘 매런가
천리타향을 날아간다

머슴아 머슴아 저 머슴아
점심때가 늦어온다
아흔아홉 정자간을
돌고나니 늦어졌소

한삼모시 반적삼에
분통같은 저 젖 보소
많이 보면 병이 난다
손톱만치 보고 가소

             (김계운 창, 리황훈 채보)

모내기 노래

외와내자 외와내자
이모판을 외와내자
들어내자 들어내자
이모판을 들어내자

여기저기 너들모야
너는어이 말도많노
류월새벽에 심어도
줄바르게 심거다고

모야모야 노랑모야
언제커서 열매열래
이달가고 저달가고
팔구월에 열매열지

이논배미에 모를심거
금실금실 영화로다
우리부모 산소등에
솔을심거 영화로다

우리겨레 만백성은
흉년질가 넘려로다
청춘과수 유복자는
병이 날가 수심이네

오늘해도 다졌는지
산끝마다 그늘일세
해가가서 그늘인가
산이 높아 그늘이지

해가빠진 저문날에
골골마다 연기나네
우리야님은 어데로가고
연기나는줄 모르는고.

(강성기 창, 김태갑 채집)

모내기타령

모내길세 모를 심어
이논저논에 모를 심자
물채 좋고 넓은 벌에
푸른 벼모 심어나가자
홍헤홍헤홍헤야 홍홍홍헤야

(박정렬 창, 정준갑 채보)

논김매는 소리(1)

어널널 상사디야
어널널 상사디야
적게 떼면 조밥알만큼
어허널널 상사디야
크게 떼면 이밥알만큼
어허널널 상사디야
둥글둥글 수박덩이만큼
어허널널 상사디야
세귀번쩍 보섭덩이요
어허널널 상사디야
네귀번쩍 약과덩이요
어허널널 상사디야
굼실굼실 잘도찍네
어허널널 상사디야.

(로재기 창, 리황훈 채집)

논김매는 소리(2)

얼싸 좋구나
정기정 좋구나
이 논배미에 물채가 좋다
에헤라 방호
백석지기 천석이 나고
에헤라 방호
천석지기 만석이 난다
에 둘러싸고나 우여
에헤헤라 방호

(강성기 창, 김태갑 수집)

논김매는 소리(3)

어허한다 저러한다
쌈이나 한쌈 싸고 가세
어허한다 저러한다
우리네 농부는 상추쌈으로
어허한다 저러한다
상주원님은 연잎쌈으로
어허한다 저러한다

세모반듯 마늘모삼으로
어허한다 저러한다
네모반듯 골패쌈이야

어허한다 저러한다
서울감사는 천엽쌈인가
어허한다 저러한다

둥굴둥굴 오미쌈인가
어허한다 저러한다
질쭉질쭉 말뼈쌈으로
어허한다 저러한다
한모를 죽이여 반달쌈으로
어허한다 저러한다

(창 미상, 리황훈 채보)

논김매는 소리(4)

얼널널 상사듸야 얼널널 상사듸야
이 논바닥에 들어서 어널널 상사듸야
적게 뙤면 조밥일만큼 어널널 상사듸야
크게 떼면 이밥일만큼 어허널널 상사듸야

둥들둥글 수박뎅이 만큼 얼널널 상사듸야
더크게 떼면 동이뎅이만큼 어널널 상사듸야
세키번쩍 보섭뎅이요 어허널널 상사듸야

네귀번적 약과뎅이요 얼널널 상사듸야
과부집 놋요강꼭댕이 돌듯 어널널 상사듸야
금실금실 상사듸야 어허널널 상사듸야

춘향의 방에 리도령 놀듯 얼널널 상사듸야
이논배미 어서 직고 어널널 상사듸야
장구배미로 올라서게 어허널널 상사듸야
(로재기 창, 리황훈 채보)

물푸는 소리

이야 올래 수자를 세자 올래
하나하고 올래 둘이 갔네 올래
셋이 하고 올래 넷이 갔네 올래
다섯 하고올래 여섯갔네 올래
금년농사 올래 잘도된다 올래
오팔사십 올래 마흔이 갔네 올래
(리병지 창, 리황훈 채보)

주: 로동요. 룡드레나 맞드레로서 모내기에 플요한 물을 퍼올리면서 부른 노래이다. 이 민
요의 절대다수는 수자들의 셈세기로 이루어지는것이 다수이다. 이렇게 된것은 규칙적
으로 반복되는 물푸기작업의 지루함을 극복하며 또 퍼내는 물의 량을 정확하게 계산
하려는 목적에서 불리워진 노래였기때문이다. 이 로동요의 음악형상은 대체로 박력이
있지만 작업에 지친 농민들의 고달픈 심정을 표현하여 구성지고 처량한것도 있다.

드레 소리

에헤 에헤에헤에 에헤에헤 에헤에
떴다 떳다 에헤요 그뭣이 떳어 에헤요

에헤 에헤에헤에 에헤에헤 에헤에
하늘중천에 에헤요 가래삽 떳네 에헤요

에헤 에헤에헤에 에헤에헤 에헤에
하늘중천에 에헤요 흙짐이 떳네 에헤요

에헤 에헤에헤에 에헤에헤 에헤에
동산에 돋는해는 에헤요서산에 진다 에헤요
(윤인순 창, 리황훈 채보)

쇠스랑소리

해는 벌써 저녁땐데
에헤라 에헤 소스라야
저녁동자는 어드멜 가구
에헤라 에헤 소스라야
입쌀 좁쌀 굵은 팥에
에헤라 에헤 소스라야
큰애긴들 밥못하랴
명년 춘삼월이 멀다고 했더니
에헤라 에헤 소스라야
따뜻한 춘삼월이 당도했구나
에헤라 에헤 소스라야
진달래꽃이 방긋 폈는데
에헤라 에헤 소스라야
뒤동산 뻐꾸기 노래한다

에헤라 에헤 소스라야
우이나 동무 일심하여
에헤라 에헤 소스라야
쇠스랑을 바투어 잡고
에헤라 에헤 소스라야
빨리 빨리 쪼아나보세
에헤라 에헤 소스라야
앞두렁은 가까워오구
에헤라 에헤 소스라야
뒤두렁은 멀어만 간다
에헤라 에헤 소스라야.

(우제강 창, 김태갑 채집)

메나리(1)

오그랑땡땡 방치질
쭐쭐 밀었다 다림질
고이 눌렀다 윤두질
쌀뚝싹뚝 가새질
앵공댕공 바느질
깨밭에서 뛰놀아라
질밭에서 뛰놀아라
사이삼년 북어서
시집가면 못노니라
애기나면 못노니라

(최영희 창, 리황훈 수집)

주: 로동요 『메나리』는 농부들이 논일을 하면서 부르는 농부가의 일종으로서 경상도지방
의 대표적인 농요로서 백제의 옛가락인 『산유화』에 뿌리를 두고 부단히 보완되여온 가
락이라고 하는데 길게 뽑으면 구슬프게 들리면서 오래동안 억눌려 살아온 우리 선조
들이 한이 어려있는 노래이다. 이 노래는 ≪타령메나리≫, ≪잦은 메나리≫, ≪점심메
나리≫ 등 변종이 아주 많다.

메나리(2)

메나리는 한다마는
밭을 친구 전혀없네
사래차고 질찬밭을
돌려주게 돌려주게
이밭머리 도려주게
요내짐머리 돌려주게

지어주게 지어주게
구름정자 지어주게
오늘해도 다갔는데
어느누가 매여주나
어린애기 젓달라고
마소새긴 꼴달라네

따북따북 따북녀야
네어데로 울며가니
울어머니 산소등에
젖먹으러 울며가네
이슬아치 꺾어들고

이슬떨며 나는 가네

어머님의 산소앞에
홍두한쌍 심었더니
어머니는 간곳없고
홍두한쌍 열렸습데
울긋불긋 진달래야
꽃진다고 설어말아

명년삼월 돌아오면
꽃은 다시 피려니와
인생한번 죽어지면
다시오지 못하나니
인제가면 언제오나
인제가면 언제오나

병풍속에 그린닭이
홰를치면 오마더라
식장안에 삶은콩이
싹나면 오마더라
인제가면 언제오나
한번가니 오지않네

(박순녀 창, 리황훈 채보)

메나리(3)

　　　오그랑땡땡 망치질
　　　쭐쭐 밀었다 다림질
　　　고이 눌렀다 윤두질
　　　싹뚝싹뚝 가새질
　　　앵공댕공 바느질
　　　깨밭에서 뛰놀아라
　　　질밭에서 뛰놀아라
　　　사이 삼년 묵어서
　　　시집 가면 못노니라
　　　애기 나면 못노니라
　　　　　　　　　　　(최영희 창, 리황훈 채보)

메나리(4)

　　　계는 잡아 젓저리고
　　　가는 님 붙잡아 정들이자
　　　아이공 데이공 성화로다

　　　울타리쪽에도 해질 때있고
　　　님과 날과도 만날적 있고나
　　　아이공 데이공 성화로다
　　　　　　　　　　　(류준선 창, 리황훈 채보)

메나리(5)

네 오너라 네 오너라
네가두 와야 나를두 보지
내가두 가서 너를두 보겠나
아이고 아이고 아이공 성화로다
성화나 끝에두 좀 울었더니
량켠두 두눈이 오동동부었네
오라긴 하기는 제 오라고 해놓고
사대문 걸고서 수나비 잠잔다
아이고 아이고 아이구나 데이공 성화로다
불타진 새끼로 걸었지요
아이공 아이공 아이구나 데이공 성화로다
성화나 끝에두 좀 울었더니
량켠두 두눈이 오동동 부엇네
오이 받아먹게 오이 받아먹게
받으라는 오이는 제 아니 받고
담장 넘에서 꼴베는 도령
요내나 손목을 더덥석 쥔다
(황운선 창, 리황훈 채보)

메나리(6)

오롱박 조롱박 굳은것 좋지
요내속 굳은것 홍 쓸것이 없네
아무럼 그렇지 그러나 마나

네 말과 내 발이 꼭 맞았구나

긴 풀이 있는데 호미손 가구야
님이야 있는데 홍 눈길이 가네
아무렴 그렇지 그러나 마나
네 말과 내 발이 꼭 맞았구나

호미질이야 한두번 하구
곁눈질이야 열두번 하네
아무렴 그렇지 그러나 마나
네 말과 내 발이 꼭 맞았구나

고것의 눈찌는 낚시나 눈인지
사람을 보며는 탁걸구 채누나
아무렴 그렇지 그러나 마나
네 말과 내 발이 꼭 맞았구나

울며 지지며 쥐였던 손목을
죽으면 죽었지 못놓겠네
아무렴 그렇지 그러나 마나
네 말과 내 발이 꼭 맞았구나

보지도 못하는님 볼려다가
삼입같은 손만 적셨네
아무렴 그렇지 그러나 마나
네 말과 내 발이 꼭 맞았구나

휘휘청창 늘어진 가지에
쌍그네 매고서 단둘이 뛰자

아무렴 그렇지 그러나 마나
네 말과 내 발이 꼭 맞았구나
　　　　　　　　　　(조중주 창, 리황훈 채보)

호미타령(1)

에헤야 호메로다
호메도 잘도 논다
에헤야 호메로다

어서 매고 돌아가자
먼데사람 많아도 소리는 적소
에헤야 호메로다

가까운사람 보기좋게
먼데사람 듣기좋게
에헤야 호메로다

웃논에 찰벼를 심었구나
아래논엔 매벼를 심었구나
에헤야 호메로다

이럭저럭 하여서
찰벼매벼 다 매였구나
에헤야 호메로다

찰벼탈곡 하여서
찰벼담을 쌓아놓고
에헤야 호메로다

매벼탈곡 하여서
매벼담을 쌓아놓잔다
에헤야 호메로다

에헤야 호메로다
호메는 놀고노누나[1]
잘도나 매고 간다.

(리문현 창, 김태갑 채집)

주: 《호미타령》은 그 아래에 수록한 《호미소리》, 《김매는 소리》, 《논김매는 소리》
등과 마찬가지로 여름농사철에 논밭김매기를 하면서 부르는 로동요이다. 일부 지방에
서는 《기나리》, 《메나리》, 《방개소리》, 《푸지기》라고 제목한 민요에도 김매기
로동과 련계된 내용이 있다. 이 부류의 로동요에는 김매기의 고달픔, 남녀간의사랑, 시
집살이의 어려움을 나타내는것도 주류를 이루고있으며 자유박자에 기초한 긴소리형식
의 노래가 많다.

1) 놀고노누나 ──논다는 듯이 아니라 잘 움직여주어 기음이 잘 매여진다는 뜻.

호미타령(2)

에야데야 하아하헤 헤헤 호호미
호미장단에 놀고가자
에야데야 하아에헤에헤야 호호미
호미소리에 절로간다 아하아
일락서산에 해는 지고

월출동령에 날이 솟아온다
에헤어허야 호호미 호미
서서렁 메고나가자

　　　　　　　　(리현구 창, 김원창 채보)

호미타령(3)

와싹와싹 조여나들자
앞둑은 가깝고 뒤뚝은 멀었다
에헤라호 먼데
길고도 짧은건 한여름해라
일성수 나자 산그늘 내린다
흥에야

와싹와싹 조여나들자
앞둑은 가깝고 뒤뚝은 멀었다
골이깊어 산그늘인가
길고도 짧은건 한여름해라
우리네 더울때 마산그늘 내렸지
흥에야

　　　　　　　　(류준선 창, 리황훈 채보)

호미소리(1)

어렁어렁 호호메야
어렁어렁 호호메야
우리어머닌 어데로 갔나
우리아버진 어데로 갔나
어서어서 지어놓고
가을걷이 농사를 걷어요
아버지가 약쓴 돈을
우리들이 물어넣자
한골두골 매여나보자

(리원실 창, 리황훈 채보)

호미소리(2)

헤이헤양도 호호미야
호미소리도 네 잘한다
헤이헤양도 호호미야

헤이헤양도 호호미야
호미한번 손세번씩
헤이헤양도 호호미야

헤이헤양도 호호미야
이랑길고도 장찬밭에
헤이헤양도 호호미야

헤이헤양도 호호미야
이밭머리를 둘러나주면
헤이헤양도 호호미야

헤이헤양도 호호미야
준치반찬을 놓아나줄라
헤이헤양도 호호미야

헤이헤양도 호호미야
이밭머리를 내다보니
헤이헤양도 호호미야

헤이헤양도 호호미야
줄뽕나무 꼭대기에
헤이헤양도 호호미야

헤이헤양도 호호미야
머리실한 처자가 있네
헤이헤양도 호호미야

헤이헤양도 호호미야
호미소리도 네 잘한다
헤이헤양도 호호미야

(동보인 창, 리황훈 채보)

호미소리(3)

헤이에헤이야 하랑
호미소리에 잘두나 맨다
하늘바라기 천봉답도
물이 슬렁 올랐으니
에헤이야 호미호미호미

(고영래 창, 리황훈 채보)

주해: 1) 둘러나주면 - 다 매여주면.

벼 베는 소리

베여라 베여
신바람나게 벼를 베여라
베여라 나가라 베여라베여라
감눌러만 베여라
베여라 베여

베여라 베여
신바람나게 벼를 베여라
베여라 베여 황금이삭 쓰러진 벼를
살짝 거두어 베여라
베여라 베여

베여라 베여
신바람나게 벼를 베여라

베여라 베여 슬슬 감잡아 늘어진 이삭
거두어 베여라
베여라 베여.

(조종수 창, 김태갑 채집)

도리깨소리

에헤 두들겨라 에헤 두들겨라
에헤에헤 좋다 에헤 두들겨라
우리 마당에 두태[1]를 치고
신재령 나무리 벼태[2]를 친다
에헤 두들겨라 에헤 두들겨라
에헤에헤 좋 에헤 두들겨라
봉산 태산벌 수수가 크다
함박 올벼는 밥맛이 있네
에헤 두들겨라 에헤 두들겨라

(조종주 창, 김태갑 수집)

주: 1) 두태— 콩을 태질하여 타작을 하는것.
    2) 벼태— 벼를 태질하여 타작을 하는것.

도리깨타령(1)

헹헬쌍돌 도리깨로다

초봄에는 씨를 부리고
헹헬쌍돌 도리깨로다

헹헬쌍돌 도리깨로다
하서에는 제초하고
헹헬쌍돌 도리깨로다

헹헬쌍돌 도리깨로다
추수절이 당도하니
헹헬쌍돌 도리깨로다

헹헬쌍돌 도리깨로다
우순풍동 백곡이 양양
헹헬쌍돌 도리깨로다

헹헬쌍돌 도리깨로다
우리농민 격양가 좋다
헹헬쌍돌 도리깨로다

(조종주 창, 리황훈 채보)

도리깨타령(2)

헹 헤라 둘러쳐라
빙빙 둘러쳐라
뭉청뭉청 떨어진다
쭈럭쭈럭 떨어진다

한두참을 때려도
엘백참을 때린듯이
헹 헤라 둘러쳐라
빙빙 둘러쳐라.

　　　　　　　(배병찬 창, 김태갑 채집)

옹헤야

옹헤야 헤헤헤 옹헤야
금년농사 알알이도
잘익었다 옹헤야
너도나도 옹헤야
일손맞춰 옹헤야
풍년탈곡 옹헤야
어서하세 옹헤야
헤헤헤 옹헤야

주: 로동요. 보리마당질을 하면서 부른 노래라고 한다. 로동의 열매를 거두어 들이는 기쁨
　　과 락천적인 정서가 표현되였다. 노래는 한악절로 되여 부분들 사이의 대조는 없으나
　　받음소리의 계통적인 반복과 경쾌한 선률진행으로 정서를 고조시켜주는것이 특징적이
　　다. 『옹헤야』의 받음소리는 보리단을 내리치는 도리깨질소리와 일치하고있다.

보리타작

이놈의 보리는 옹헤야

동보린가 옹헤야
둥굴둥굴 옹헤야
둥그러간다 옹헤야
이놈의 보리는 옹헤야
세룡의 보린가 옹헤야
울긋불긋 옹헤야
나드벼진다[1] 옹헤야
저놈의 보리는 옹헤야
아전[2]의 보린가 옹헤야
팔팔 뛰네 옹헤야
여기 쳐라 옹헤야
저기 쳐라 옹헤야
쿵쿵소리가 옹헤야
잘도 난다 옹헤야.

(리병지 창, 리황훈 채집)

_____

주: 1) 나드벼진다 - 나자빠진다
    2) 아전 - 지방의 작은 벼슬.

지게소리

어허어허허이
구야구애 가마구야 에
어떤사람 팔자좋아
고대광실 높은집에
네모에다 풍경달구
알뜰하게 잘사는데

이놈팔자 어이하여
두줄속에 목을 넣고
태산고개 넘어가니
가슴답답 못살겠다
이구구구구.

(김두식 창, 남희철 채보)

새쫓는 소리

웃녘새야 아랫녘새야
진주고부 녹두새야
덤불밑에 기는새야
도랑건너 뛰는새야

우리집논에 앉지말고
저건너 장재집[1]논에 들려라
두름박[2]딱딱
우 - 여 우 - 여.

(김말순 창, 김충묵 채집)

———————
주: 1) 장재집 - 부자집.
　　2) 두름박 - 나무로 만든 씨뿌리는 그릇.

방아타령(1)

방아야 방아야
한숨방아 눈물방아
쿵쿵쩧네 돌쌀되박
하루해를 어찌사노
하아아득 까막하다
내팔자야 내팔자야
천생태난 팔자래서
이리무정 무정하냐

방아야 방아야
울음방아 원한방아
어떤놈은 팔자좋아
고대광실 호의호식
이내신세 웬일인고
내팔자야 내팔자야
천생태난 팔자래서
이리무정 무정하냐.

(신인순 창, 리황훈 채보)

주: 로동요. ≪방아소리≫라고도 한다. 방아 쩧는 로동과 결부된 이 노래는 리듬이 선명하
고 선률이 단순한것이 특징이다. 서도지방의 ≪방아타령≫이 가장 많이 불리우는데 봉
건질곡에서 벗어나려는 도시서민들의 지향이 표현된 이 민요에는 즉흥적인 가사가 많
으며 일관적인 줄거리가 없으며 향락적인 요소가 적지 않다.

1) 방아타령 - 옛날에 거문고 잘타는 백결이란 선생이 있었는데 집이 가난하여 설이
되어도 쌀이 없어 떡방아를 쩧지 못했다. 그의 안해가 이일로 한숨짓고 눈물 흘리니
백결 선생이 거문고를 들고 타면서 우리도 떡방아를 쩧어보자고 하였다. 그때 탄 노래
곡조가 방아타령의 시작이였다는 전설이 있다.

방아타령(2)

이 방아가 무슨 방아
강태공의 조작방아
이짝 가랭이 너을세
저짝 가랭이 너을세
일여덟이 찧는 방아
전공에다 못놓고
뭘할가 뭘해여
단내 나네 단내 나네
방아야쌀개서 단내 나네
움이나네 싹이나네
방아야꿍이서 싹이나네
이 방아들이 무슨 확
청애나 청돌 돌확일레
이 방아가 무슨 방아
감나무야 방아거든
간간하게도 굴러놓고
이 방아가 무슨 방아
고욤나무[1]야 방아거든
곤곤하게도 굴러놓고
이 방아가 무슨 방아
대추나무야 방아거든
대충대충 굴러놓고
이 방아가 무슨 방아
잣나무야 방아거든
자춤자춤 굴러놓고
이 방아가 무슨 방아
오동나무야 방아거덤

　오동통통 굴러놓고
　이 방아야 무슨 방아
　가죽나무[2]야 방아거든
　가죽벗겨서 찧어보세
　한섬두섬 찧는방아
　열에 열두살 찧는 방아
　찧는 곡식 어데 갔나
　어린 자식 늙은 부모
　밥을 달라 보채는 소리
　가슴속의 수심일레

(강선임 창, 김태갑 채집)

주: 1) 고욤나무- 감나무.
　　2) 나무의 일종, 봄에 돋는 순을 먹을수 있다.

방아타령(3)

　노자 좋구나 노들강변
　비둘기 한쌍이
　푸른콩 한알 입에다 물고
　암놈이 물어 숫놈을 주며
　숫놈이 물어 암놈을 주며
　암놈숫놈 어르는 소리
　늙은 과부 한숨 쉬고
　소년과부는 에헤이라 반보짐 싼다
　에에에이야 에라 우겨라 방아로구나
　이렁숭 저렁숭 흐트러진 근심

만화방초에 에헤이라 좋구나
이십오현탄 야월에 불승청원 저 기러기
갈순 한대 입에다 물고
부러진 죽지를 활활 끌며
점점이 날아드니
평사락안 아니 에헤이라 이 아니냐
에에에이야 에라 우겨라 방아로구나
진국명산 만장봉에 청천 삭출이
에헤이라 금부용이라

　　　　　　　　　　(김정순 창, 김원창 채보)

방아타령(4)

떨쿠덩쿵 더쿵 자조 찧어라
천세대풍이 다 늦어간다
어여라 디여라 디여 방아로다
제주감영 큰아기들은
망건뜨기를 잘한다드라
제주감영 큰아기들이 다 그러하건니
망건 뜨는 곳이라 그렇단다
어여라디여라 디여 방아로다
함경도 큰아기는
명태잡이로 다나간다
함경도 큰아기 다그러하건니
명태고장이라 그렇단다
어여라디여라 디여 방아로다

왕십리[1] 큰아기들은
미나리장사로 다나간단다
왕십리 큰아기 다그러하건니
미나리 고장이라 그렇단다
어여라디여라 디여 방아로다
길가집 큰애기
내다보기를 잘한다그라
길가집 큰아기 다 그러하건니
내다보는 큰아기만 그렇겠지

(한정민 창, 리덕수 채보)

주: 1) 왕십리―서울 동대문밖의 한 곳이름.

방아타령(5)

오호 방아요 오호 방아요
방아 방아 방아로다 오호 방아요
혼자 찧는 두부방아 오호 방아요
서서 찧는 디딜방아 오호 방아요

오호 방아요 오호 방아요
빙빙도는 물방안가 오호 방아요
강태공의 조작방아 오호 방아요
낟거리 떵떵 찧어주소 오호 방아요

방아찧는 저 장님네 오호 방아요
방아탁이나 내고 짛나 오호 방아요

방아탁은 한푼에 돈반 오호 방아요

열심있게 찧어주소 오호 방아요
이방아를 얼른 찧어 오호 방아요
부모공양 허기로다 오호 방아요
(창 미상, 리인희 채보)

방아타령(6)

가을 시골에는 연자방아가 쿵쿵
하루에도 몇번씩 가고싶은 내 고향
에헤야 가다 못가면 데헤야 기여나가리
아리아리랑 가고싶은 내고향

우리마을 시골에는 연자방아가 쿵쿵
하루에도 스물네번 가고싶은 내고향
에헤야 가다못가면 데헤야 기여나가리
아리아리랑 가고싶은 내고향
(김기숙 창, 김원창 채보)

방아타령(7)

어유와 방아요 어유와 방아요
덜쿠덩 덜쿠덩 자조 찧어라 어유와 방아요

안채는 무너지고 뒤채는 쓰러졋네
충성충자 매울 렬자 렬녀 불경 이부라고
이내 글시 붙였드니 모진광풍에 다 떨어지고
충성충자 매울 렬자 봄바람에 나붓긴다

어유화 방아요 어유화 방아요
덜쿠덩 덜쿠덩 자조 찧어라 어유와 방아요
이방아를 어서 찧어서 늙으신 부모님 봉양을 하세
어유화 방아요 어유화 방아요
일락서산에 해떨어지고 월출동령에 달돋아온다
어유화 방아요 어유화 방아요

　　　　　　　　　　　(리해상 창, 원봉훈 채보)

방아타령(8)

노엇다 좋다
춘추절이 적막이요
개자추¹⁾의 넋이로다
먼산에 봄이드니
불탄 풀이 속잎 난다
에헤 에헤야
에헤 우여라 방아로구나

푸른것은 버들이요
누른것은 꾀고리라
노엇다 좋다

삼산반락청천외요
이수중분백로주라[2]
에헤에헤요
에헤 우여라 방아로구나

반남아 다 늙었으니
다시 젊든 못하리라
노엇다 좋다
강남서 나온 제비
박씨 하나를 입에 물고
허공중천에 높이 떠서
이집 저집을 다버리고
흥부집으로 돌아온다
에헤에헤요
에헤 우여라 방아로구나

나비야 청산가자
호랑나비 너도가자
노엇다 좋구나
천천히 완보하야
박석리를 넘어서자
에헤 에헤요
에헤 우여라 방아로구나

춘향문전 당도하니
안채는 무너지고
바깥채는 쓰러졌는데
충신불사이군이요
렬녀불경이부라고[3]

요내 글씨로 붙였드니
모진광풍에 다 떨어지고
충성 충자 매울 렬자
단 두자만 남았구나
에헤에헤요
에헤 우여라 방아로구나

(신옥화 창, 김태갑 수집)

주: 1) 개자추(介子推) 중국 춘추시대의 은사(隱士).

2) 삼산반락청천외요 이수중분백로주(三山半落靑天外요 二水中分白露州)— 세산은 한절반 하늘밖에 솟았는데 두물은 갈라져 백로주를 이루었다.

3) 충신불사이군 렬녀불경이부(忠信不仕二君, 烈女不敬二夫)— 충신은 두 임금을 섬기지않고 렬녀는 두 남편을 모시지 않는다.

방아소리

덜크덕 찧는 방아
언제나 다찧고 마실거나
이방아 저방아 다찧고나니
밤중새별이 여기 왔네
물질러 간다고 강짜를 말고
실겅밑에다 우물을 파주게
불뜨러 간다구 강짜를 말고
성냥통이나 사다나주게

(신인순 창, 리황훈 수집)

물방아

물레야 방아는 스리슬슬 도는데
만풍년 들었다 금방아를 찧잔다
방아방아 물방아
떨끄덕떨끄덕 멋들어졌구나
어이야 더야더야 물방아에 세월 가네
(신인순 창, 리황훈 채보)

물레방아

그리운 내고향의 앞시내가에
붕어떼 꼬리치며 놀고있는데
언제나 쉬지 않고 물레방아는
스르르 돌며 쿵쿵 스르르 돌며
쿠궁쿵쿵 빙글빙글 빙글빙글
방아야 돌아라

무더운 여름날에 보리방아야
시원한 초가을에 해벼방아요
물거품 날리면서 물레방아는
스르르 돌며 쿵쿵 스르르 돌며
쿠궁쿵쿵 빙글빙글 빙글빙글
방아야 돌아라

민며느리 삼년석달 고달픈 사정

하소연 할곳 없어 울고있는데
언제나 쉬지 않고 물레방아는
스르르 돌며 쿵쿵 스르르 돌며
쿠궁쿵쿵 빙글빙글 빙글빙글
방아야 돌아라

(김봉숙 창, 김봉관 채보)

물방아타령(1)

에헤요 에헤요 꼬공꼬공 찧는
숲사이 한가한 물방아
물은 흘러 방아 돌고
물결따라 밤도 깊다
짝도 없이 혼자 도네
꼬공꼬공 찧는다

에헤요에헤요 꼬공꼬공 찧는
숲사이 한가한 물방아
가는 봄을 뉘 막으며
지는 꽃을 어이 하리
록음방초 경도 좋다
꼬공꼬공 찧는다

에헤요에헤요 꼬공꼬공 찧는
숲사이 한가한 물방아
봄은 흘러 록음 지고

록음 지여 단풍 지고
동지섣달 오지 말아
꼬공꼬공 찧는다.

        (김정숙 창, 김태갑 채집)

물방아타령(2)

돌아라 물방아야
찧어라 물방아야
쿵당쿵당 쿵당쿵
찧어라 물방아야
복순이는 알락달락 꽃가마타고
꼬불꼬불 고개넘어 시집가는데
너나 실컷 쿵당쿵
찧어라 물방아야

돌아라 물방아야
찧어라 물방아야
쿵당쿵당 쿵당쿵
찧어라 물방아야
삼돌이는 조롱조롱 조롱말타고
꼬불꼬불 고개넘어 장가가는데
너나 힘껏 쿵당쿵
찧어라 물방아야

돌아라 물방아야

찧어라 물방아야
쿵당쿵당 쿵당쿵
찧어라 물방아야
복순이는 삼돌이와 맞절을 하고
청실홍실 백년해로 단꿈을 꾸는데
너나 흠씬 쿵당쿵
찧어라 물방아야.

(김정숙 창, 김태갑 채집)

잦은 방아타령

아하 에헤요 에헤여루 방아로구나
강원도 령천앞 물방아가 없는지
밉지 않는 처녀 도구방아 찧어라 아하
에헤요 에헤여루 방에로구나
정월이라 십오일 액맥이[1] 연이 떴구나
에헤라지여 에헤이요 에헤요 방에로구나
이월이라 한식날에 종달이 떴다 아하
에헤요 에헤여루 방에로구나
삼월이라 삼질날 제비새끼 명마구리 바람개비[2]가 떴구나
에헤라지여 에헤이요 에헤요 방에로구나
사월이라 초파일날 아롱아롱 잉어떼[3]
사면구사 장안사 아가리 빙긋 잉어등에 등대줄이 떴다
아하 에헤요 에헤여루 방에로구나
오월이라 단오일 송백수 푸른 가지 높다라니 그네 매고
작작도화[4] 느러진 가지 백룡버선 두발길 에헤루

툭툭 차니 락엽이 둥실 떴다
에헤라 디여 에헤요 에헤요루 방아홍이로다
     (우제강 창, 김원창 채보)

주: 로동요. ≪잦은방아타령≫은 ≪방아타령≫의 한 변종으로서 민족의 풍속을 달거리형
  식으로 노래한것이다.
  1) 액을 막기 위해 연을 띄우는 세시풍속.
  2) 삼월이면 제비가 오는데 삼질날 지붕에다 바람대비를 높이 달아맨다.
  3) 사월 초파일날 관등놀이를 할 때 잉어모양의 등을 높이 달아 등대줄이 공중에 뜬
   모양.
  4) 작작도화— 붉디붉은 복숭아.

사설방아타령

에헤요 에헤요 에헤에요
아아하아 ‥어허라
우겨라 방아로구나
이리정성 저리정성
허트러진 방아 하아
만화방창으로 에헤라
막놀아보자 허 좋아 좋구나
이십오 현탄야월에
불승청원 저 기러기
갈순한대 입에다 물구
부러진 죽지 절절 끌며
점점이 날아를드니 에헤여라
평사락안이 이아니런가
에헤용 데헤용 에헤야

아하아하어라
우겨라 방아로구나
일락은 서산에 해는 떨어지고
월출동령에 저기저달이 막솟아온다
하늘천자에 따지자에 집우자로 집을 짓고
날 일자 달 월자로 영창문을 닫아를 놓고
밤중이면 정든님 만나 별진 잘 새겨라.
에헤여라 막놀아보자

　　　　　　　　　(김정순 창, 김원창 채보)

방아야 돌아라

그리운 내고향의 맑은 시내에는
붕어가 꼬리치며 놀고있는데
물거품을 날리면서 물레방아는
빙글빙글 돌아갑니다
스르르 돌며 쿵쿵
사르르 돌며 쿵쿵
빙글빙글 빙글빙글 방아야 돌아라

무더운 여름철엔 보리방아요
시원한 가을철엔 햇벼방아요
언제나 부지런한 물레방아는
빙글빙글 돌아갑니다
스르르 돌며 쿵쿵
사르르 돌며 쿵쿵

빙글빙글 빙글빙글 방아야 돌아라

민며느리 삼년석달 고달픈 사정
하소할 곳이 없어 우는 소리는
듣는지 못듣는지 물레방아는
스르르 돌며 쿵쿵
사르르 돌며 쿵쿵
빙글빙글 빙글빙글 방아야 돌아라
빙글빙글 돌아갑니다

(강효혁 창, 김태갑 채집)

보리방아

쓿는다 쓿는다 보리쌀 쓿는다
보리쌀 쓿는줄 번연히 알며
무슨쌀 쓿는가 왜묻고가나
아헤어허엉 어허엉 어설마 소송송
요내총각 무슨쌀 쓿는가 왜 묻고가나

어머니 어머니 돈 닷돈 주게
돈닷돈 해서는 어디다 쓰나
요뒤집 총각을 돈닷돈 주게
요뒤집 총각을 돈닷돈 주게
에헤 어허엉 어허엉 어설마 소송송
요내나 총각 요뒤집 총각을 돈닷돈 주게

쓿는다 쓿는다 보리쌀 쓿는다
보리쌀 쓿는줄 번연히 알며
무슨쌀 쓿는가 왜묻고가나
아헤어허엉 어허엉 어설마 소송송
요내총각 무슨쌀 쓿는가 왜 묻고가나

울타리 넘에서 꼴베는 총각
외하나 먹으라 외넘겨
외넘어가는건 안 받아먹고
손목을 쥐고서 별통석하네
에헤 어허엉 어허엉 어설마 소송송
요내나 총각 요뒤집 총각을 돈닷돈 주게

(박채봉 창, 리황훈 채보)

베틀가(1)

오늘날도 하 심심하니
베틀이나 놓아를 볼가
에헤 에헤야 베짜는 아가씨
사랑노래 베틀에 수심지노나

낮에 짜면 일광단이요
밤에 짜면 월광단이라
에헤 에헤야 베짜는 아가씨
사랑노래 베틀에 수심지노나

일광단 월광단 다 짜가지고
우리의 랑군님 몸치장시키리
에헤 에헤야 베짜는 아가씨
사랑노래 베틀에 수심 지노나
(우제강 창, 김태갑 채집)

주: 경기민요. 이 민요는 《베틀소리》가 서정적으로 발전된것이라고 한다. 이 민요에는
정성들여 짜낸 벼로 사랑하는 사람에게 옷을 만들어주려는 녀성들의 아름답고 순결한
마음이 담겨져있다. 굿거리장단을 타고 흥겹게 부르는 이 노래의 선률은 밝고 류창하
면서도 아름답고 우아하다.

베틀가(2)

베틀을 놓세 베틀을 놓세
옥란간에다 베틀을 놓세
에헤 애해요 베짜는 아가씨
사랑노래 베틀에 수심만 지노라

이베 짜서 누구를 주나
바디질손에 눈물이로다
에헤 애해요 베짜는 아가씨
사랑노래 베틀에 수심만 지노라

닭아 닭아 울지를 말아
이베짜기가 다 틀려간다
에헤 애해요 베짜는 아가씨
사랑노래 베틀에 수심만 지노라

들창밖에 나리는 비는
가신님의 눈물이로다
에헤 애해요 베짜는 아가씨
사랑노래 베틀에 수심만 지노라
                              (리병렬 창, 김태갑 채집)

베틀가(3)

오리오리 베를 짜니 얼마나 정이든가
열두새 오리오리 부모님생각이요
열두새 맺으며는 이 내마음 산란하니
오고가는 북실에도 가는 밤 왜몰라요

구름을 벗어나니 달밝은 밤이로다
날새워 달릴소냐 성내지 말려므나
실오리 어키며는 스스로 님의 생각
바디집을 툭 헤치면 사랑도 한결이요
                              (서광수 창, 김봉관 채보)

베틀노래(1)

하늘중천에 베틀놓고
구름잡아 잉아걸고

대추나무 도리북에
정자나무 바디집에
함경나무 쇠꼬리에
이쁜이가 짝을잃고
베틀다리 네다리에
앉을깨도 돋아놓고
서서짜나 앉아짜나
소문없이 잘도짜네
그베짜서 뭘하는가

우리오빠 장가갈제
가마두껑 둘러주지
그나머지 뭘할는가
우리형님 시집갈때
가마호랑[1] 둘러주지
그나머지 뭘하는가
이내적삼 말랐더니
섶도없고 깃도없네
바늘마는 있건마는
실이없어 못하겠네.

(구룡환 창, 리황훈 채보)

베틀노래(2)

저기저기 저달속에 계수나무 섰건마는
옥도끼로 베여내여 초가삼간 집을 짓고

남쪽으로 벋은 가지 금도끼로 다듬어서
베틀한쌍 걸어놓고 옥란간에 베틀놓아
베틀다린 네다리요 큰애기 다린 두다리라

앉을개라 앉은님은 룡상우에 앉은듯이
부태라오 도는 양은 벼락우에 왕래하듯
선줄이라 댕길양은 벼락바우 올라가듯
잉어대는 삼형제요눌림대는 독신이라
헌신작에 목을 걸고 진주란간 왕래한다.

쿵덕절사 도투마리 쿵덕쿵덕 넘어간다
아황령역의 쑥갓인가 여기저기 흩어지네
그베 한필 짜고나니 진수대동 다해갔네
진수대동 다하고나니 다문 자판남았구나
님의 보선 마르려고 무니찾아 길더나네.
                    (김진옥 창, 리황훈 채보)

베짜기 노래

질개라 동동 도투마리
딩둥대 딩둥대가리
절구나 구분 서풍지엔
네날 짚신 걸려 논다
아항 헤헹 에헤야
품매나 좋다 둥기따꿍
아니나 좋지 못할레라

갈적에는 청산이여
올적에는 백설이라
비문간곳 정적한데
백돌이 한섬 쌓였구나
아항 헤헹 에헤야
품매나 좋다 둥기따꿍
아니나 좋지 못할레라

반적삼을 말그려라
눈물에 한숨만 지누나
아항 헤헹 에헤야
품매나 좋다 둥기따꿍
아니나 좋지 못할레라

(김중환 창, 리황훈 채보)

베짜는 설음

길주나 명천은요
베짜는 고장
집집이 바디소리
앙그러지다
들고나 짱짱
놓고나 짱짱
말같은 시악시 바디나소리

북속에 잠긴 실은

풀어만 져도
요내속에 감춘 설음
늘어만 가네
들고나 짱짱
놓고나 짱짱
우리들 설음도 함께 짱짱.

(김옥단 창, 리룡득 채집)

비단타령

문포조포에 영춘포오승륙승에 심의포
농포세포 증산치 다홍삼승에 청삼승
길주명천에 가는 베 록전홍전 분홍전
팔승세승에 구승포 청포구포 홍문포
대문소문에 남문포 게추리와 해남포
감투모자에 회회포 륙진장포 안동포
해돋았다 일광단 달돋았다 월광단
공단대단사단이며 보기좋은 운운대단
만경창파에 조개비단 보기좋은 금성단
넌출졌다 포도대단 태상로군 호로단
천세만세 만수단 님그리운 상사단
혼란할사 룡문갑사 얼덜룩한 광월사
알송달송 아롱단 궁초생초 쌍문초
초한적우 단일단.

(최치선 창, 리황훈 채보)

물레타령(1)

물레야 돌아라
가락아 사려라
시어머님 보시면
물매를 맞는다

아가양 아가양
울지를 말아
이가락을 올리면
젖을 주마

무정도 하구려
야속도 하구려
백년해로 친구가
야속도 하구려

아리랑 아리랑
아라리로구나
아리랑 굽이굽이에
눈물이 흐른다

보름새 내리워
시어머님 드리고
열두새 내리워서
시아버님 드리고

구승베 내려서
독사같은 시누이

가마보로 돌리세
가마보로 돌리세

석새베 짜내여
랑군님의 행전감
나머지 끝으로
내 차례가 졌네

아리랑 아리랑
아라리로구나
아리랑 굽이굽이에
눈물이 흐른다

시집살이 십년에
열두폭 치마
눈물에 젖어서
다 녹아났네.

(조순화 창, 리황훈 채보)

주: 평안도 지방에서 많이 불리웠다고 한다. 민요에는 로동녀성들의 비참한 처지와 고달프고 눈물겨운 생활과 감정이 깊이 반영되여있다.ㄴ한 앞날에 대한 소박한 념원과 근면한 품성, 그리고 락천적인 정서도 깊이 인받침되였다.이 민요의 선률은 단순하고 평탄하면서도 수심에 잠겨 하소연하는듯한 정서가 짙게 안겨온다.

물레타령(2)

물레야 돌아라 가락아 사려
시어머니 보면은 물매를 맞는다

아이공 데공 성화가 났구나

담장넘에다 집짓고 살아두
그리워 살기는 매일반이로다
아이공 데공 성화가 났구나

보름새 놔여서 시아범게 올리고
열두새 놔여서 시어멈게 올리세
아이공 데공 성화가 났구나

구성베 놔여서 랑군님 행전감
나머지 석자는 내 차례졌수다
아이공 데공 성화가 났구나

(조종주 창, 리황훈 채보)

물레타령(3)

물레야 물레야 빙빙 돌아라
남의 집 귀동자 밤이슬 맞는다
에야디야 에헤에야
에여라 디여라 산아지로구나

동녁에 돋는달 서창에 지도록
님기척 없으니 물레만 도누나
에야디야 에헤에야
에여라 디여라 산아지로구나

닭이야 울며는 이밤이 새건만
물레는 울어도 샐줄을 모르네
에야디야 에헤에야
에여라 디여라 산아지로구나
(박정렬 창, 김태갑 채집)

물레타령(4)

물레야 돌아라 가락아 싸려라
시부모 보며는 꾸중을 듣겠소

물레야 가락아 네우지 말어라
네우는 소리에 내설음 솟누나

물레도깽이 내 설음 감았다
우리님 만나면 다풀어 볼가요

아이쿵 데이쿵 성화가 났구나
이이쿵 데이쿵 성화로다

시집살이 십년에 열두폭 치마
눈물에 젖어서 다녹아 나누나

초생반월은 서산을 넘는데
두견새 접동은 스슬피 우누나

물레가락은 살살 도는 데

기지개는 살살 나누나
(조종주 창, 김태갑 수집)

삼삼는 소리

녕해녕덕[1] 진삼가리[2]
새발전지[3] 걸어놓고
밤새도록 삼고나니
한광주리 차고넘네
귀먹어 삼년
눈어두워 삼년
석삼년을 살고나니
분결같은 이내손이
북두갈구리 다되였네
분꽃같은 이내얼굴
미나리꽃이 다되였네
삼단같은 이내머리
파꼬랭이 다되였네.
(림유옥 창, 리황훈 채보)

주: 로동요. 지난날 녀성들의 베짜기의 첫공정인 삼삼기를 하면서 부른 노래다. 베생산으
로 이름났던 함경도와 경상도에서 많이 불리웠는데 지방바마 가사내용의 변화가 있다.
북포로 유명했던 함경도의 《삼삼이소리》는 동지섣달에 삼삼이르 잘하자는 내용이
위주이고 안동포로 유명했던 경상도의 《삼삼이소리》는 류칠월의 짧은 밤에 온 가족
이 모여서 삼삼이를 하는 모습과 시집살이의 고통을 하소연하는 내용이 다수를 차지
한다. 이 《삼삼는소리》는 대표적인 경상도 《삼삼의 소리》다.

1) 녕해녕덕 - 지명.
2) 진삼가리 - 삼을 가려놓은것.
3) 전지 - 삼을 삼는 기구.

삼삼이타령

동산우에 솟는다
보름달이 솟는데
동네방네 애기네
삼삼이를 해보세
음 좋구나
삼삼이를 해보세

고비고비 풀어서
갈기갈기 찢어서
동지섣달 긴긴밤
삼고삼고 삼으세
음 좋구나
삼삼이를 해보세

오리오리 열두새
시부모님 옷짓고
랑군님과 시누깬
열세베옷 지으리
음 좋구나
삼삼이를 해보세.

(전희순 창, 리룡득 채집)

주: 이 민요는 대표적인 함경도 ≪삼삼이소리≫다. 명천, 북청 지방에서 많이 불리워졌다
고 한다.

다듬이소리

산곡간에 흐르는 맑은 물가에
저기 저 표모 방망이 들고
이웃저웃 빨적에 하도바쁘다
해는 어이 짧아서 서산을 넘나

물에 잠겨 두다려 얼른 헤워서
나무가지 휘걸고 풀밭에 펴네
종일토록 반 옷이 다 말랐으니
주섬주섬 거두어 가지고 간다

어린애는 철없이 배고파 울고
서리 오고 바람 찬 장장추야에
옷다듬는 저소리 이집 저집에
장단맞춰 응하니 듣기도 좋다
                (신인숙 창, 김봉관 채보)

망질소리

둘러라 둘러라 둘러라
어서나 망손을 둘러라

곰보같이 고소같이 얽은망아
펑글펑글 잘두나 돌아라

이망의 석수는 누구런가
청산골 불타산의 석수로다

두루긴 내가야 둘러줄게
멕이긴 네가야 멕여라

한평생 둘러두 고달픈신세
언제나 이소원 잘살아보나.

(김옥단 창, 리룡득 채집)

배노래(1)

배띄여라 남포항구
말치밖으로 어서가자
물소리 탕탕 배머리에
창파만경이 망망하구나
헤야디야 에헤야
어그야듸여차 에헤야

창파만리 넓은 바다
물에 잠긴 우리 재물
배전에 철철 넘치도록
고기잡아 어서 실어라
헤야디야 에헤야
어그야듸여차 에헤야

고기잡이 풍년맞이
만선기를 높이 달고
두리둥실 큰북소리에
개선가로 환고향하자.

(신철 창, 김태갑 채집)

배노래(2)

바닷물우에 갈매기 날구요
정든님 배머리에 옷자락 날린다
어기여차여 어기야지여차
어기야디야 어기여차 바다로 가잔다

떠나갈적엔 빈배로 가더니
돌아올적엔 배전에 넘친다
어기여차여 어기여지여차
어기야디야 어기여차 바다로 가잔다

바다에 물고기 잡도록 좋구요
정든님 노래소리 듣도록 좋구나
어기여차여 어기여지여자
어기야디야 어기여차 바다로 가잔다

꽃이야 곱다면 얼마나 고우랴
일잘하는 우리님 제일로 곱더라
어리여차여 어기여지여차

어기야디야 어기여차 바다로 가잔다.

(현춘월 창, 김태갑 채집)

배노래(3)

어야디여 디여디여 어야디여
만경창파 디여디여
에헤에헤 어야디여차 어야디여
바람새 좋구나 어야디여
바람새 잘받아 어야디여
살같이 가누나 어야디여
힘주어 조어라 어야디여
님만나 보잔다 어야디여
고기배 간다고 어야디여
풍어기 띄워라 어야디여
어야디여 어야디여 어야디여
고향포구가 가까워 오누나

(리상철 창, 김태갑 채집)

배노래(4)

어기여차 어기여차하
어기여차 어기여차
바다로 가잔다

바다에 물고기 잡두룩 좋구요
정든님 노래소리 듣두룩 좋구나

어기여차 어기여차하
어기여차 어기여차
봉죽을 찔렀네 봉죽을 찔렀네
이물대 꼭대기 쌍봉죽 찔렀네

어기여차 어기여차하
어기여차 어기여차
명태를 잡잔다 명태를 잡잔다
연평의 바다에 명태를 잡잔다
(신철 창, 리황훈 채보)

배노래(5)

비야 비야 오지를 말어라
노랑저고리 남물치마 얼룩이 가누나
어기야 어기야차 어기야 어기야 어기여차
배노리 가잔다

연분이 드엇구나 연분이 들었구나
이산 저산 진달래꽃이 연분이 들었구나
어기야 어기야차 어기야 어기야 어기여차
배노리 가잔다

남물이 들엇구나 남물이 들엇구나
이산 저산 도라지꽃이 남물이 들엇구나
어기야 어기야차 어기야 어기야 어기여차
배노리 가잔다

(현춘월 창, 리황훈 채보)

배노래(6)

에어그야 에야 어그야 디어차
에헤야 배띄여라
남포항구 말치밖을 어서 가자
물소리 탕탕 배머리에 창파만경이 망망하구나
헤야디야 에헤야 어그야 디어차 에헤야

에어그야 에야 어그야 디어차
에헤야 배띄여라
창파만리 넓은 바다 물에 잠긴 우리 재물
배전에 철철 넘치도록 고기 잡아 어서 실어라
헤야디야 에헤야 어그야 디어차 에헤야

에어그야 에야 어그야 디어차
에헤야 배띄여라
고기잡이 풍년맞이 만선기를 높이 달고
두리둥실 큰 북소리에 개선가로 환고향하자
헤야디야 에헤야 어그야 디어차 에헤야

(박정열 창, 리인희 채보)

배노래(7)

어여로라노
어여로라노 어기여차
뱃놀이 가잔다
어스름 달빛에
총각의 피리소리
건너말 처녀가
실난봉 났구나

어여로라노
어여로라노 어기여차
뱃놀이 가잔다
작년같은 흉년에
이밥을 먹었는데
올같은 새악시풍년에
장가를 못가랴

어여로라노
어여로라노 어기여차
뱃놀이 가잔다
열두시에 오라고
손시계 사줬는데
1234를 몰라서
한시에 왔구나

어여로라노
어여로라노 어기여차
뱃놀이 가잔다

우리님을 줄라고
엿사다 놨더니만
스리나슬슬 봄바람에
다 녹아났구나.

（우제강 창, 김태갑 채집）

배소리(1)

찌꿍찌꿍 다리구연[1]
다리구연 다리구연
찌꿍찌꿍 다리구연
다리구연 다리구연

≪자, 노를 당겨라!≫

돌아보자오 보자 영야하
일락서산에 해는 지고
월출동령에 달솟는다

≪돛 당겨라, 돛 날린다!≫

날붓내라 날붓내라[2]
날랜 각시가 실날 뽑듯
날붓내라 날붓내라

≪그물을 거두자?≫

돈가리라 올려다보느냐
만확의 천금 내려다보느냐
백사지천금[3] 돈가리다
잘걸렸네 잘걸렸네 돈가리다
네가죽어야 내가 산다[4]

≪고기를 벗기여라![5]≫

벗겨라 헤
벗겨내자꾸나 에헤라 헤
벗기여내자꾸나 헤야
벗기여내자꾸나 헤야
첫날저녁에 새각시 벗기듯
벗기여내자꾸나
에헤라 헤 에헤라 헤

≪인젠 집으로 돌아가자!≫

순풍에 돛을 달고
사공님은 대질하고
날거날거내라[6]
화장님은 밥을 하고
날거날거내라
깊은바다는 멀어지고 에헤
먼륙지는 가까워지고 에헤
험한파도 헤치고 돌아온다
날거날거내라.
                    (박승명 창, 김태갑 채집)

_____

주: 1) 다리구연 - 다리구여라의 준말, 즉 ≪잡아당겨라≫의 뜻.

2) 날붓내라 - 날래 (어서)하라는 뜻.
3) 백사지천금 - 흰모래땅의 천금.
4) 네가 죽어야 내가 산다 - 고기를 잡아야 어부들이 산단는 뜻.
5) 벗기여라 - 그물에서 고기를 벗겨라는 뜻.
6) 날거날거내라 - 고기를 날라내라는 뜻.

배소리(2)

오초동남 너른 물에
오고가는 상고선은
어기여차 배띄워라
연평바다로 고기잡 가잔다
에헤야 어이여 더야 에헤야

오동추야 달밝은데
고기낚기가 재미나네
연평칠산에 널린 조개
한쌍만 남기고 다 잡아라
에헤야 어이여 더야 에헤야

(창, 채보 미상. 연변음악가협회 편 ≪민요곡집≫에서)

사공소리

에헤오허 오아하에하
만경창파에 에헤헤야

둥실 떠나는 에헤헤야
저놈파도가 에헤헤야
들어온다 에헤헤야
둥실 떠나는 선견대 에헤헤야
나갈줄 몰랐다 에헤헤야
호루락 바우 오헤헤야
서쪽을 들온다 오헤헤야
침목을랑 왼쪽을 돌려라 오헤헤야
사공님이 에헤헤야
침목을 잡고 오헤헤야
뒤전이군으로 오헤헤야
이리저리 오헤헤야 까헤라
까딱까딱 에헤오헤
시름을 놓고소니 에헤헤야
닻줄을 놓고 에헤헤야
사방으로 에헤헤야
사방으로 에헤헤야
살펴보소 에헤헤야
에흐허 싸허싸 얼싸 간다
으이야 에헤헤야
우리들이 인생 하나니 에헤헤야
배를 타고 오헤헤야
인생 하나가 떠내려갈때 오헤헤야
한번 아차 잘못되면 오헤헤야
이러다 혼성 풍년이 되고 본다 에허헤야
사파님아 배전을 잘해라 오헤오헤
젓대군은 젓대를 잡고 오헤헤야
먹고다니는 사자밥이요 오헤헤야
입고다니는 논장포라 오헤헤야

타고다니는 칠성판이라 에헤헤야

(오수만 창, 김봉관 채보)

제주도배노래

에야데야 에야데야
우리 제주 잘가라고
봄새 바람이 잘불었다
에야데야 에야데야

에야데야 에야데야
우리배 선주가 좋아
니물대우에다 봉지를 달았네
에야데야 에야데야

에야데야 에야데야
우리배 선주가 재주가 좋아
인물천재를 얻었다네
에야데야 에야데야

(창 미상, 고자성 채보)

배 띄여라(1)

갈매기 난다 갈매기 난다
몽금의 포구에 흰 갈매기
물고기 보고 날아든다
닻감아라 배띄여라
닻감아라 배띄여라
어기여어기여 배젖는 소리에
몽금포 처녀들도 배노래한다

풍년이란다 풍년이란다
연평철산의 너른 바다
물고기풍년 들었단다
닻감아라 배띄여라
닻감아라 배띄여라
어기야어기야 배젖는 소리에
몽금포 처녀들도 배노래한다

내사랑이야 내사랑이야
고기배 돌아올 때까지
네 그물 뜨며 날 기다려라
닻감아라 배띄여라
닻감아라 배띄여라
어기야어기야 배젖는소리에
몽금포 처녀들도 배노래한다

세월이 좋아 세월이 좋아
물고기충년에 기 띄워놓고
닻감아라 배띄여라

닻감아라 배띄여라
어기야어기야 배젖는 소리에
몽금포 처녀들도 배노래한다.
(신철 창, 김태갑 채집)

주: 서도민요. 이 민요는 민요 ≪반월가≫에 기초하여 창작되였다. 서사민요 ≪배따라기≫
와 대조되게 밝은 정서를 가지고있다. 풍어가 이루어지는 과정과 어부들의 아름다운
생활에 대한 넘원이 반영되엿으며 전형적인 서도민요 양산도장단의 흥겹고 멋들어진
리듬을 타고 흐르는 률동적이며 락천적인 선률이 감동적이다.

배 띄워라(2)

배띄워라 배띄워라
만경창파 넓은 바다에 배띄워라
어야더야 에헤더야 어야더야 에헤야
삿대를 놓고 머리를 돌려라
어야데야 에헤야
저건너 명태데 꼬리치며 노니
이리철럭 저리철럭 그물 발리 던져라
어야더야 어허야 더야
높은 하는 소슬때에
바줄을 달고 추겨올려라어야
데헤야 어허야 에헤 배띄워라
(김명호 창, 리황훈 채보)

봉죽타령(잦은 배따라기)(1)

여보시오 동무네들
이내 말씀 들어보오
금년 산수 기박하여
망한 배는 망했거니와
봉죽을 받은채
떠들어옵니다

봉죽을 받았단다
봉죽을 받았단다
오만칠천량
대봉죽을 받았다누나
지화자자 좋다 이에
어그야더그야 지화자 좋다

얼마나 받았습나
얼마나 받았습나
오만칠천량
여섯곱절 받았다누나
지화자자 좋다 이에
어그야더그야 지화자 좋다

돈을 얼마나 벌었던지
안팎 이물이 차잘차잘 넘누나
십리밖에서 북소리 둥둥 나더니
선창머리에 배들여맨다누나
지화자자 좋다 이에
어그야 더그야 지화자 좋다

배주인집 아주머니
치마폭 벌리소
돈들어가누나
돈들어 간다누나
지화자자 좋다 이에
어그야더그야 지화자 좋다

배주인빕 아주머니
돈날라 들이기에
왼편 궁둥이에서
자개바람 일었다누나
지화자자 좋다 이에
어그야더그야 지화자 좋다.

(조종주 창, 리황훈 채보)

주: 이것은 서사민요 《배따라기》와 대조뒤는 혹은 그의 속편이라고 할수 있는 노래인데
어부들의 기쁨과 희열을 담고있다.
봉죽이란 풍어를 알리기 위해 배우에다 짚으로 마디마디를 곱게 장식하여 세우는 참
대인데 고기배가 떠날 때 만선을 기원하는 봉죽놀이와 고기배가 봉죽을 달고 돌아올
때 축하하는 봉죽놀이 두가지가 있는데 봉죽타령이란 바로 봉죽놀이에서 부르는 노래
다. 여기에 수록하는 이 《봉죽타령》은 황해도에 불리운것이다.

봉죽타령(2)

봉죽을 질렀네 봉죽을 질러
우리배 쌍대에 봉죽을 질렀네
후예 에헤 으아으아

올라갈적에 사리화 피우고
내려올적엔 만장화 피운다
후예 에헤 으아으아

배임자 아주머니 인심좋아
만득딸 길러 화장아이[1] 주었네
후예 에헤 으아으아

전라도 노고지 술빚어 있고
어느나 독에서 술맛을 볼가
후예 에헤 으아으아

돈실러 가세 돈실러 가세
연평바다로 돈실러 가세
후예 에헤 으아으아

어영도 칠산 다쳐먹고
석호바다로 돈실러 가세
후예 에헤 으아으아

배임자 아주머니 정성덕에
첫정월 치는 북을
오월 파중 내둘러 치누나
후예 에헤 으아으아

배임자 아주머니 인심좋아
콩나물술동이 이고서
다리발 아래서 쌀쌀 기누나
후예 에헤 으아으아

(박정렬 창, 조성일 채집)

주: 이 민요는 바로 평안도에서 많이 불리운 ≪봉죽타령≫이다.

　1) 화장아이- 배에서 밥짓는 아이.

연파만리

연파만리 순풍따라
달빛아래 비낀 돛대
두리둥둥 큰북소리에
물도 출렁 반기는구나
에야디야 에헤야
에헤야 어그여차 에헤

동해바다 배돌려라
말치밖으로 어서 가자
북소리 탕탕 배머리에
창파만경이 망망하구나
어야디야 에헤야
에헤야 어그여차 에헤

돛다는배 얼싸 좋네
정어리떼 두리둥실
흐늘흐늘 둘러쳐라
어야디야 에헤야
에헤야 어그여차 에헤.

(현춘월 창, 김태갑 채집)

주: 배노래에 속하는 로동요. ≪연파만리(連破萬里)≫ 이 제목은 상대를 련속하여 무찔러
　　패배시킨다는 뜻이다. 봉죽타령과 마찬가지로 어부들의 고기잡이로동의의 희열과 락
　　관주의 정신을 특색있게 나타내였다.

떼목군의 노래

떼목에 실은몸이 압록강물결에
키잡고 가는곳은 신의주란다
어야더야 어야어야
허리여라 이내 신세

물새외 벗을삼는 외로운신세
강역에 떼를대고 밤을 보내오
어야더야 어야어야
허리여라 이내 신세

강가에 뛰여노는 아이를보니
달넘는 집소식이 그리워지오
어야더야 어야어야
허리여라 이내 신세

슬프다 하소연하며 혼자 살아가니
제김에 목이메여 눈물흐르오
어야더야 어야어야
허리여라 이내 신세

눈속에 벌목하는 동지섣달
띄워라 압록강에 얼음풀렸다
어야더야 어야어야
허리여라 이내 신세

올해조 한행보[1]의 떼를 타고서
압록강 이천리 물에서 사오
어야더야 어야어야
허이여라 이내 신세.

(허봉춘 창, 리황훈 채보)

주: 1) 한행보 - (지난날) 벌목장의 주인 이름.

풍구타령(1)

슬렁슬쩍 불어도
신선풍구로다
에이헤이 에이야
너를 불어줄가
숯은 타서 재가되고
쇠는녹아 물된다

슬렁슬쩍 불어도
신선풍구로다
에이헤이 에이야
너를 불어줄가
아침저녁 우는 새는

배가고파 운다

슬렁슬쩍 불어도
신선풍구로다
에이헤이 에이야
너를 불어줄가
정밤중에 우는 새는
어붙이 없어[1] 운다

슬쩍슬쩍 불어도
신선풍구로다
에이헤이 에이야
너를 불어줄가
동지섣달 긴긴밤에
촛대잠[2]만 자누나

(유경숙 창, 리황훈 채보)

주: 함경도지방의 로동요 『풍구』는 『풀무』의 사투리, 그러므로 ≪풀무타령≫과 ≪풍구타
령≫은 같은 제목의 노래라고 보아도 무방하다.노래는 로동자들이고역에서 오는 피로
를 풀며 일을 쉽게 지향이 안받침되였다. 노래의 선률은 디딜풀무질을할때의 률동과
결부되여 로동자들의 근면성, 락천성 그리고 예술적재치를 잘나타내였으며 노래형상
은 매우 생동하고 락천적이다.

1) 어붙이 없어 - 짝이 없어.
2) 촛대잠 - 초대처럼 꼿꼿이 앓아 자는 잠.

풍구타령(2)

어이여차 불어라

불 불어주게
슬근살짝 불어도
만대장이 나온다

삼수갑산 풍구는
칠팔인이 불어도
구리무쇠 돌무쇠
쾅쾅 녹아서 나온다

어이여차 불어라
불 불어주게
슬근살짝 불어도
만대장이 나온다

덕대네 아주머니
인심이 좋아서
먹기좋은 탁배기
철철 걸어서 나온다

어이여차 불어라
불 불어주게
슬근 살짝 불어도
만대장이 나온다

이 무쇠를 녹여서
무슨 쟁기를 만들고
가마 보섭 구워서
문전옥답을 갈아보세

(박정열 창, 정준갑 채보)

풍구타령(3)

헤헤야 에이에이에이로다
요렇게 불어도 신선 풍구로다
풍년이 왔구나 풍년이 왔구나
신축년 대풍이 돌아를 왔구나

헤헤야 에이에이에이로다
팔월추석 농민의 명절
남녀로소 같이 논다
신축에 대풍년이 돌아를 왔구나

헤헤야 에이에이에이로다
뒤집에서 떡메소리
퉁탕퉁탕 하더니
앞집에서 노래소리 높으게들 들려온다

헤헤야 에이에이에이로다
농부일생이 무한이라네
오늘은 한가한날 돌아왔네
신축년 대풍이 돌아를 왔네

헤헤야 에이에이에이로다
덕택이라 덕택이라
이 덕이 뉘덕인가
이덕저덕 다 버리고 농부의 덕이로다

(리태운 창, 고자성 채보)

풍구타령(4)

슬렁슬적 불어도 신선풍구로다
에이 헤이에이야 너를 불러줄가

슬렁슬적 불어도 신선풍구로다
왈라당 팔라당 갑사댕기 네 날 홀려간다

슬렁슬적 불어도 신선풍구로다
어깨넘어 갑사댕기 네나 우쭐거린다

슬렁슬적 불어도 신선풍구로다
언덕밑에 살가라지 네 날 홀려간다

슬렁슬적 불어도 신선풍구로다
슬정슬정 강기여도 시선풍구로다

슬렁슬적 불어도 신선풍구로다
토스레적삼 진자지고름[1] 네 날 홀려간다

슬렁슬적 불어도 신선풍구로다
숯은 타서 재가 되고 쇠는 녹아 물된다

슬렁슬적 불어도 신선풍구로다
고진동 큰애기 네 날 홀려간다

슬렁슬적 불어도 신선풍구로다
아침저녁 우는 새는 배가 고파서 운다

슬렁슬적 불어도 신선풍구로다
두밤지경 우는 새는 님이라 찾고 운다

슬렁슬적 불어도 신선풍구로다
정밤중에 우는 새는 어불²⁾이 없어서 운다

슬렁슬적 불어도 신선풍구로다
동지섣달 긴긴 밤에 초대잠만 잔다
(유경숙 창, 리홍흥 채보)

주: 1) 진자지고름 —진한 자지색 고름
    2) 어불이 없어—짝이 없어.

풍구타령(5)

헤이헤이 좋다 네가 잘불어다고
아무래도부는 바짱 신선좋게 불어라
에이헤이 좋다 네가 잘불어다고
대장질 십년에 망치찌개만 남았네

에이헤이 좋다 네가 잘불어 다고
어깨넘어 절포장도 네날살려주려마

에이헤이 좋다 네가 잘불어다고
어개넘어 진자지고름 나를 살려주려마

저 건너 종종 바위 우선 해쭉 하누나

에이헤이 좋다 네가 잘불어 다고
푹칙 푹칙 푹허푹허
슬렁슬렁 불어도 신선풍구로다

（안명주 창, 리황훈 채보）

풀무타령(1)

에에 불어도 신선풍기로다
실근살짝 불어도 만대장이 나온다

에에 불어도 신선 풍기로다
배재구멍 **빠진데**는 개대가리가 재재기요[1]

에에 불어도 신선풍기로다
문창구멍 **빠진데**는 애기네 눈알이 재재이요

에에 불어도 신선풍기로다
가마구멍 바진데는 무쇠지적이 재재기요

에에 불어도 신선풍기로다
바지구멍 **빠진데**는 가새밥이 재재기요

（박승명 창, 김태갑 수집）

주: 1) 재재기요- 제격이요. 함경도 방언.

풀무타령(2)

어여차 더여차
절씨구나 좋구나
선수태장은 숯을 보고
가장령감은 쇠물 보니
에라 밀구 당기여라
홀러덩 풀무로다

중천에서 부는바람
이 소탕에 넣으면
쇠물녹아 물이되고
숯은 타서 나비되네
에라 밀구 당기여라
홀러덩 풀무로다

우리힘을 모두하여
이 성사를 필력하면
나라에도 유익하고
백성들도 평화롭다
에라 밀구 당기여라
홀러덩 풀무로다

잠을 자고 일어나니
정신도 깨끗하고
일손에도 새힘솟네
자손창생 번영위해
우리임무 완성하세
에라 밀구 당기여라

홀러덩 풀무로다

산에 있으면 소탕풀무
벌에 있으면 야장 풀무
신선풍구 몰랐더니
우리소탕 이아닌가
에라 밀구 당기여라
홀러덩 풀무로다

                (정성칠 창, 리룡득 채집)

풍구질 소리

이 앞남산 풍구룰 놓고
이 뒤동산 불린다
어얼싸 불어라
너 잘 불어다고
이번 성냥 잘되면
환고향을 하리라
환고향을 한후면
부모처자 보리라

무산쇠돌 큰애기
생사람을 홀린다
허얼싸 불어라
너 잘 불어다고
부모처자 본후엔

일가문중 보리라
허얼싸 불어라
너 잘 불어다고

세련군[1]이 열여섯
발맞추어 디디여라
허얼싸 불어라
너 잘 불어다고
어깨너머 갑사댕기
생사람을 홀린다
요내 신세 박명한데
생사람을 홀린다

이 앞남산 풍구를 놓고
이 뒤동산 불린다
허얼싸 불어라
너 잘 불어다고
이 쇠돌 언제 녹아
가마 보섭 마련될가
허얼싸 불어라
너 잘 불어다고.

(박순덕 창, 리황훈 채보)

_____

주: 1) 세련군 - 풀무질군.

톱소리

실근실근 톱질이야
실근실근 톱질이야
이낡이는 무슨 낡이냐
실근실근 톱질이야
이낡이는 이깔낡이냐
실근실근 톱질이야
소낡이냐 참낡이냐
실근실근 톱질이야

스르륵스르륵 톱질이야
스르륵스르륵 톱질이야
소나무는 숫이커서
스르륵스르륵 톱질이야
삼칸집을 돌려짓고
스르륵스르륵 톱질이야
참낡이는 세게 나가구
스르륵스르륵 톱질이야
무른낡이는 이깔낡이라
스르륵스르륵 톱질이야

(조종주 창, 김태갑 채집)

낫소리

누워라 누워라[1] 내 낫앞에서

앙탈을 말고서 누워라

올라가누나 올라가누나
에이 헤이 올라가누나

비였구나 비였구나 바람에 쓰러진
풀대를 감잡아 베였네

누워라 누워라 내 낫앞에서
앙탈을 말고서 누워라.

(조종주 창, 김태갑 채집)

주: 1) 누워라 - 낫질을 하며 나무를 보고 쓰러지라고 하는 말.

어사영(1)

령감아 령감아 우리 령감아
병진년 흉년에
보리송편 두날반 먹구
죽은 우리 령감아

령감아 령감아 우리 령감아
까마귀 겉이 검다구
속까지 검으랴
죽은 우리 령감아

(손보오 창, 김태갑 채집)

주: 남도 로동요 ≪어사영≫은 오랜 세월 내려오면서 제목이 틀리게 변형된 민요로서 원
래 제목은 ≪어산영(於山詠)≫, 산에서 부르는 노래라는 뜻의 제목의 민요이다. 즉 산
에 가서 나무를 한짐 푹 해놓고 부르는 노래이다. 내용은 신세타령이 위주이다. 경남
영덕군에서는 어사영을 ≪산태롱≫이라고 하는데 여기서 태롱은 타령의 듯이겠다.

어사영(2)

지리산 갈가마구야
넉실넉실 높이 떠서
시내강변 후루룩 앉았구나
더디도다 더디도다
한양랑군 더디구나
청실홍실은 베루지는 아니했을망정
남보다가 유달터니
찬이슬에 두어마리 리별하고
한번 슬적 가신님이야
약수삼천리에 창자가 끊어지구
편지일장 없었더니
가련한 외로운 이내몸이
어이 살리 어이 살리
못살리라 못살리라
이팔청춘 젊은년이
랑군 그리워 못살겠소
이몸에 날개돋아
구만장공 높이 날아
구곡에 맺힌 원한

구월 황하나 풀어볼가
아이구 그리두 못할 노릇
이몸이 아차 죽어져서
뼈는 썩어 황노되고
살은 썩어 물이되고
황천수를 보태여
머나먼 님계신곳 찾아간들
나는 응당 님을 알리마는
님이야 어찌 나를 알리ㅛ
북방으로 바라보니
울고가는 저기럭아
우리 고향 가거들랑
나의 소식을 님의 전에다가 전해주게
두어마디 엿주고나니
창망한 구름속에
기러기만은 간곳없고
빈바람소리뿐이로구나
다려가소 다려가소
한양랑군아 날 다려가소
더디구나 더디구나
한양랑군이 더디도다
이번길에 서울가면
초당에 공부하여
명년삼월 과객하면
어느 일등미색 장한풍류
주야사랑 놀게 되여
나를 아주 잊었도다

(박태순 창, 리황훈 채보)

나무 베는 소리

때는 마침 어느때냐
구시월 시단풍에
원근산천 오색초목
황금으로 물들었네
에헤에야 얼씨구좋구나
나무하러나 가세

터나무를 베여볼가
산골나무 베여볼가
태산준령 넘고넘어
층암절벽 들어가세
에헤에야 얼씨구좋구나
나무하러나 가세

오색초목 울창한데
새소리도 구슬프다
이태삼년 묵은나무
큰단으로 베여묶세
에헤에야 얼씨구좋구나
나무하러나 가세

이나무를 베어묶어
태산같이 쌓아놓고
백설털털 한겨울날
근심없이 지내보세
에헤에야 얼씨구좋구나
나무하러나 가세.

(최신명 창, 리룡득 채집)

나무군 소리

올라만 가누나
올라만 간다 올라가누나

누워라 누워라 내낫앞에서
앙탈을 말고서 누워라

올라가누나 올라가누나
헤이 헤이 올라가누나

비였구나 비였구나 바람에 쓰러진
풀대를 감잡아 비였네
　　　　　　　(리병지 창, 리황훈 채보)

지게소리

어허어이에에에 구야구야 가마구야
어떤 사람 팔자좋아 고대광실 높은집에
사모에다 풍겨달고 잘사는데
이놈팔자 어찌하여 두줄속에 목을넣고
태산고개를 넘어가니 답답해서 못살겠네 이후후후
　　　　　　　(김두식 창, 리황훈 채보)

벌목가

어떤놈은 팔자좋아
우허야우허 넘어간다
높은집에 호식하고
우허야우허 넘어간다
어떤사람 팔자흉해
우허야우허 넘어간다
엄동내내 고생인가
우허야우허 넘어간다.

(정성칠 창, 리룡득 채집)

목수타령

대산에 올라 대목을 떵떵
소산에 올라 소목을 떵떵
화산에 올라 화목을 떵떵
옥도끼로 찍어서
금도끼로 깎아서
굽은 낡은 곧다듬어
곧은 낡은 재다듬어
초가사간을 지어놓고
량친부모 모신후에
한칸에는 궁녀를 두고
한칸에는 옥녀를 두고
한칸에는 선녀를 두고

선녀방에 오라하면
대세로다 만세로다
에라 억만 대세로다

(김상옥 창, 리황훈 채보)

집일소리

깨잎따 비졌다 소문이 난다
신잎따 비졌다 소문이 난다
시킬전으로 나가면 썩썩 소리만 난다
멀구청으로 나가면 멀뚱멀둥 멀어진다
생가구간으로 나가면 썩썩 소리만 아간다
알가닥 발가닥 바느질소리
꿍꿍 눌렀다 윤두질소리
스르릉 눌렀다 다리미소리
우지끈 자지끈 세마동소리
우루룩 뚜루룩 네가닥물레
큰애기 손길에 다달아나네

(김월금 창, 리황훈 채보)

물동이타령

물길러 가세 물길러 가세
저 고개 넘어로 물길러 가세

앗다 그렇지 물도 길을겸
님도 볼겸 겸사겸사
어야 둥둥 내 사랑아

총각랑군 오는 길 내다 보노라
통까리 한가마 모다 넘겨버렸네
앗다 그렇지 널넘는 시솔이
또 한끼 굶었네
어야 둥둥 내 사랑아

총각랑군 줄려고 낮가리 두틈에
엿사다 넣더니 슬슬 동풍에
다녹아 버렸네 다녹아진것 제쳐놓고
돈 닷돈칠푼이 다녹아났구나
어야 둥둥 내 사랑아

(리상순 창, 리황훈 채보)

단지타령

헤양 헤양 헤헤야 헤야 에루와 좋구나
단지야 단지야 가지각색
단지 단지야 단지 단지야
마두강단지는 오지단지
에헤 풍국의 단지는 둥근단지로다
헤양 헤양 헤헤야 에루와 좋구나
단지로구나

(어률문 창, 고자성 채보)

부뚜막타령

어떤 사람은 팔자가 좋아
유주인연 남편을 얻고요
요내 신세는 가련해요
마당가에 모닥불은
날과 같이도 속만 타네
아리랑 아리랑 아라리구나
아리랑 얼시고 어러리

뒤동산에 고목나무
날과 같이도 속만 썩고
날과 같이도 가련해요
뒤동산에 줄밤나무
날과 같이도 매만 맞네
아리랑 아리랑 아라리구나
아리랑 얼시구 어러리

(김말순 창, 리황훈 채보)

가야금타령

가야금 열두줄에 시름을 걸어
퉁기는 가락 애닯아라
에헤 에헤 에헤에 당기 당기 당기
세월만 흘러가네
리화우사 창에 뿌리고

그님은 이다지도 마음을 울리나

애닲은 이내 심정 지화자 절사
다녹아난다 구슳어라
에헤 에헤 에헤에 당기 당기 당기
세월이 흘러가네
에헤야 그정만 남기고 내님은
왜 떠났소 이 간장 다 녹네

퉁기는 가락가락에 정든님 생각
에헤야 둥게 서글퍼라
에헤 에헤 에헤에 당기 당기 당기
세월만 흘러가네
얼시구 꿈에도 못잊을 그님은
무정하게 이 심정 울리내
(박정렬 창, 문정 보)

망질소리

둘러라 둘러라 둘러라
어서나 망손을 둘러라
곰보같이 고소같이 얽은 망아
핑글 핑글 잘두나 돌아라

둘러라 둘러라 둘러라
어서나 망손을 둘러라

이 망의 석수는 누구런가
청산골 불타산의 석수로다

둘러라 둘러라 둘러라
어서나 망손을 둘러라
두르긴 내가야 둘러줄게
멕이긴 네가 멕여라

둘러라 둘러라 둘러라
어서나 망손을 둘러라
한평생 둘러두 고달픈 신세
언제나 이 소원 잘살아보나

(신인순 창, 리황훈 채보)

나무타령

나무라도 고목이 되면
오던 나비도 아니 온다
산도 설고 물도 선데
그늘 바라고 여길 왔노
꽃이라도 락화가 되면
오던 나비도 아니 온다
아리랑 아리랑 아라리요
아리랑 고개로 넘어간다

(조종주 창, 김남호 채보)

말목 치는 소리

헤여루차하 헤여루차하
먼데 사람은 듣기 좋게요
헤여 헤여루차하 헤여루차하

헤여루차하 헤여루차하
곁에 사람은 보기 좋게요
헤여 헤여루차하 헤여루차하

헤여루차하 헤여루차하
광산 산숲은 손아래 돌고
헤여 헤여루차하 헤여루차하

헤여루차하 헤여루차하
무중산 숲은 손에 들었네
헤여 헤여루차하 헤여루차하

헤여루차하 헤여루차하
바람아 바람아 불지를 말아라
헤여 헤여루차하 헤여루차하

헤여루차하 헤여루차하
청풍락엽이 다 떨어진다
헤여 헤여루차하 헤여루차하

헤여루차하 헤여루차하
산아 산아 백두산아
헤여 헤여루차하 헤여루차하

헤여루차하 헤여루차하
백두산이 얼마나 높던고
헤여 헤여루차하 헤여루차하

헤여루차하 헤여루차하
산아 산아 곤륜산아
헤여 헤여루차하 헤여루차하

헤여루차하 헤여루차하
곤륜산아 얼마나 높던고
헤여 헤여루차하 헤여루차하

(박룡범 창, 리황훈 채보)

남포질소리

산이야 산이야 산이로다
산의 조종은 곤륜산이요
수지조종은 황하수라
산이야 산이야 산이로다
열두근 망치는 공중에 놀고
열두근 정은 룡왕국 간다
때려라 박아라 박아라 때려라
에헤 에이헤 산이로다

(강효혁 창, 리황훈 채보)

산운제소리

　　어이여여루 산오마
　　산에 올라 돌 구경하니
　　어이여루 산오마
　　산중에 귀물은 머루나 다랜데
　　어여루 산오마
　　인간의 귀물은야 사람이건만
　　어이여루 산오마
　　괄세마오 괄세마오 돈없는 건달을 괄세마오
　　어이여루 산오마

　　　　　　　　　　　(구룡환 창, 고자성 채보)

나물타령

　　앞서가는 저 동무야
　　뒤서 오는 저 동무야
　　왕다래끼 중다래끼 차구
　　고사리 삽지 꺾으러 가자
　　음달쪽 양지쪽 고사리 꺾고
　　음달쪽 양지쪽 삽지 꺾어라
　　살살 끓는 물에 싹 씻어내서
　　은저 놋저 갖추어 놓고
　　참기를 간장 살살 묻혀
　　아버님도 집어보소
　　어머님도 집어보소

아버님도 집으시고
어머님도 집거들랑
우리형제 집어보세

(최신명 창, 리룡득 채집)

주: 봄이 되여 눈이 녹고 양지쪽 밭이나 언덕에는 풀잎싹이 솟아오르면 마을 소녀들은 바
   구니와 칼을 가지고 봄나물 캐러 나간다. 나물캐기는 여간 기분 좋은 일이 아니다. 그
   래서 때로는 경쾌하게 나물캐기 노래를 부르기도 한다. 봄과 나물과 소녀의 노래는 우
   리의 농촌의 아름다운 봄의 정경이였다.

고사리타령

고사리 고사리 고사리야
심심삼천에 고사리야
내가 너를 보려고
내가 여기를 왔더냐
내님을 보려고
내가 여기를 왔지
애꿎은 고사리만
목을 빼끗이 꺾누나

(김수옥 창, 리황훈 채보)

제2부 세태요

도라지

도라지 도라지 도라지
심심산천에 백도라지
한두뿌리만 캐여도 대바구니에
스리살살 다 넘누나
에헤요 데헤요 에헤요
에야라난다 지화자자 좋다
네가 내 간장을 스리살살 다녹인다

도라지 도라지 도라지
요 못쓸놈의 백도라지
하도 날데가 없어서
돌바위틈에 가 왜 났느냐
에헤요 에헤요 에헤요
에야라난다 지화자자 좋다
네가 내간장을 스리살살 다녹인다

도라지 캐러 간다고
요펑게 조펑게 하더니
총각랑군님 무덤에
삼우제 지내러 가누나
에헤요 에헤요 에헤요
에야라난다 지화자자 좋다
네가 내 간장을 스리살살 다녹인다.

주: 《도라지》는 서도민요의 하나로서 농촌처녀들의 체험하는 기쁨과 함께 돌바위틈에
난 도라지와 같은 자기의 불우한 처지를 한탄하는 서글픈 감정도 담겨있는데 생기발
랄한 정서와 다감한 감정으로 가득차있다. 이 노래는 변종도 많으며 잔가락이 없고 선
명하며 류창하고 아름다워 널리 불리우며 무용곡으로도 쓰이고있다.

구식도라지

도라지 도라지 도라지
심심산천에 백도라지
한두뿌리만 캐여도
대광주리의 반씩만 다 넘는다
에헤용 에헤용 에헤용
에이아라난다 지화자자 좋다
네가 내 간장을 스리살살 다 녹인다

도라지 캐러를 간다고
요펑게 조펑게 하더니
총각랑군 무덤에 삼우제 지내러 갔고나
에헤용 에헤용 에헤용
에이아라난다 지화자자 좋다
네가 내 간장을 스리살살 다 녹인다

도라지 캐설랑 치마나 자락에 싸고요
더덟이를 캐서는 너허구 나하구 먹잔다
에헤용 에헤용 에헤용
에이아라난다 지화자자 좋다
네가 내 간장을 스리살살 다 녹인다

(서병기 창, 리황훈 채보)

양산도(1)

에헤이여 봄이 왔네 봄이 왔네
지나간 봄철이 다시 돌아왔네
에루화 좋구나 얼씨구 좋구나
각가지 화초가 또한 좋구좋네

에헤이여 금수나강산에 봄이 왔네
희망의 새봄이 다시 돌아왔네
에루화 좋구나 얼씨구 좋구나
각가지 화초가 또한 좋구좋네.

주: 이 민요는 우리 겨례들속에서 널리 보급된 서도민요로서 『양산도(陽山道)』라는 제목
은 양덕, 맹산으로 통하는 길이라는 뜻을 담고있다는 설도 있고 제목을 『양산도(陽山
濤)』라고 하면서 양덕맹산에서 흐르는 물결 『도(濤)』를 노래한다는 뜻이 있다는 설도
있다. 그런가 하면 『양산도(楊山道)』라고 하면서 양산도라는 사람의 이야기에 근거하
여 만들어진 노래라는 설도 있다.
　이 민요를 남도민요라고 보는 사람도 적지 않다. 곡명에 대하여서도 다른 견해가 많다.
심국시기의 사화에 그 근원이 있다는 견해도 잇고 또 리조의 초기 사화에서 그 근원을
찾는 사람도 있으며 『량상도회(梁上涂灰)』라는 숙어로 부터 왔다는 설이 있다.
　이 민요의 기본 주제는 강산이 아름다운 조국의 자연에 대한 자랑의 감정이다. ≪양산
도≫의 음악은 명랑하면서도 힘있고 씩씩하고 활기있으며 락천적인 정서로 특징적이
다. 가사에는 다소 리해하기 힘든 한문투가 적지 않으며 시정인들의 유흥적인 기분이
담겨있기도 하다.

양산도(2)

에헤이여 양덕맹산 흐르는 물은
감돌아든다고 부벽루하로다
에루화 놓아라 아니 못 놓겠네

릉지[1]를 하여도 나는 못 놓겠네

에헤이여 창포밭에 금잉어놀고
이리금실 저리금길 술안주감으로 논다
아서라 말어라 네 그리말어라
사람의 괄세를 네 그리말어라

에헤이여 차무주가 하처재요[2]
목동요지가 행화촌이라[3]
에루화 놓아라 아니 못놓겠네
릉지를 하여도 나는 못놓겠네.

(강성기 창, 김태갑 채집)

주: 1) 릉지 - 봉건사회에서 머리, 몸두이, 손과 발 등을 토막쳐 죽이는 극형.
2) 차문주가하처재(茶門酒家何處在) - 문에다 붉은 칠을 한 술집이 어디 있느냐는 뜻.
3) 목동요지행화촌(牧童遙指杏花村) - 목동이 멀리 행화촌을 가리킨다.

애원성(1)

에헤야 견이불식[1]은 화종종 리별이요
정들고 못살긴 록류장화로다
헤에야 너를 알가는 중인절벽에
강바닥인줄 알았드니 오늘날 보니
네가 간것도 허사로구나
헤헤야 수야 모야 다 모두어두
정가는것은 한곳이로구나
헤헤야 앞남산 고와서 바라를 보니

진달래화초가 만발하였구나
헤헤야 남산송죽에 저 두견새는
님죽은 혼만 오시라고 손질하네
(리태운 창, 고자성 채보)

주: 『애(哀)』자와 『원(怨)』자 그리고 『성(聲)』자 이렇게 세 글자로 곡명이 만들어진 이 민
요는 아무래도 슬프게 원망하는 노래였을것이다. 그러나 민요 ≪애원성≫의 본조는 그
렇지 않다. 특히 기쁠 때 부르는 곡은 많이 변조되였으며 가사도 제목과는 달리 기쁨
과 희망이 넘치게 변화된다. 이 민요는 함북 북청과 단천에서 많이 불리워졌다.
1) 견이불식(見而不食)— 보고도 못먹는다, 탐나는것을 차지할수 없음을 나타내는 성어.

애원성(2)

네헤네헤야 에헤헤루 네로구나
어허널널 어허리구 널과 나로구나
명주를 짜거던 제가 그저나 짜지
동네집 총각과 수작은 웬 수작하느냐

네헤네헤야 에헤헤루 네로구나
어허널널 어허리구 널과 나로구나
정거장 기차는 갔다가 다시 오건만
우리 인생은 늙으면 젊지 못한다
(리태운 창, 고자성 채보)

애원성(3)

슬슬 동풍에 구름이 오구서
가는 새 오는 새 노래를 부른다 옹헤

간다구 할적에는 재작년 춘삼월인데
에야 금년 춘삼월 화당에 백나비 한쌍이 왔다 옹헤

오동동 저 달이 둥실 밝은데
밤길을 가기는 정말로 좋구나 옹헤

창밖에 오난비 산란만 하구요
비끝에 돋는 달 유정도 하구나 옹헤

갈 때나 올 때나 뜨는 해를 바라보니
마음속이 아늑해 임자나 알고 가느냐 옹헤

오라고 하기는 제가 오래놓구서래
사대문 걸구서 낮잠만 자누나 옹헤

가노라 가노라 나는 돌아 가노라
임자를 두고서 나는 돌아를 가노라 옹헤

간다구 하며는 아주 영원히 가느냐
너와 나와 눈깜짝은 수십년이로다 옹헤

오는 새 가는 새 저 덤불밑에서 놀구요
오는 님 가는 님 새장구 복판에서 노느니
(기준, 병욱 창, 리황훈 채보)

함경도 애원성

에헤에헤야 얼싸 네로구나
너헐너리고 상사디로구나
세월아 네월아
네가 가지를 말어라
알뜰한 청춘이 다 늙어간다

에헤에헤야 얼싸 네로구나
너헐너리고 상사디로구나
일락은 서산에
해는 져서 어두운데
허공중청에 저 젓대소리로다

에헤에헤야 얼싸 네로구나
너헐너리고 상사디로구나
무산령 넘어다
정든님을 두고서
두만강 떼목에 몸실려가노라.

(류중표 창, 김태갑 채집)

함경도 창곡(1)

오마니 아버지 탄식마오
이내주먹에 뛰는피는 천금이라
에야데야 에야데야 에야데야

아무리 보아도 야단이났네

강물의 게가재는 물따라가는데
없는살림에 이내몸 품팔이가네
에야데야 에야데야 에애데야
아무리 보아도 야단이났네

철모르는 이몸을 데려다놓고
타관객리에 품팔이가 웬말이요
에야데야 에야데야 에야데야
아무리 보아도 야단이났네

울지말아 울지말아 너울지말아
구시월 단풍들면 나돌아온다
에야데야 에야데야 에야데야
아무리 보아도 야단이났네

한숨지어 가슴친들 쌀바리오나
신들메기 조여매고 품팔이가자
에야데야 에야데야 에야데야
아무리 보아도 야단이났네.

(김규찬 창, 김태갑 채집)

주: 이 민요는 관북지방의 대표적인 민요이다. 관북이라고 하면 지금의 함경남도와 함경북
도, 량강도 와 강원도의 북부지역을 말한다. 상대적으로 조선에서 농업생산조건이 아
주 차한 이 지역의 백성들의 생활 또한 더욱 가난하였던 같으며 따라서 가슴에 서린
한도 더 많았던것 같다. 우리가 아래에서 보게 되는 많은 관북민요를 놓고 이를 충분
히 설명할수 있다. 아래에 수록한 몇수의 민요에서도 백성들의 가슴에 서린 한을 느낄
수 있다.

함경도 창곡(2)

천하에 못할 일은 나 어린 서방
아침저녁 두발 굴러 밥투정한다
에야데야 에야데야 에야데야
아무리 보아도 야단이 났네

이년의 팔자는 웬 팔잔가
시집 온지 이레만에 막맞아댄다
에야데야 에야데야 에야데야
아무리 보아도 야단이 났네

우리 집 시어머니는 번개불 눈길
자취소리 높아도 막넘겨친다
에야데야 에야데야 에야데야
아무리 보아도 야단이 났네

때거리 없어서 요내속 타는데
매끄러운 저 시어머니 호령만 한다
에야데야 에야데야 에야데야
아무리 보아도 야단이 났네

(김규찬 창, 기태갑 수집)

왜 왔던고

왜왔던고 왜왔건고 왜왔던고

부모처자 다두고 왜왔던고
울자고 왔던가 돈벌라왔지
매맞으러 왔던가 돈벌라왔지

왜왔던고 왜왔던고 왜왔던고
부모처자 다두고 왜왔던고
여보소 돈이란 돈자도 마오
돈판이 아니라 살인판이요

(창 미상, 조성일 채집)

주: 이 민요 역시 함경도 일대에 많이 불리운 관북민요인데 일명 ≪한탄가≫라고도 한다.
원래 가사는 <왜 왔던가 왜 왔던가 울고나 갈길을 왜 왔던가>라고 시작되는데 여기에
싣는 이 노래에서는 <왜 왔던고 왜왔던고 왜 왓던고 / 부모처자 다 두고 왜 왔던고>
로부터 시작된다. 이 민요에서 우리는 고향을 등지고 압록강 두만강을 건너온 우리 선
배들의 생활의 변화에 따르는 민요의 변이를 보아낼수 있다.

청춘가(1)

산천에 초목은
푸르러서나 좋고요
요내나 인생은
좋다 젊어서나 좋구나

창밖에 오는비
산란도 하고요
비끝에 돋는달
에루와 유정도 하구나

님떠난 방안엔
사진만 돌고요
배떠난 바다엔
좋다 연기만 도는구나

맙시다 맙시다
노지를 맙시다요
우리가 청춘에
좋다 노지를 맙시다

청춘의 향락을
네 좋다 말고서
네가야 함부로
좋다 노지를 말어라

(김기숙 창, 리황훈 채보)

청춘가(2)

가노라 간다네
내가 돌아가누나
어덜떨거리고
나 돌아가네

높은산 상상봉
외로운 소남기
날과 같이도
외로이 섰구나

오동동 추야에
달이 동동 밝은데
님오동 생각이
저절로 나누나

　　　　　　　　(김우창 창 김태갑 수집)

수심가 (1)

아 인생일장 춘몽이요
세상공명은 꿈밖이로구나
참아 진정 세월 가는것
이연하여 이백년을 살거나

　　　　　　　(창, 채보 미상. 연변음악가협회 편 ≪민요곡집≫에서)

주: ≪수심가≫는 대표적인 서도민요이다. 이 민요는 리조시기 관리등용에서 차별대우를
받은 평안도의 문인들이 지어부른 노래라는 설도 있으며 17세기 병자호란시기 평안도
상천이라는곳의 명기 부용 련정적인 사실을 담아 부른 노래라는 설도 있다. 수심가는
주제내용상에서 애정, 리별, 그리움을 담은것이 많으며 허무한 인생을 한탄하거나 자
연을 노래한것도 있으며 오래동안 사람들에게 불리우는 가운데서 그 변종도 아주 많
다. ≪수심가≫의 음악형상은 대체적으로 애절하고 처량하다.

수심가(2)

아 약사몽혼이 행유적이면
문전석로가 반성사로구나[1]

에헤에헤 강초일일에 환수생하니[2]
강물만 에헤에헤 푸르러도 님생각뿐이라

아하하아 강상불변에 재봉춘이요
인생일거는 하 무소식이라[3]

에헤에헤 금수강산이 하 좋다해도
금전이 없으면 적막강산이라 하

(리현규 창, 김원창 채보)

주: 1) 약사몽혼이 행유적이면 문전석로가 반성사(若使夢魂行有迹,門前石路半成沙) - 꿈
에 다니는 길이 자취를 남긴다면 문앞의 들길이 한절반 모래가 될것이라는 뜻.
2) 강초일일에 환수생(江草日日還愁生) - 강가의 풀이 날따라 푸르러지니 다시 수심
이 생긴다는 뜻.
3) 강상불변에 재봉춘이요 인생일거는 무소식(江山不變再逢春人生一去無消息) - 강
산은 변함이 없어 다시 봄을 맞건만 인생은 한번 가니 소식없다는 뜻.

수심가(3)

약사몽혼이 행유적이면
문전석로가 반성사라
생각을 하니
그대 화용이 그리워
나 어이 할거나

금수강산이 하좋다 해도
님없으면 적막강산이라
생각할수록

님의 생각이 간절하여
나 어이 할거나

우수경첩에 대동강 풀리고
정든님 말씀에 내마음 풀리누나
참아 진정
님의 생각이 그리워
나 못살겠구나

년세가 높아 늙은것 아니오
정든님 리별에 머리털 세네
참아 진정
님의 생각이 그리워
나 못살겠구나.

(조종주 창, 김태갑 채집)

수심가 엮음

공도[1]함이야 백발이요
못면할손 죽음이라
천황 지황 인황[2]
요순 우탕 문무주 공성덕
없어서 봉하셨으며
어리도다 진시황은
만리장성 높이 쌓고
아방궁에 높이 앉아

장생불사 하겠더니라
려산에 붕[3]하시고
독행천리 관공[4]님도
붕하셨으며
원나라 화타 편작이
약명 몰라 죽었으며
왕개 석숭이 돈이 없어
죽었더란 말가
옛날에 동방삭은
삼천갑자 살았건만
그도 역시 북망산천으로
가고 말았으니
사람이 한번 났다
한번 죽는것은 마땅한데
어느 사람이나 죽는것은
모두다 설어하는구나
생각을 하고 또 생각을 하니
세월 가는게 설어워서
나는 살아 못 살리로구나

(김수옥 창, 리황훈 채보)

주: 1) 공도(公道)— 누구나 다 가는길.
  2) 천황 지황 인황(天皇 地皇 人皇)— 력대 모든 황제의 총칭.
  3) 붕(崩)— 임금이 죽는것.
  4) 관공은 관운장을 가리킨다. 독행만리는 그가 오간을 참하고 류현덕을 찾아 홀로 천
     리길을 간것을 말한다.

엮음 수심가

에
뎅그라니 비인 방안에
홀로 앉았으니 님이 오며
누웠으니 잠이나 올가
수다하니 몽불성이라
잠을 이루어야 꿈을 꾸고
꿈을 꾸어야 님상봉허지
님사는 곳과 내사는 곳이
남북간 몇십리에
머지 않게두 있건마는
어이 이다지 그립단말가
춘수는 만사택하니
물이 깊어서 못오시나나
하운은 다기봉허니
봉이 높아서 못오시든가
물이나 깊으면
어렵선을 타구
봉이나 높으면
쉬염쉬염이 넘으려무나
물깊은것과 봉높은것이
큰 원쑤로구나.

(우옥란 창, 김태갑 채집)

시집살이(1)

오네오네 형님오네
분고개로 형님오네
형님마중 누가갈가
형님동생 내가가지
형님형님 사춘형님
시집살이 어쩌든가
애고애고 말도말아
시집살이 계집살이
앞밭에는 고추심어
뒤밭에는 당추심어
고추당추 맵다한들
시집보다 매울소냐
오리물을 길어다가
십리방아 찧어다가
아홉솥에 불을메고
열두방울 자리닦아
도래도래 도래소반
수저놓기 어렵더라
둥글둥글 수박식기
밥담기도 어렵더라
시아버니 호령새는
시어머니 주중새라
씨도령은 나팔새요
시누년은 삐쭉새요
남편일랑 미륵[1]인데
자식하난 울음새요
이내가슴 썩는구나

귀먹어서 삼년살고
벙어리로 삼년살고
눈어두워 삼년살고
석삼년을 살고나니
박속같은 요내얼굴
호박같이 되었노라
분통같은 요내손이
오리발이 되었노라
열십세의 무명치마
눈물씻기 다썩었네
울었던지 울었던지
벼개모에 소[2]가졌네

(김말순 창, 리황훈 채집)

주: 1) 미륵 - 미륵보살.
　　2) 소 - 늪.

시집살이(2)

백두산이 높으더문
시애비처리사 높으리
헤여라난다 디여라
한숨이 풀풀 솟는다

고추후추냅다더문
시에미처리사 매우리
헤여라난다 디여라

한숨이 풀풀 솟는다

외나무다리 어렵다더문
시형처리사 어려우리
헤여라난다 디여라
한숨이 풀풀 솟는다
배채잎이 푸르더문
맏동세처리사 푸르리
헤여라난다 디여라
한숨이 풀풀 솟는다

올빠시눈이 밝다더문
내남편서리사 곧으리
헤여라난다 디여라
한숨이 풀풀 솟는다

국화꽃이 곱다던들
자식처리사고우리
헤여라난다 디여라
한숨이 풀풀 솟는다

시집살이 삼년만에
백옥같은 요내손이
오리발이 다되였다
한숨이 풀풀 솟는다

시집살이 삼년만에
백옥같은 요내얼굴이
가둑밭이 다되였다

한숨이 풀풀 솟는다

(엄영실 창, 림성진 채보)

시집살이(3)

형님형님 사촌형님
시집살이 어떻습데
시집살이 말도말게
삼년묵은 보리밥을
대접굽에 발라주데
장이라고 준다는게
십년묵은 보리장을
접시굽에 발라주데'
마당뜰을 치치달려
숟갈이라 준다는게
변소간 우데기 꺾어줍데

(문영화 창, 리황훈 수집)

시집살이(4)

친정집에 갈적에는
설대같이 밝은길에
하늘같이 넓은길에
오동나무 꺾어지고

오동오동 가고지고

친정집에 가고지면
석달장마 확졌으면
한달동안 이웃놀고
한달동안 잠을자고
한달동안 머리빗게

시집으로 올적에는
밤중같이 어두운기
골목같이 좁은길에 느
릅나무 꺾어지고
느릿느릿 오고지고

시집이라 오고지면
하루한끼 계죽밥에
하루삼시 밥짓기와
무시때때 욕매맞기
요내머리 다다세네

(사순옥 창, 리룡득 수집)

시집살이(5)

하나이라면 한살두살 나이먹어
시오살되니 시오살되니
하기 싫은 결혼하라

재촉하누나 재촉하누나

둘이라면 두번다시 살수 없는
이내신세는 이내신세는
우마같이 값을 받고
팔아먹누나 팔아먹누나

서이라면 서너번씩 팔려가는
이내신세는 이내신세는
죽지못해 살아가는
기찬 신세요 기찬 신세요

너이라면 너는 남자 나는 녀자
둘에 두몸을 둘에 두몸을
어린 이몸 데려다가
팔세 말아라 팔세 말아라

다섯이라면 다같이 사나운
시부모님을   시부모님을
어린몸에 어떻게
섬겨낼가요 섬겨낼가요

여섯이라면 여러분들 딸자식을
팔지 말아요 팔지 말아요
자식을 팔게 되면
죄가 많아요 죄가 많아요

일곱이라면 일어나라 녀성들아
손목을 잡고 손목을 잡고

밤낮없이 등불밑에
공부하여라 공부하여라

여덟이라면 야삼경 긴긴밤에
홀로 앉아서 홀로 앉아서
랑군님과 시부모님
몽치 드누나 몽치 드누나

아홉이라면 아예당초 이내몸이
죽어나볼가 죽어나볼가
죽자하니 이십여살
나이 아까워 나이 아까워

열이라면 열번이나 이내봄에
칼을 대였소 칼을 대였소 칼을
목에서 흐르는 피
땅을 적셨소 땅을 적셨소

열하나라면 열에 한번 앉맞으면
다행이지요 다행이지요
가이없는 이내 신세
불쌍하여라 불쌍하여라

열둘이라면 열두매끼 묶어놓은
이내신세는 이내신세는
이삼일 가기전에
땅에 묻힌다 땅에 묻힌다

(박보옥 창, 리황훈 채보)

시집살이(6)

시집살이 못하며는
본가살이 하구요
본가살이 못하며는
중의 살이나 가보세
삼단같은 이내머리
구름같이 헤쳐놓고
깎아보니 회심하니
중의배낭 걸머지고
모시꼬깔 눌러쓰고
오불꼬불 가는길에
우리 엄마 나생길때
도라지나물 잡쌌는지
도라먹게 왜생겼노
우리엄마 나생길때
고사리나물 잡쌌는지
고생하게 왜생겼노

(창, 채보 미상. 료녕민족출판사 ≪민요곡집≫에서)

우리 언니

언니오네 언니오네
불고개로 언니오네
언니마중 누가가나
반달같은 내개가지

네가무슨 반달이냐
초생달이 반달이지

언니언니 우리언니
시집살이 어떠하오
고추다추 맵다해도
시집살이 더맵더라
삼단같은 요내머리
부돼지[1]꼬리 다되였지

언니언니 우리언니
무슨반찬 올랐습데
쇠뿔같은 더덕짠지
쪽쪽찢어 도라지채
고기반찬 냄새나도
빚은보지 못했단다

(리계숙 창, 리상각 채집)

주: 1) 부돼지 - 꼬리짧은 빨간돼지.

시어머니 죽으면 좋다더니

시어머니 죽으면 좋다더니
왕골자리 떨어지니 또생각난다
아리랑 아리랑 아라리요
아리아리 고개로 날넘겨주게

시애비야 죽으면 좋다더니
빨래줄이 끊어지니 또생각이난다
아리랑 아리랑 아라리요
아리아리 고개로 날넘겨주게

시어머니 골난데는 이잡아주고
시아버지 골난데는 술받아드리고
이리랑 아리랑 아라리요
이라아리 고개로 날넘겨주게

시애끼 골난데는 사탕사다주고
며늘아기 골난데는 홍두깨찜질
아리랑 아리랑 아라리요
아리아리 고개로 날넘겨주게.

(신철 창, 김태갑 채집)

주: 이 민요는 ≪청주아리랑≫과 비슷한데가 많다. 거기에는 「시아버지 죽으면 좋다했더니
/빨래줄 끊어지니 또 생각난다」는 구절이 있다.

나 어린 서방

솔잎사귀 대가리 물레줄상루
언제나 길러서 내서방삼나

이빠진 쌀함박 쌀이나마나
나어린 서방은 있으나마나

시내가 강변에 가는비오나마나
나어린 서방은 있으나마나

노랑두 대가리 쥐나 콱물어가라
동네집 총각이 내서방되리라.
(리운송 창, 리상각 채집)

노랑두 대가리

노랑두 대가리
배추밑뿌리 상투야
네 언제 자라서
내 랑군이 되겠냐
아따 이년아 잔말을 말어라
오늘도 자라고 래일도 자라고
석삼년 자라면 네 랑군 되리라

석경 동집게
네가 사다주지 말고
이내 속 풀어서
말이나 좀 하려무나
아따 이년아 잔말을 말어라
오늘도 자라고 래일도 자라고
석삼년 자라면 네 랑군 되리라.
(류증표 창, 김태갑 채집)

외생경

색경 동집게
요내 사다가 줄가나
이마나 눈썹을
반달맵시로 지어라
그놈의 총각이 지을줄 몰라서
속에 속눈섶 다 뽑아버리고
눈알이 시려서 시근덕피근덕
떨리리 떨리리
널과 내로구나

노랑두 대가리
배채밑뿌리 상투야
네 언제 자래서
내 랑군이 될가
아따 요년아 잔말을 말어라
오늘도 자라고 래일도 자라고
수삼년 자라면 네랑군 되리라.

석경 동집게
네가 사다주지 말고
이내 속 풀어서
말이나 좀 하려무나
아따 이년아 잔말을 말어라
오늘도 자라고 래일도 자라고
석삼년 자라면 네 랑군 되리라.

                    (류증표 창, 김태갑 채집)

며느리 신세

천하에 못할일은 나어린 서방
아침저녁 두발굴러 밥투정한다
에야데야 에야데야 에야데야
아무리 보아도 야단이 났네

이년의 팔자는 웬 팔자인가
시집온지 사흘만에 막 맞아댄다
에야데야 에야데야 에야데야
아무리 보아도 야단이 났네

우리집 시어머니는 번개불 눈길
자취소리 높아도 막 넘겨친다
에야데야 에야데야 에야데야
아무리 보아도 야단이 났네

때거리 없어서 요내속 타는데
범같은 시아버지 호령만 한다.

(김규찬 창, 김태갑 채집)

며느리의 노래

아강아강 며늘아강
오늘날 점심밥 웬돌이 많나
그만돌도 돌이라 할가

연주방 주추돌 보고나지고
스리랑고개가 내 놀던 사령

아강아강 며늘아강
올나주 지은 밥 웬물이 많나
그마 물도 물이라 할가
대동강 깊은 물 보고나지고
스리렁고개가 내 놀던 사령

　　　　　　　(창, 채보 미상. 연변음악가협회 편 ≪민요곡집≫에서)

과부설음

어떤 사람은 팔자가 좋아
유주인연[1] 남편을 얻고
요 내 신세는 가련해
요 마당가에 모닥불은
날과 같이도 속만 타네
아리랑 아리랑 아라리구야
아리랑 얼씨구 어러리야

뒤동산에 고목나무
날과 같이두 속만 썩구
날과 같이두 가련해요
뒤동산에 줄밤나무
날과 같이두 매만 맞네
아리랑 아리랑 아라리구나

아리랑 얼씨구 어러리야.

(리현구 창, 김태갑 채집)

주: 1) 유주인연(有主因緣) - 주인이 있어 인연을 맺다.

젊은 과부의 설음

초한살에 에미잃고
초두살에 애비잃고
초세살에 외가에서
눈치밥을 먹고자라
여덟살에 정혼하여
아홉살에 시집가서
고추같은 시어머님
모진매를 맞아가며
울음으로 날보내다
열한살에 홀로나니
이세상에 누가있어
나의설음 알아줄가
곱단이면 골라살가
비단이면 빌어살가
높고험한 백두산에
고양목이 홀로살지
아이어찌 홀로살랴,

(박혜숙 창, 리윤규 채집)

신세타령

시집온지 삼년만에
이팔청춘 과부되여
개굴같은 빈방안에
홀로앉아 생각하니
남날적에 남도났건만
이팔청춘 이내몸이
어덩장농 열어놓고
곱단이부자리 펴놓고
원앙금침 잠베개는
머리맡에 밀어놓고
새별같은 놋요강은
발치아래 밀어놓고
앉았으니 잠이오나
누웠으니 잠이오나
흐르나니 눈물뿐이요
나오나니 한숨뿐이라
잠을자야 꿈을꾸지
꿈을꿔야 님상봉하지
잠도님도 아니오네
소이졌네 소이졌네
베개넘어 소이졌네
거위한쌍 오리한쌍
쌍이쌍이 떠돌아온다
소상강을 어데두고
눈물강을 찾어왔나
눈물강을 찾어왔나.

(림유옥 창, 리황훈 채보)

꿈노래

열다섯에 시가가서
열여섯에 홀로났네
독수공방 홀로앉아
동지섣달 장장밤에
앉아서두 잠이오나
누워서두 잠이오나
어찌하다 잠들었네

잠가운데 꿈을얻어
몽중에라 랑군만나
백년해로 하잤더니
저저몹쓸 개짐승이
꺼겅꺼겅 짖는소리
깜박놀라 깨쳤고나
곁의랑군 간곳없네.

(창 미상, 리룡둑 채집)

리별단가

앞산두 첩첩하구
뒤산두 첩첩한데
혼은 어디루 행하신가
황천이 어디라구
그리 쉽게 가랴는가

그리 쉽게 가랴거든
당초에 나오지를 말았거늘
왔다 가면 그저나 가지
놀던 터에다
백지에 이름 두고가면
동무에게 정을 두구
가시는이는 다 잊구가겠지만
세상에 있는 동무들은
백년을 통곡헌들
통곡헌들 어느 뉘가 알며
천하를 헤매이고 다닌들
어느 곳에 가 만나보리요
무정하고 야속한 사람아
각도 각골 방방곡곡을
다니던이를 관속에 넣어두
나는 못잊겠네
원명이 그뿐이였던가
이삼십에 황천가게 되였는가
무정허구 야속한 사람아
어디를 가구 못오신가
보고지고 보고지고
님의 얼굴을 보고지고.

                    (조한용 창, 김태갑 채집)

자장가

자장자장 자는구나
우리아기 잘도잔다
은자동이 금자동이
수명장수 부귀동이
은을주면 너를살가
금을주면 너를살가
나라에는 충신동이
부모에게 효자동이
형제간에 우애동이
일가친척 화목동이
태산같이 높게높게
하해같이 깊고깊게
유명천하 우리아기
잘도잘도 잘도잔다
우리아기 잘도잔다.

(류증표 창, 김태갑 채집)

주: 사람이 나서 제일 처음 드게 되는 노래가 자장가이다.
　　자장가에는 애기에 대한 어머니의 사랑과 축복 그리고 무한한 기대가 담겨있다. 그리
　　고 오줌 똥 가리지 못하듯 아이를 싫다 하지 않고 돌봐주는 피로도 괴로움도 잊은 어
　　머니의 장한 모습이 담겨져있다.

둥게타령

어지러우면 눈을 깜빡
무서우면 소름 오싹

둥 둥게가 둥게야
두둥게 둥게가 둥게야

은자동아 금자동아
칠보천금 보배동아
둥 둥게가 둥게야
두둥게 둥게가 둥게야

날아가는 학선아
구름속에 신선아
둥 둥게가 둥게야
두둥게 둥게가 둥게야

얼음궁게 수달핀가
청산보은 대추씬가
둥 둥게가 둥게야
두둥게 둥게가 둥게야

먹으나 굶으나 두웅둥
입으나 벗으나 두웅둥
둥 둥게가 둥게야
두둥게 둥게가 둥게야.

(김말순 창, 리황훈 채보)

주: 이 민요는 강원도에서 많이 불리웠다고 하는데 녀성들이 귀여운 아기를 안고 둥둥 띄
우면서 부르던 노래이다. 『둥게』는 아기를 안고 올렸다 내렸다 하면서 둥둥 띄우는 모
습을 형상적으로 표현한것으로 어떤 지방의 민요에서는 『둥개』로 되여잇다. 음악형상
은 매우 흥겹고 률동적이다. 변종도 많다.

애기 사랑가

금자동이냐 옥자동
만첩청산에 폭포동
나라님전에 효자동
부모님전에 효자동
일가친척에 우애동이요
굴레벗은 룡마동
애색비단에 채색동이요
남은님전에 귀아동
딸이라도 귀여울것을
깨목봉알 고추자지가
대롱대롱 달렸으니
어화둥둥 내새끼.

(우제강 창, 김태갑 채집)

타복녀야

타복타복 타복녀야[1]
너어디메 울고가니
내어머님 몸둔곳에
젖먹으러 울며간다

산이높아 못간단다
물이깊어 못간단다
산높으면 기여가고

물깊으면 헤여가지.

범무서워 못간단다
귀신있어 못간단다
범있으면 숨어가고
귀신있으면 빌고가지

아가아가 가지말아
은패줄라 가지말아
내어머님 젖만다고

내어머님 가신곳은
안가지는 못할데라
내어머님 가신곳은
저산넘어 북망이라

낮이며는 해를 따라
밤이며는 달을따라
내어머님 무덤앞에
허덕지덕 다달아서

잔디뜯어 분장하고
눈물홀러 제지내고
목을놓아 울어봐도
우리엄마 말이없네

내어머님 무덤앞에
더령참외[2] 열렸구나
한개따서 맛을보니

우리엄마 젖맛일세.

　　　　　　　(김말순 창, 김충묵 채집)

───────────

주: 1) 타복녀 – 타복타복 걷는다는 음과 복스럽다는 뜻이 합해 이루어진 이름.
　　2) 더령참외 – 심지 않고 절로 난 참외.

신세소리

이붓에미 에밀런가
이붓애비 애빌런가

우리 엄마 나빌런가
나를 낳고 가고없네

우리 아버지 제빌런가
집을 짓고 간곳없네.

　　　　　　　(림유옥 창, 리황훈 채보)

나질가

아이고 내딸 봉덕아
아이고 내딸 승천아[1]
네 어디 갈가 에헤
북으로 갈가[2] 에헤

나질나질 나질리 리리

아이고 내딸 감장애
아이고 내딸 노랑애[3]
네 어디 갈궁 에헤
북으로 갈궁 에헤
나질나질 나질리 리리.

(류증표 창, 김태갑 채집)

주: 1) 봉덕,승천 - 전설에 나오는 딸애들의 이름. 《봉덕가》에서 옛날 중 때문에 억울하
　　게 죽은 애기를 슬퍼하여 노래한것이 《에밀레종》의 전설로 내려오고있다.
　　2) 북으로 갈가 - 북망으로 갔다는 뜻.
　　3) 감장애 - 감장녀의 사투리.

장단타령

좋은 좌석엔 춤도 춰야
놀재미 좋수다 니나네
닐 니리가 닐리리
쿵 니리가 닐리리 나난노난노야

백발로인이
소년이 됩니다 니나네
닐 니리가 닐리리
쿵 니리가 닐리리 나난노난노야

화초밭에서
나비가 놉니다 니나네

쿵 니리가 닐리리 나난노난노야

운무중에서
신선이 놉니다 니나네
닐 니리가 닐리리
쿵 니리가 닐리리 난난노난노야.
(조종주 창, 김태갑 채집)

주: 『장단』이란 음악에서 박자를 가리킨다. 이 민요는 다망한 일상에서나 긴장하고 힘든
로동중에서 모처럼 찾아온 휴식시간에 노래와 춤으로 즐기는 흥겨운 정서를 나타내고
있다.

물동이타령

물길러 가세 물길러 가세
저 고개 넘에로 물 길러 가세
앗따 그렇지 물길 겸
님도 볼겸 겸사겸사
어야 둥둥실 내 사랑아

총각랑군 오는 길 내다보다
콩끓이 한 가매 다 넘겨버렸네
앗따 그렇지 열 넘는 식솔에
또 한끼 굶었네
어야 두둥실 내 사랑아

총각랑군 줄랴고 낟가리두틈에

엿사다 놓았더니 슬슬 동풍에
다 녹아버렸네 돈 닷돈 칠푼이
다 녹아났다네
어야 두둥둥 내 사랑아

(창, 채보 미상. 연변음악가협회 편 ≪민요곡집≫에서)

생금생금 생가락지

생금생금 생가락지
호닥지를 닦아내여
먼데보니 달일레라
곁에 보니 처잘레라
이 처자의 자는 방에
숨소리가 들릴세라
홍달같은 오라바님
거짓말씀 마르시소
동지섣달 설한풍에
문풍지라 떠는 소리
잔디밭에 비상달을 피워놓고
명주수건 목에 매고
자는 듯이 죽고져라 내 죽거든
앞산에도 묻지 말고
뒤산에도 묻지 말고
연떼밑에 묻어주소
비가 오거들랑
멍석으로 덮어주고

눈이 오거들랑
왕개비로 덮어주소
연뗴꽃이 피거들랑
날만 여겨 돌아보소
동무라고 날 찾거든
밥 한그릇 대접하고
아버지라 날 찾거든
탁주 한그릇 대접하소.

(리성옥 창, 리황훈 채보)

동백꽃타령

가세 가세
동백따러만 가세
좋네 즐겁네
동백꽃이 보기가 좋으니
동백따러만 가세

강조개꽃 머리에 꽂고
모여드는 처녀들아
동백꽃을 따지를 말고
씨를 따서 기름을 내세
좋네 즐겁네
동백꽃이 보기가 좋으니
동백따러만 가세

동이 트네 해가 뜨네
쟁기를 갖추어 일터로 가세
가세 가세 어서 가세
좋네 즐겁네
동백꽃이 보기가 좋으니
동백따러만 가세

울퉁불퉁 저산밑에
목도를 메는 저총각아
목도를랑 내 매여줌세
이리 와서 기름을 내소
좋네 즐겁네
동백꽃이 보기가 좋으니
동백따러만 가세.

(박정력 창, 김태갑 채집)

주: 남도민요. 조선의 남부에서 자라는 동백나무는 사철푸른 나무이며 고운 꽃이 피고 분
홍색열매를 동백이라 하고 기름을 짜서 화장품원료로 쓴다. 이 민요는 남해바다가 섬
마을 처녀들의 소박하고 아름다운 마음씨와 동백꽃을 따는 흥겨운 정서를 특색있게
노래하고있다. 선률은 중중모리장단을 타고 흥겹고 멋들어지게 흐른다.

동백타령

저 멀리 바다에는
아낙네들이 조개를 줏고
우리 고장 물에서는
큰애기들이 동백을 따네

가세 가세 동백꽃 따러가세

노란노란 동백을 따다
기름짜서 불을 밝혀놓고
큰애기 시집갈 혼수 만드네
살기좋은 내고장일세
가세가세 동백꽃 따러가세

빨간 동백 따다가는
님계신 방에 꽂아놓고
하얀 동백 따다가는
부모님 방에 꽂아놓세
가세가세 동백꽃 따러가세

십오야 둥근달이
온천하에 환히 비치니
동백꽃님은 수줍다고
고개를 살짝 숙이네
가세가세 동백꽃 따러가세.

(신옥화 창, 김태갑 채집)

대추타령

대추드럼 사렴 대추드럼 사렴
충청도 당대추 꿀맛이야라
신랑신부 잔치상에

이 대추를 슬라치면
귀동자가 한쌍이요
옥동자가 한쌍이요
살만하고 살터이니
있을적에 사들가오 ≪야!≫
명태드럼 사럼 명태드럼 사럼
함경도 물명태 꿀맛이요
맘상하고 속상하고
맘상할때 맘풀리고
속상할대 속풀리니
있을적에 다들 사소

(최완수 창, 김봉관 채보)

큰애기(1)

왕십리 큰애기는
미나리장사로 떠나간다
옳다 그렇다 거짓말 아니다
미나리곳이라 그렇단다

제주개명 큰애기는
망건뜨기를 잘한단다
옳다 그렇다 거짓말 아니다
망건곳이라 그렇단다

함경도 큰애기는

명태잡이를 잘한단다
옳다 그렇다 거짓말 아니다
명태곳이라 그렇단다.

(조종주 창, 리황훈 채집)

큰애기(2)

오그랑 뚱뚱 방치질
뚤뚤 밀었다 다림질
고이 눌렀다 윤디질
싹뚝싹뚝 가위질
앵공댕공 바느질
스르르 눌렀다 다로질
와자끈 자자끈 다듬이소리
우루룩 뚜루룩 네가락물레
큰애기 손가락 다 닳아난다

(리수옥 창, 리상각 채집)

까투리타령

까투리 한마리 푸르릉 나니
매방울이 떨렁
우허우허우허

까투리 사냥을 나간다
전라도라 지리산으로
토기봉 반야봉 로고단을 넘어
천왕봉꼭대기 당도하자

까투리 한마리 푸르릉 나니
매방울이 떨렁
우허우허우허
까투리 사냥을 나간다
까투리 한마리 푸르릉푸르릉
매방울이 떨그렁
하늘로 감돌아
어떤 절간의 저 종소리
그저 뎅그렁 땡 운다

　　　　　　　　　　(조한용 창, 김태갑 수집)

주: 남도민요. 소리군들이 즐겨 부르는 노래. 암꿩—까투리를 찾아 매를 가지고 여러 지방
　으로 사냥을 돌아다니는 생활 세태를 통하여 조선 팔도의 경치를 차례로 노래하고있
　다. 원래 노래는 1절 전라도의 지리산, 2절 충청도의 계룡산, 3절 경기도의 삼각산, 4절
　경상도의 문경새재, 5절 강원도의 금강산, 6절 황해도의 구월산, 7절 펴안도의 묘향산,
　8절 함경도의 백두산 이렇게 8절까지 8도의 명산을 노래하고있다. 여기서 수집한 것은
　2절뿐, 1절은 거의 완전하고 2절은 아주 변형된것이다. 잦은 모리장단에 바탕을 둔 이
　민요의 음악형상은 박력있고 활달하며 랑만적인 정서로 일관되여있다.

도토리묵

없는놈 할수있나
도토리 사냥가세

동산에 도토리를
두세섬 따다가서
앞내에 불쿠어서
뒤내에 울쿠어서
한가마 끓여놓고
아버님 잡수세요
어머님 잡수세요
언니두 잡수우
동생아 너먹어라
도토리 꽉열려라
부모공양 해가세.

(안기숙 창, 리룡득 채집)

모밀국수

비탈밭에 모밀갈아
모밀가던 열홀만에
앞집뒤집 동무들아
메밀구경 하러가자
잎은동동 떡잎이요
꽃은동동 배꽃이요
열매동동 깜은열매
젖머슴아 낫갈아라
큰머슴아 지게져라
몽당낫으로 비여다가
지게목발 얹어다가

도리깨로 벼락맞혀
싸리비로 슬쩍쓸어
쪽박으로 건져내여
방앗간에 벼락맞혀
메돌에다 곱게갈아
가는채에 쳐내여서
랭수에 반죽하여
은장도라 드는칼로
실랄같이 썰어내여
부글부글 끓는물에
어리설설 삶아내여
말피같은 전지령[1]에
소피같은 고추장에
갖은양념 간맞추어
은반상에 차린국수
올라가는 구감사야
내려오는 신감사야
빛을보고 먹지말고
맛을보고 먹고가소
말이야 고맙구만
길이바빠 못먹겠소.

(창 미상, 조성일 채집)

주: 1) 전지령 – 간장.

떡타령

때가좋다구 떡빚어라
절기좋다구 떡빚어라
때는마침 어느때냐
중추팔월 십오야에
광명좋고 밝은달은
뚜렷이요 비치였는데
추석명절이 분명코나
오곡백곡을 건조하여
물방아돌에 여다가 찧고싫어
옥백미 세백미로 정미하여
눈과같이도 가루를 보아서
세모시체에다가 이리저리 쳐가지고
떡이나 잔뜩 쏘여나보세[1]
물물죽신 이차떡
반들반들 기름송편
동글납작 절편떡
인절미 물송편떡이며
조개떡 꼬리떡
가지각색떡을 잘라보세
공산명월에 분떡이며
대천에 약떡이며
군자는절개 송구떡
빛이곱다 쑥떡이며
돌기돌기 이설기떡
록두보숭이 깨보숭이
구수하다 팥보숭이
백설같은 백설기며

온갖잡떡을 쏘여보세
천지현황에 기장떡이며
맥정과취에[2] 밀떡이며
허무맹랑에 보리떡이며
능니하다[3] 수수떡이며
부실부실 강낭떡
각색잡떡을 빚을적에
성천양을 단밤이며
빛이고운 대추며
신북성 건포도며
강계초산 잣알이며
함흥정진 김납을
여게저게 빚어놓고
참깨진유 참기름을
마음대로 발라가지고
유기도기 다피하고
은행나무 목판에다
갖은떡을 담아가지고
부모님께 봉양하고
아들딸들 한데모아
맛좋게나 먹어보세.

(우재강 창, 김태갑 채집)

주: 인류의 생활이 수렵과식물채취의 농경으로 옮겨와서 곡식을 가꾸고 조리법이 발달하
고 기호에 따라서 여러가지 떡도 해먹게 되였는데 궁핍한 생활에서 자주 해먹을수는
없는것이고 제사, 생일, 혼인, 환갑 등 군일에만들어먹는덕이니 그것을 노래하는 떠타
령이 나올수 있었을것이다.

1) 쏘여나보세 - 만들어보세.
2) 맥전과취 - 보리밭만 지나도 취한다는뜻.
3) 능니하다 - 슴슴하다.

범벅타령

범벅이요 범벅이요 둥글둥글 범먹이야
누구 잡수실 범벅이냐 김도령 잡수실 범벅이지
김도령은 본랑군이요 리도령은 후랑군이라
헐등 범벅이야 누구잡수실 범벅이야
닌빗쪽집게 가지고가서 엿만 보고 대만 볼제
계집년의 거동을 보아라
리도령 없는 수를 일고 김도령 올때만 기다린다
쳐다보아라 소라반자 내려답보아라 각장장판
계집년의 거동을 보게 홍공단 이불을 허틀어놓고
창포밭에 금붕어 놀듯 덩실덩실이 잘도 논다
이월에는 시래기범벅 삼월에는 쑥범벅
사월에는 수리치 범벅 오월에는 느티범벅
류월에는 밀범벅요 칠월에는 꿀범벅이요
팔월에는 가루범벅 구월에는 귀밀범벅
시월에는 무시루범벅 동짓달에는 팥죽범벅
섣달에는 흰덕범벅 정월달에는 똑국범벅
열두가지 범벅을 갤때 리도령이 화를 내여
엎어놓고 등을 칠라 재껴놓고 볼을 칠라
마오마오 그리마오 이만하며는 그만이지
(창 미상, 리황훈 채보)

주: 민속학의 연구에 근거하면 범벅은 떡의 조종이라 한다. 범벅은 떡과 달리 아무 재료로
도 민들수 있고 모양, 색채,크기에서 아무렇게나 만들수 있다. 가장 서민적인 음식이기
에 서민들이 노래를 지어 불렀던것이다. 그런데 흥미로운것은 범벅노래에 부정녀(不貞
女)가 등장하는것이다. 유교의 압제에 욕망을 억제하던 부녀자들이지만 때로는 궤(軌)
를 벗어나는것이 사람이 사는 현실이 아닌가. 인생도 범벅처럼 소박하고 야성적으로
둥글둥글하게 살면 어떤가 하는 생각이 깔려있다.

엿장사타령(1)

엿사시오 엿사소
울퉁불퉁 감자엿
일본대판에 사탕엿
동래부산에 찹쌀엿
강원도라 호박엿
함경도라 메밀엿
말만들었지 먹어봤나
맛좋고빛좋은 엿을
어디로가면 그저주나
정말싸고 눅은엿
동전 한푼어치면
앉은뱅이는 들그가들못하고
곱사등이는 지구가들못하오
얼씨구나 엿사소
절씨구나 엿사소.

(박봉협 창, 김태갑 채집)

주: 변화가 없고 따분한 시골생활에 어쩌다 들리는 엿장사의 가위소리와 타령은 엿장사도 없고 엿타령도 들을수 없는 오늘 사람들이 상상할수 없을 정도의 매력이 있었을것이다. 아이들을 유혹하기 위하여 부르는 엿장수타령은 특유한 익살과 리듬 그리고 그 담고있는 내용에 또한 일반적인 로동요와는 다른것이 있어서 흥미롭다.

엿장사타령(2)

방안골에 방안엿 울릉도 호박엿

사구려 사구려 사구렸다 사구려
동지섣달 긴긴밤 밤못자고 다린 엿
일전어치에 다나간다
일전어치 파리똥만치
이전어치 전보대만치
십전어치 하보따리요
사구려 사구려 사구렸다 사구려
곱새는 지고 허리도 못펴고
앉은뱅이 지고 일어도 못서요
사구려 사구려 사구렸다 사구려

(최갑순 창, 김봉관 수집)

엿장사타령(3)

≪엿이요! 엿사시요!≫

울릉도 호박엿 강원도 강남엿
이집 저집 모아놓고 엿을 꼬와 팔러왔소

≪엿사시요!≫

일전이면 한가락이요
이전이면 두가락에
십전짜리는 넙적하고
오전짜리는 쪼꼼 적고
모두 보고 사아가서

애들 주십시오
놋가락에 놋저가락도 가져오고
숫가락도 가져오고
구리쇠도 가져오면
엿 엿 다줍니다(에—엿 사시요!)
일전짜리도 돈이요
이전짜리도 돈일망정
걸레짝도 가져오면
엿가락을 그냥 주고
머리카락도 가져오면
좋은 엿을 다 줍니다
에루화 엿사시요

≪엿—사시요!≫

모든 엿은 다 팔았는데
아니 나온게 또 있구나
비녀쪽지도 엿이로다
숫가락총도 엿을 주고
무엇도 다 주는데
집집에 가거들랑
련락도 하여주고
아해들도 보거들랑
일러가지구 같이 와서
엿가락 가져가서
너도 먹고 동생도 주고
갈라서 먹으시오
얼른 와서 가져가시우

(리해상 창, 김원창 채보)

엿장사타령(4)

헤 사구려 사구려 사구려 막판다
홀쩍홀쩍 다 판다 골라잡아서 십오전
헐쩍헐쩍 다 나간다

『어 싸구려!』

어 싸구려 싸구려 다 나간다
골라잡아서 십오전 헐쩍헐쩍 다 나간다

『금봉채를 찌른 신부녀나 머리넘청 땋은 처녀나 부지런히 사가십시오』

어데를 가며는 거저주나 같은 값이면 이리와
골라잡아서 십오전 헐쩍 헐쩍이 다 나간다
울릉도 호박엿 기차마차에 실은 엿
말만 들었지 잡솨보았소

『어 싸구려! 싸구려! 싸구려! 싸구려!』

막판다 고라잡아서 십오전
령감로친네 장난끝에 화죽연대를 분지른것
신랑각씨 장난끝에 금봉채가 부러진것
처녀총각이 장난끝에 곰방설대가 부러진것

『어 싸구려!』

막판다 골라잡아서 십오전 헐쩍 헐쩍이 다 니간다

『어 싸구려! 싸구려! 싸구려! 싸구려!』

금봉채를 찌른 신부야 머리가 능청 곱은 처녀야
어데를 가며는 거저 주나 같은 값이면 이리와
헐쩍이 헐쩍이 다 나간다
울깃 쭐깃 찹쌀엿 구멍이 뻐끔 나팔엿
올통 볼통 감자엿 울긋불긋 에수꾸엿
네모번듯 해도마엿 기차마차에 실은 엿

『어 싸구려!』

막판다 골라잡아서 막판다 헐쩍헐쩍이 다 나간다
(송옥주 창, 리황훈 채보)

화장품장사

담배대 사소 담배대
좋은 챈빗 사
얼레빗 윤두 가시개
비녀 비녀 쑥잠 나무잠 국화잠
천금보명단 백코작작 나가는 칼도 있고
이마하는 쪽집개
단장하는 거울이며
이발달린 석경 있습니다
(유수달 창, 리황훈 채보)

달아 달아

달아달아 밝은달아
리태백이 놀던달아
저기저기 저달속에
계수나무 박혔으니
옥도끼로 찍어내고
금도끼로 다듬어서
초가삼간 집을짓고
량친부모 모셔다가
천년만년 살고지고
천년만년 살고지고.

(류증표 창, 김태갑 채집)

주: 세태요. 3개의 음으로 선률이 구성되여있는 이 노래는 두가지 특점이 있는데 민요에서
는 아주 드물게 지방에 따라 곡은 약간 변화가 있지만 가사는 변화가 없는거이 하나의
특점이며 다른 하나의 특점은 동요인데 성인들속에서도 상당히 애창되고있다는것이
다. 전설속의 달의 계수나무를 찍어다가 집을 짓고 량친부모를 모시고 천만년을 행복
하게 살아보려는 념원은 어린이나 어른이나 같은것이므로 이 노래는 어른들속에서도
널리 불리우게 된것이다. 음악형상은 아주 유순하고 부드러우며 우아하고 정서적이다.

달놀이[1]

찰떡치고 감주빚어
동네방네 희희락락
추석이라 중추가절
중추가절 추석이라

달마중을 가보세나
달놀이를 가보세나
약수동의 샘물터에
달놀이를 가보세나

달이솟자 님도오니
달놀인가 님놀인가
칠월칠석 처음보고
팔월추석 다시보네

저하늘에 달이둥둥
샘물에도 달이둥둥
올려봐도 밝은달
내려봐도 보름달

반공중에 웃는달아
물결을랑 희롱말아
잔잔벽수 파도일면
고운얼굴 부서질라

화평세월 호시절에
지상락원 여기라고
오동추야 저명월이
서둘러서 왔나보지

맑디맑은 수정물은
밝디밝은 달을 담아
상아아씨 춤도훨훨
화용월태 어여뻐라

금도끼를 휘둘러서
계수나무 찍고베여
고대광실 지을적에
은토끼도 깡충깡충

김을잡던 그본새로
팔을걷어 다리걷어
은토끼를 안아볼가
물속명월 건져볼가

만리창공 저둥근달
은하수에 띄워놓고
견우직녀 아기자기
밤가는줄 모르누나.

(림순녀 창, 정경남 채집)

_____

주: 1) 달놀이 - 달맞이놀이.

풍년가

풍년이 왔네 풍년이 왔네
금수강산에 풍년이 왔네
지화자좋다 얼씨구나 좀두나좋냐
명년춘삼월에 화전놀이를 가세

올해도 풍년 래년에도 풍년

년년 해마다 풍년이로구나
지화자좋다 얼씨구나 좀두나좋냐
명년하사월에 관등놀이를 가세

저건너 김풍헌 거동을 보아라
노적가리 쳐다보고 춤만 덩실춘다
지화자좋다 얼씨구나 좀두나좋냐
명년오뉴월에 닭죽놀이를 가세

천하지대본은 농사밖에 또 있는가
놀지말고 농사에 힘을 쓸세나
지화자좋다 얼씨구나 좀두나좋냐
명년칠월에 백중놀이를 가세.

주: 이 민요는 진짜 농민의 노래다. 농민들이 풍년을 기원하는것은 배불리 먹고 살수가 있
기때문이다. 농경사회에서 이러한 갈망은 더욱 간절하였을것이다. 가을에 정말 풍년이
들면 스스로 신이 나고 기운이 솟는다. 노적가리를 올려다 보며 춤도 추고 놓은 날짜
를 잡아 떡을 치고 음식을 차려 하늘에 감사한 마음을 전하고 명년의 풍년을 빌었다.
풍년가는 바로 농미들의 이러한 감정을 노래하였다.

강강수월래

솔밭에는 솔잎도 총총 강강수월래
대밭에는 대잎도 총총 강강수월래
시내강변에 자갈도 총총 강강수월래
산아산아 추영산아 강강수월래
놀기좋다 백두산아 강강수월래
잎이피면 청산이요 강강수월래

꽃이피면 화산이요 강강수월래
청산화산 넘어가면 강강수월래
우리부모 보련마는 강강수월래
님의부모 명자씨는 강강수월래
책장마다 실렸건만 강강수월래
우리부모 명자씨는 강강수월래
어느책에 실렸는고 강강수월래.

(김말순 창, 리황훈 채집)

주: 《강강수월래》라는 춤을 출때 부르는 노래로서 강강수월래라는 말은 오랑캐들 즉 왜
적이 바다를 건너온다는 뜻으로 풀이한다. 임진왜란시기남해안 전라도 해안일대의 부
녀들이 적을 감시하고 적들에게 어떤 우엄을 과시하기 위하여 수십명씩 떼를 지어 산
에 올라가 우등불을 피워놓고 이 노래를 부르며 춤을 췄다고 한다. 이것이 유래가 되
여 해마다 정월 대보름날이나 8월 한가위날밤이면 많은 지방의 부녀들이 《강강수월
래》 노래를 부르며 춤을 추는 민속놀이가 전통으로 되였다고 한다. 노래는 먹임까지
는 지방에 따라 약간 틀리지만 후렴구는 같았다.

쾌지나 칭칭나네(1)

쾌지나 칭칭나네 쾌지나 칭칭나네
하늘엔 잔별도 많고 쾌지나 칭칭나네
요내시집엔 말도많다 쾌지나 칭칭나네
처자가 많다한들 쾌지나 칭칭나네
고운처자가 몇몇인가 쾌지나 칭칭나네
시내강변엔 돌도많고 쾌지나 칭칭나네
곁방살이 말썽도많고 쾌지나 칭칭나네
과부살이 허물도많다 쾌지나 칭칭나네
이산저산 량산간에 쾌지나 칭칭나네

울고간다 곡산이라 쾌지나 칭칭나네
노고지리 쉰길뛰고 쾌지나 칭칭나네
아지랑이 아물아물 쾌지나 칭칭나네
이산저산 넘나들며 쾌지나 칭칭나네
두견접동 스피운다 쾌지나 칭칭나네
문경새재 박달나무 쾌지나 칭칭나네
홍두깨방망이로 다뽑힌다 쾌지나 칭칭나네
동래부산 큰애기손에 쾌지나 칭칭나네
다듬이질 불이난다 쾌지나 칭칭나네.

      (조종수 창, 김태갑 채집)

주: 남도민요. 이 민요는 임진왜란전쟁승리의 기쁨을 표현하고 패주하는 왜놈들의 몰골을
  풍자, 조소하는 노래라고 한다. 류무가요의하나인 이 민요의 음악적형상은 전쟁에서
  승리한 인민들의 락천적인 정서를 담은 흥겹고 락천적인 선률로시작하여 점차장단의
  속도를 빨리하면서 격동적인 분위기와 앙양된 정서를 표현하고있다.

쾌지나 칭칭나네(2)

쾌지나 칭칭나네
쾌지나 칭칭나네
하늘높이 종달새 노래
쾌지나 칭칭나네
이산 저산에 봄이 오네

쾌지나 칭칭나네
쾌지나 칭칭나네
봄철이 오네 님이 오네

쾌지나 칭칭나네
우리네 청춘도 봄맞이 가세

쾌지나 칭칭나네
쾌지나 칭칭나네
강물풀려 고기배 뜨니
쾌지나 칭칭나네
님 실은 배도 돌아오네

쾌지나 칭칭나네
쾌지나 칭칭나네
봄이 간다고 설어들마소
쾌지나 칭칭나네
봄이 간다고 님도 가랴

쾌지나 칭칭나네
쾌지나 칭칭나네
님은 있고 봄만 가는
쾌지나 칭칭나네
록수청산에 여름이 와요

(김순남 창, 리황훈 수집)

돈돌라리

돈돌라리[1] 돈돌라리 돈돌라리요
리라 리라리 돈돌라리요

돈돌라리 돈돌라리 돈돌라리요
시내강변에 돈돌라리요

돈돌라리 돈돌라리 돈돌라리요
모래산천에 돈돌라리요

돈돌라리 돈돌라리 돈돌라리요
보배산천에 돈돌라리요.

(류증표 창, 김태갑 채집)

주: 북청지방에서 창조되여 불리워진 민요 《돈돌라리》를 동틀날이 다가온다는 뜻으로
광명과 인민의 행복을 바라는 마음을 나타냈다고 해석하는데 명절이나 모임이 있을
때면 이 노래에 맞춰 춤을 추며 놀았다고 한다. 음악은 리듬이 선명하고 절도가 있으
며 흥겹고 락천적이며 곡조는 부르기 쉽다. 물론 이 민요에 대한 해석이 이와 다른 설
도 있다.

산천가

산이높고 물이맑아
절승경개 이뤘는가
높은데는 밭이랑
낮은데는 물논이라
에헹에헹 에헹엥야
어헝어헝 어헝어어야
어여라 디여라
널과 내로구나

아침이면 연장메고

논두갈고 밭두나갈아
저녁이면 소잔등에
달빛싣고 돌아온다
에헹에헹 에헹엥야
어헝어헝 어헝어어야
어여라 디여라
널과 내로구나

가을날 청명하니
바람조차 시원한데
십리벌 금파만경
넘실넘실 춤을춘다.
에헹에헹 에헹엥야
어헝어헝 어헝어어야
어여라 디여라
널과 내로구나

구녕변가

녕변에 약산동대로다
네 부디 편안히 잘 있거라
나두 명년 양춘가절에 가절이로구나
또다시 보자

달아 에 달아달아
허공중천에 둥당실 걸린 달아

님의나 창전이로구나
비치신 달아

오동에 복판이로다
거문고로구나
둥당실 슬크덩소리가
저절로 난다.

(우제강 창, 김태갑 채집)

_____

주: 서도민요. 관서8경의 하나라고 칭송되는 녕변의 약산동대에 기탁하여 고향을 등지고
   살길을 찾아 떠나는 사람들의 애달픈 감정을 담고있다. 이 ≪구녕변가≫는 어두운 정
   서도 있으나 아울러 정열적이며 호소적인 특점도 있고 이제 아래에 수록하는 ≪신녕변
   가≫는 직접 연분홍 진달래꽃으로 이름난 약산동대를 비롯한 여러 명승고적을 자랑하
   하고있다.

신녕변가

평북녕변 찾어가자
약산동대 찾어가자
울긋불긋 무르녹아
봉이마다 진달래요
오를사록 승지로다
약산동대 찾어가자
제일봉에 올라서니
학벽루가 이아니냐

구롱강물 물맑은데
아름다운 노래소리

륙승동에 가을바람
거부우에 단풍진다
오를사록 승지로다
약산동대 찾어가자
제일봉에 올라서니
학벽루가 이아니냐

평북녕변 찾어가자
약산동대 찾어가자
보현사를 찾어드니
절승강산 예아니냐
오를사록 승지로다
약산동대 찾어가자
제일봉에 올라서니
학벽루가 이아니냐

주: 《신약산동대》는 사실상에서는 작사, 작곡을 알수 없는 신민요이다. 노래는 약산동대
의 풍경을 비롯하여 제일봉, 학벼루, 구룡강, 륙승정, 천주사 등 명승고적들을 자랑하고
있다. 이 노래는 부드럽고 흥겨운 리듬과 유연한 선률, 경쾌한 굴림새와 맑은 음조색채
로 일관되여있다. 많은 사람들이 이 노래를 《신녕변가》로 부르면서 민요라고 생각하
지만 사실은 1939년의 신민요 《백두산을 바라보고》(박영호 사, 전기현 곡)에 근거하
여 광복후 《평북녕변가》로 고쳐진것이다.

금강산타령(1)

산도 많다 골도 깊다
일만이천봉이런가
줄줄이 쌍쌍 줄줄이 쌍쌍

머루다래 열렸네
머루다래 열렸네
에헤—에헤요
에루화 이곳이 명승이로다
이산 저산 명승중에
강원도 금강산이로구나

해금강에 해가 뜬다
물안개가 피여난다
갈매기 쌍쌍 갈매기 쌍쌍
어서 오라 날 부르네
어서 오라 날 부르네
에헤—에헤요
에루화 이곳이 명승이로다
이산 저산 명승중에
강원도 금강산이로구나

쳐다보니 구룡폭포
올라서니 팔담일세
무지개 쌍쌍 무지개 쌍쌍
은하수로 비꼈네
옥계수로 내리네
에헤—에헤요
에루화 이곳이 명승이로다
이산 저산 명승중에
강원도 금강산이로구나

주: 상대적으로 금강산을 노래하는 민요가 적다고 한다. 아마도 권귀와 부자들이 금강산을
   관광할 기회가 많았고 민요를 만들고 부르는 민요의 주체라고 할수 있는 로동자 농민

들은 금강산을 관광할 기회가 적었기때문일였을것이다. 이 ≪금강산타령≫은 1930년
대에 창작, 보급된 신조곡이라고 하지만 그 작사자와 작곡자를 모른다.

금강산타령(2)

산도 깊다 물도 깊다
그늘따라 머루다래
줄줄이 쌍쌍 줄줄이 쌍쌍
열렸구나 피였네   열렸구나 피였네
에헤요 에루화 이곳이 산이로구나
이산 저산 다 버리고
강원도 금강산이로구나

비로봉에 달이 떴다
안개속에 날아든다
무지개 쌍쌍 무지개 쌍쌍
손질하며 불르네 손질하며 불르네
에헤요 에루화 이곳이 산이로구나
이산 저산 다 버리고
강원도 금강산이로구나

봉이마다 기암괴석
물결마다 파도치네
갈매기 쌍쌍 갈매기 쌍쌍
날려를 드노라 날려를 드노라
에헤요 에루화 이곳이 산이로구나
이산 저산 다 버리고

강원도 금강산이로구나

주: 이것은 민요라고 하지만 8.15해방후 가사를 고치고 곡을 다듬은것이다. 조선족들속에서
   널리 불리우는것도 이렇게 새롭게 창조된것이다 그러나 많은 사람들이 민요라고 생각하
   기에 여기에 수록한다. 어떤 노래집에는 제목이 《금강산을 노래하세》로 되였다.

한강수타령(1)

한강수야 깊고 얄은 물에
수상선 타고서
에루화 뱃놀이 가잔다
에야데야 에헤야 에헤야
에헤요 얼싸엄마 둥게듸여라
내 사랑아

앵두나무밑에 병아리 한쌍 놓인건
총각랑군님
몸보신감이로구나
에야데야 에헤야 에헤야
에헤요 얼싸엄마 둥게듸여라
내 사랑아

워라워라워라 네가 그리워라
정 많이 둔 사랑
네가 그리워라
에야데야 에헤야 에헤야
에헤요 얼싸엄마 둥게듸여라

내 사랑아

고요한 월색은 강심에 그렸는데
술렁술렁 배띄워라
에루화 달맞이 가잔다.
에야데야 에헤야 에헤야
에헤요 얼싸엄마 둥게듸여라
내 사랑아

(우제강 창, 김태갑 채집)

주: 대표적인 경기민요. 원래 노래는 다섯가지 좋다는 뜻의 ≪오호타령≫이라고도 불렸는
데 조선의 유명한 5대강 즉 한강 압록강 청천강 대동강, 락동강을 긍지높이 노래하는
민요였으며 노래의 제목은 가사의 제1절 제1구의 첫마디를 다서 달았다. 락천적인 생
활감정을 그대로 표현한 이 민요는 단순하면서도 구조형식이 쩨이고 률동성이 강하며
통속적인것이 특점이다. 그런데 우리 조선족들속에서 불리워진 이 민요는 5대강을 노
래하는 내용이 지양되고 퍽 해학적인것으로 변형되였다.

한강수타령(2)

개야 개야
얼궁덜럭궁 수캐야
밤사람 보고서
에루화 짓지를 말어라
에야데야 에헤야
에헤야 데헤야
얼싸 엄마 둥게 띄여라
내사랑아

령감의 밥을랑
상투밥으로 담고요
총각의 밥을랑
살살 피워서 담아라
에야데야 에혜야
에혜야 데혜야
얼싸 엄마 둥게 띠여라
내사랑아

령감의 짠질랑
여기서 저만치 썰고요
총각의 짠질랑
무어생채로 썰어라
에야데야 에혜야
에혜야 데혜야
얼싸 엄마 둥게 띠여라
내사랑아

(창, 채보 미상 료녕 민족출판사 《민요곡집》에서)

주: 경기지방의 대표적인 민요. 일면 《오호타령》이라고도 한다. 이 민요의 주요내용은
조선의 5대강(한강, 압록강, 청천강, 대동강, 락동강)을 노래하는것이다.

유산가

화란춘성[1]하고
만화방창[2]이라
때좋다 벗님네야

산천경개를 구경가세
죽장망혜[3] 단표자[4]로
천리강산을 들어가니
만산홍록들은
일년일도 다시피여
춘색을 자랑노라
창송취죽은 창창울울하고
기화요초 란만중에
꽃속에 잠든나비
자취없이 날아온다
류상앵비는 편편금[5]이요
화간접무는 분분설[6]이라
삼춘가절이 좋을시고
도화만발 점점홍이로구나
어주축수 애산춘[7]이어든
무릉도원이 예아니냐
양류세지 사사록[8]하니
황산곡리 당춘절[9]이라
연명오류[10]가 예아니냐
제비는 물을차고
기러기는 무리쳐서
천리강산 머나먼길에
어이갈고 슬피운다
원산을 첩첩
기암은 칭칭
장송은 낙낙
에이 구부루져
광풍에 홍을겨워
우줄우줄 춤을 춘다

층암절벽상에
폭포수는 콸콸
수정렴 드리운듯
이골물이 주루룩
저골물이 솰솰
열의 열골물이
한데 합수하야
천방져 지방져[11]
소쿠라지고[12] 펑퍼져
넌출지고[13] 방울져
저건너 병풍석으로
으르렁 콸콸
흐르는 물결이
은옥같이 흩어지니
소부허유[14] 문답하던
긴산영수가 예아니냐
가가체금은 천고절이요
적다정조는 일년풍이라[15]
일출 락조가
눈앞에 벌어나
경개무궁 좋을시고.

(신옥화 창, 김태갑 채집)

주: 유산가(遊山歌)는 곧 산놀이 노래다. 봄은 만물이 소생하는 계절이다. 생명이 있고 사
랑과 청춘이 있는 인간에게 있어서 봄노래는 당연한것이였다. 이 《유산가》는 봄이되
여 춘흥을 이기지 못하여 산으로 들로 경치 좋은 곳을 즐기는 풍속을 보여주기도 하며
봄을 찬미하고 아름다운 봄의 생명의 소생에서 생의 의의를 찾는 모습을 보여준다. 그
러나 봄놀이 같은것은 과거에는 어마도 유한계층만이 할수 잇었던것 같다. 이 민요를
통하여서도 한자어 등 난해어가 많은점이라든지 노래말을 다듬은것이 농부들의 그것
은 아닌것 같다.

  1) 화란춘성- 꽃은 봄성에 무르녹고.

2) 만화방청- 모든 꽃은 향기롭고 아름답다.
3) 죽장망혜- 대지팽이와 짚신.
4) 단표지- 도시락과 표주박.
5) 류상애비는 편편금- 버들우에 나는 꾀꼬리는 금날개를 너울너울.
6) 화간접무는 분분설- 꽃사이에서 춤추는 나비는 눈꽃을 흩날리듯.
7) 어주축수애산춘- 고기배가 물을 따라 내리며 봄이 깃든 산을 사랑하다.
8) 양류세지사사록- 휘늘어진 실버들 가지가지 푸른빛이라는 뜻.
9) 황산곡리당춘절- 황산골짜기에 봄이 오다.
10) 연명오류- 도연명이 문전에 다섯그루의 버드나무를 심었던 사실에 근거한 서술이다.
11) 천방져 지방져- 급히 흐르는 모양.
12) 소쿠라지고- 물결이 높이 솟아오르는 모양.
13) 넌출지고- 길게 늘어지고.
14) 소부, 허유- 순임금때의 은사들.
15) 가각체금은 천고절이요 적다정조는 일년풍이라(佳刻嘀禽千古節, 積多鼎鳥는 一年豊.) - 두견새와 소쩍새를 두고 이름.

고고천변

고고천변 일륜홍[1]
부상에 둥실 높이떠
량고에 잦은 안개
월봉으로 돌고
어장촌 개짓고
호연봉 구름이 떳다
로화는 단운되고[2]
부평물에 둥실떠
어룡은 잠자고
잘새는 날아든다
동정여천의 파시추[3]
금사추파가 이아니냐

앞발로 벽파를 찍어당기며
뒤발로 창랑을 탕탕
요리조리 조리요리
앙금당실 높이며
동남을 바라봐
지광은 칠백리
파광은 천일색[4]
천외무산[5] 십이봉은
구름밖으로 멀고
해외소상[6] 일천리
안하의 경개로다
악양루 높은집에
두자미[7]앉아 지은글이
동남으로 보이고
북방소식 저 기러기는
소상강으로 돌고
천봉만학을 바라봐
만경대 구름속에
학선이 울어있고
칠보단 검은구름
허공에 둥실 높이떠
계산파무에 울차아[8]
산은 층층 높고
경수무풍에 야자파[9]
물은 출렁 깊었는데
이골물이 쭈루룩
저골물이 꼴꼴
열에 열곬물이
한데 합수쳐

천방져 지방져
방울져 언덕져
언덕져 방울져
사주불러 두둥그러져
건너편 언덕에
마주 꽝꽝
사르렁꼴꼴 흐르는 물은
산양수로 돌아든다
만산은 우루룩
국화는 점점
벽수는 뚝뚝
장송은 락락
해월이 무광에 록수진경[10]
남산두루미 날아든다
치어다 보느냐
만학은 천봉
내려굽어 부느냐
백사지 땅이라
허리굽고 늙은장송
광풍을 못이겨
우줄우줄 반춤춘다
록음은 우거지고
방초는 숙어져
앞내 버들은
류룩장 두르고
뒤내 버들은
청포장 늘어져
한가지 찍어져
한가지 늘어져

춘비춘흥을 못이겨
흔들흔들 노닐적에
삼월이라 삼질날에
연자는 펄펄 날아들어
옛집을 다시 찾고
호접은 분분
나무나무 속잎난다
가지가지 꽃피여
아마도 네로구나
이런 경치가 또있는가
아니놀고 무엇하리.

(박정렬 창, 김태갑 채집)

주: 1) 고고천변 일륜홍(皐皐天邊一輪紅)- 높은 하늘가에 솟은 해.
    2) 로화는 단운되고- 갈꽃은 구름쪼각 되고.
    3) 동정여천의 파시추- 하늘과 같은 동정호의 물결.
    4) 파광은 천일색- 물결이 넓이는 하늘과 맞닿다.
    5) 천외무산- 하늘에 우뚝 솟은 무산봉.
    6) 해외소상- 중국의 소상강.
    7) 두자미- 당나라 시인 두보.
    8) 계산파무에 울아차- 계산은 안개를 뚫고 높이 솟다.
    9) 경수무푸에 야자파- 경수는 바람이 없은 물결이 잔잔하다.
   10) 해월이 무광에 록수진경- 두루미를 말함.

단가

어화 청춘 소년님네
청춘을 허송말고
부귀를 탐치마소

일장춘몽 우리 인생
내가 어찌 허송할가
죽장 망혜로
금수강산 찾으리라

지리 금강 태백산
삼각산을 올라 편답하고
앞남성을 들어가니
성내성외가 화려하다
유장문도 웅장허구
락락장송 푸른 솔은
옛빛을 띠였더라

어주우에 백학들은
때없이 춤을 추니
백설이 덮여난듯
성천강 흐르는 물에
만석교가 어리였고
백사청 여울물에
빨래하던 녀인네들
명사십리를 비웃난듯
아니 놀구서 무엇을 할거나
할일을 하면서 지내보세.

(박정렬 창, 김태갑 채집)

주: 단가(短歌)란 문자그대로 짧은 노래. 문학사에서는 시조(時調)를 단가라고 하며 음악에
서는 판소리같은 긴 노래를 부르기전에 목을 풀기 위하여 부르는 짧은 노래를 단가라고
한다. 시조에 곡을 붙인것이 많다. 이 민요도 구조적으로 시조와 비슷한점이 많다.

장기타령

헤 청청백일 푸른날에
상투백이 두 령감이
정자나무 그늘밑에
뚜땅땅 뚱땅 뚱땅
장기판 뛰는구나
장이야 군아
장받으면 포떨어진다
얼싸 엄마 두어야 장기지
세월만 보낸다

(창, 채보 미상. 료녕민족출판사 ≪민요곡집≫에서)

장기 두는 소리

삼각산 제일봉에
초가삼간을 지어놓고
한칸에는 옥녀를 두고
또 한칸에는 선녀를 두고
옥녀 금녀 살렴히 앉어야
장기바둑을 놀려 하나
장기야 한테 노닐적에
한나라 한자로 황폐삼아
초나라 초자 초패왕삼아
선배사자 모자삼고
코끼리상자 관운장삼고

이 수레 차자루 조자룡삼아
말마자로 마초삼아
군사졸자 농다리 놓고
서로 포자가 넘나든다
　　　　　　(손익출 창, 리황훈 채보)

새타령(1)

새가새가 날아든다
온갖 잡새가 날아든다
새중에는 봉황새
만수문전에 풍년새
산고곡심 무인처[1]
수림비조[2] 뭇새들이
룡춘화답[3]에 짝을 지어
쌍거쌍래 날아든다
말잘하는 앵무새
춤 잘추는 학두루미
솔텡 쑤꾹 앵매기 루리루
대천 비우 소로기 수리[4]
루리루루리루 울음울어
좌우로 다녀 울음운다
저 뻐꾹새가 울음운다
저 뻐꾹새가 울음운다
아무데 가나 울음운다
이산에 가면 뻐꾹 뻐꾹

저산에 가면 뻐꾹 뻐꾹

에히 좌우로 다녀 울음운다

저 두견새 울음운다

이산에 가면 솥적다[5]

저산에 가면 솥적다

에헤 에헤 리루리루리루

좌우로 다녀 울음운다

명랑한 새 울음운다

저 황해조가 울음운다

저 꾀꼬리가 울음우누나

아무데 가도 기쁜 새

온갖 소리를 모두 하네

리루리루리루 응

아무데 가도 기쁜 새

좌우로 다녀 울음운다.

(리상철 창, 김태갑 채집)

주: 1) 산고곡심 무인처- 산이 높고 골이 깊어 인가 없는 곳.

2) 수림비조- 울창한 숲속의 날새.

3) 롱춘화답- 봄을 즐겨 서로 화답함.

4) 대천 비우 소로기 수리- 높은 하늘에서 ≪비우 비우≫하고 우는 수리개의 소리.

5) 솥적다(혹은 솥텡)- 숱한 자식을 먹여살리지 못한 어머니가 소쩍새가 되었는데 ≪솥이 적다≫(먹을것이 적다)고 ≪소쩍≫하고 우는가 하면 쌀이 없어 솥이 텅비 였다고 ≪솥텡≫ 하고 운다는 전설이 있다.

새타령(2)

새가 새가 날아든다

새가 새가 날아든다
실실 늘어진 양버들엔
황금이런가 꾀꼴새야
구성진 네노래 멋들었다
구성진 네노래 멋들었다
금수강산이라
살기가 좋아서 노래하냐
둥기둥기 둥둥 둥구둥기 둥둥
이나무 저나무 찾아서
쌍쌍이 날아든다

새가새가 날아든다
새가새가 날아든다
한창 춘삼월 좋은 때라
참지 못할 저 뻐꾹새
올해도 풍년을 부르누나
올해도 풍년을 부르누나
사래긴 밭에 씨앗을 덤뿍이 뿌려가라
둥기둥기 둥둥 둥기둥기 둥둥
여기서 저기서 뻑뻑꾹
뻐꾸기 화답한다

새가새가 날아든다
새가새가 날아든다
훨훨 줄지어 울고가렴
둥실 중천에 저 기럭아
갈길은 멀어도 쉬여가렴
갈길은 멀어도 쉬여가렴
일망무제 천리벌에

생명수 맑은물 흘러든다
둥기둥기 둥둥 둥기둥기 둥둥
언제나 즐거운 이땅에
쉬여서 가려무나.

(박정렬 창, 김태갑 채집)

제비가

만첩산중 늙은 범이
살진 암캐를 물어다 놓고
이는 빠져 먹지 못하고
에 이리 궁글 놀린다
일락서산 해는 뚝 떨어져
월출동령에 달이 솟네
만리장천 울고가는 저 기러기
제비를 후리려 나간다
망탕산¹⁾으로 나간다
우에라 저 제비야
너 어디로 향하느냐
백운을 박차고
흑운을 무릅쓰고
반공중에 높이 떠
우여라 내집으로 오너라
달아를 나느냐
양류상에²⁾앉은 꾀꼬리
제비만 여겨서 후린다

복희씨 맺은 그물을
두리쳐 메고서
제비를 후리쳐 나간다
말 잘하는 앵무새야
춤 잘추는 학두루미
공산야월[3] 달밝은데
슬픈 소리 두견성
슬픈 소리 두견성
울림비조[4] 뭇새들은
롱춘화답 짝을 지어
쌍을 지어 날아든다
문채 좋은 공작
스르르 호반새 날아든다
기러기 훨훨
방울새는 떨렁
다 날아들고
저 제비는 어디로 행하느냐.

(신옥화 창, 김태갑 채집)

주: 1) 망랑산- 본래는 중국의 산이름인데 돌이 많은 산이라는뜻.
　　2) 양류상에- 버들우에.
　　3) 공산야월- 공중에 걸린 달.
　　4) 울림비조- 울창한 수풀속의 날새.

꽃타령

시아버님 무덤에는

호랑꽃이 넘놀았네[1]

시어머님 무덤에는
개살구꽃이 넘놀았네[2]

맏동서라 무덤에는
심술꽃이 넘놀았네

시누이라 무덤에는
할미꽃이 넘놀았네[3]

우리랑군 무덤에는
함박꽃이 넘놀았네.

（림유옥 창, 리황훈 채집）

주: 1) 시아버지가 생전에 호랑이처럼 무섭게 굴었음을 비유.
　　2) 시어머니가 생전에 개살구처럼 떫게 며느리를 대했음을 비유.
　　3) 시누이의 마음이 할미꽃처럼 꼬부라졌음을 비유.

꽃노래

나비야 나비야
꽃동산에 범나비야
나에게 알려주렴
세상꽃은 만가지라
많고많은 꽃중에서
무슨꽃이 제일곱니

벼랑우의 진달래
꽃중지왕 모란꽃
구월달에 들국화
잎이납작 접시꽃
명지같은 함박꽃
허라가는 양귀비

나비야 나비야
꽃동산에 범나비야
이꽃저꽃 곱다지만
만백성의 옷을짓는
백설같은 목화꽃이
꽃중에서 제일곱지.

(하옥순 창, 김창묵 채집)

화편

모란은 화중 왕이요
향일화는 충신이로다
련화는 부녀요
향화는 소인이라
국화는 은일사요
매화는 한사라
박꽃은 로인이요
석죽화는 소년이라
동백화는 군자여

해당화는 창기로다
그중에 리화는 시객이요
홍도벽도 삼색도는
풍류랑인가 하노라

     (김문자 창, 리황훈 채보)

주: ≪화 편≫은 ≪花辦≫ 즉 꽃을 위해 부르는 노래라고 풀이할수 있다.

박노래

뜨락에 심은박씨
무성히 넌출뻗어
고래등 지붕위에
푸르잎 뒤덮었네
알뜰히 가꿔두고
살뜰히 보살피니
하얀꽃 피고지여
호함진 열매로세

해빛에 살이찌고
비물에 미역감아
체격도 장대하고
맵시도 보기좋네
옥으로 다듬었나
은으로 분칠했나
오가는 길손마다
저마다 칭찬일세

한번엔 넌출끊어
두손에 받쳐들고
세세히 가늠하여
엥헤요 스리슬슬
톱으로 켜고보니
바가지 이아닌가
흥부야 기뻐해도
놀부사 무러우리

꽃피는 웃음속에
정성껏 다듬을제
참기름 바른듯이
윤나는 박바가지
부엌일 한몫막는
주부의 그릇이니
살림에 잘써가며
박노래 불러보세.

(창 미상, 리룡둑 채집)

화토놀이

정월이로다
정월송학 달밝은데 학이 두쌍이
달아래서 너울너울 춤을 춥니다

이월이로다

이월매조 어찌하여 설한광풍에
설죽매화 재미있게 열매맺었네

삼월이로다
삼월 사꾸라 눈속에서도 곱게피였네
동무들 짝을 지어 산놀이 갑시다

사월이로다
사월흑살 방초시절 좋은 나날에
손목을 마주잡고 산보갑시다

오월이로다
오월란초 피였구나   저기저산에
초목이 장성하여 광채가 나요

류월이로다
류월목단 화중지왕 저기저산에
나비 가는 길을 따라 꽃놀이 갑시다

칠월이로다
칠월홍살 여기저기 피여났구나
이살 저살 꺾어쥐고 춤을 추노라

팔월이로다
팔월명월 야반삼경 달이밝은데
날아가는 외기러기 나와 동무라

구월이로다
구월국주 피였구나 후원당밑에

마주나가 활짝 웃고 돌아섭니다

시월이로다
시월단풍 모진 광풍 불어옵니다
새노랗게 피는 국화 다쓰러지네

동지달이라
동지오동 모진 광풍 불어오므로
저기 가는 하인들이 가련하구나

섣달이로다
섣달비 일년 가는 마지막인데
동네방네 새해맞이 한숨이로다

(김홍섭 창, 리룡득 수집)

투전풀이

자 일자도 모르르는건 판무식이로군
덜덜이 광창하구두 남으루 번은 길이라
이 다리냐 저 다리냐 건너간다
돌다리냐 목도소리 목다리냐
조기새끼 강다리로구나
월출동령이라 사모님 가는 다리라 자
삼간집아주머니 애고대고 통곡말고
파죽이나 잡수시요
노느니 광천이로군 너한테는 꽉 정드누나

자시 창곡식이 몇만석이냐
쾌천동 제기로구 오시면 갈줄 모른다
자 오볼 고사리 드릎 잡채늪
나물 왕심이 메나리 먹기좋은 녹두나물
덜덜광창이로군 일신몸 편안하구나 자
륙륙봉계 란봉계 허리 잘룩 봉에강 건너 문수봉
평양에는 모란봉 같은 자로다
월색이 통란하구나 자 바른대로 굴리소
이리칠 저리칠 개대가리
똥칠 하이칼라 기름칠갓 배기짐칠
새각시 분칠이로구나 그색시 참 곱구나 자
팔만 구암자에 다락을 무엇구나
덜덜이 광창 명당지로구나 자
구루마군이면 한산자로다 한산자면 로동자지
지당생명에 골라잡아라 스물넉장 도발수요
도시요리 장관도 값만 나간다 자
장안에도 감은 돈도 감이로군
덜덜이광창 잘만 사누나

(종주, 제강, 삼봉 창, 리황훈 채보)

한글풀이

가갸거겨
가이없는 이내몸이
거지[1]없이 되였구나
고교구규

고생하던 우리님이
구곤하기 짝이없다

나냐너녀
나귀등에 솔질하여
순금안장 지어타고
팔도강산 구경갈가
노뇨누뉴
노세노세 젊어노세
늙어지면 못노니라

다댜더뎌
다닥다닥 붙었던정
덧이없이 떨어진다
도됴두듀
도장은 늙은 몸이
다시젊지 못하리라

라랴러려
날아가는 원앙새야
널과 날과 짝이로다
로료루류
로류장화[2] 안개유지
처처에 있건마는
마먀머며
마자해도 마자해도
님생각이 또나누나
모묘무뮤
무정세월 여류하여

돌아간봄 도돌아온다

바뱌버벼
밥을먹자 돌아다보니
벗이없어 못먹겠네
보뵤부뷰
보고지고 보고지고
님의 얼굴 보고지고

사샤서셔
백년을 사자고
언약했더니 언약을
실행치 못했구나
소쇼수슈
소솔이단풍 찬바람에
울고가는 저기럭아
님의소식을 전해주럼

아야어여
아이 답삭 잡았던손목
어이없이 놓아쳤다
오요우유
오동복판 거문고에
가야금 둥기둥실 놀아보세

자쟈저져
자조종종 오마던님이
소식조차 돈절하구나
조죠주쥬

조며내게 골내던랑군
편지일장 돈절하구나

차챠처쳐
차라리 잊었더면
논정이나 똑끈길것
초쵸추츄
초당에 곤히 든잠
봉학의 소래에 놀라깨니
봉학은 간곳이 없고
나느니 좔좔 물소래라

카캬커켜
용장군 드는 칼로
요내몸 점점이 저밀지라도
님을 잃고 못살겠네
코쿄쿠큐
콜작콜작 우는 눈물에
이내 옷깃 다 적신다

타탸터텨
타도타도 월타도한데
누구를 바라고 나 여기왔나
토툐투튜
투기지심이 절로 나도
님은 없어 못살겠네

파퍄퍼펴
파요파요 보고파요

님의 얼굴 보고파요
포표푸퓨
폭포수 쬟는물에
이주풍덩 빠졌더면
요꼴조꼴 아니볼걸

하햐허혀
한양랑군은 내랑군인데
편지일장 돈절하다
호효후휴
후회지심이 절로나네
님생겨달라고
빌기나하세

(조종주 창, 김태갑 채집)

주: 세종대왕이 한글을 창제한 이후로 서민들과 아녀자들은 쉬운 문자를 가지게 되여 이
한글을 가지고 노래를 지어부르게 되였는데 이런 노래를 한글노래, 한글풀이 또는 국
문풀이라고 하였다. 한글순서에 따라 사설을 붙이고 의미를 주는 이런 노래는 어음을
중요시하고 어음에서 리듬과 흥을 느끼기때문에 어희요(語戲謠)라고도 한다. 한글풀
이는 비록 길었지만 리듬이 있고 내용이 흥미롭고 한글의 순서대로 엮었기에 쉽게 외
우고 부를수 있었다. 한글풀이에는 아동들이 부르는것과 어른들이 부르는것이 따로 있
었는데 여기에 수록하는것은 성인들이 부르는것이다.

  1) 더지 - 살곳.
  2) 로류장화(路柳墻花) -길가의 벼들과 담밑의 꽃이란 말인데 흔히 기생을 비유한다.

담바구타령

구야구야 담바구야
동래나 울산에 담바구야

금을 주러 너왔더냐
은을 주려 너왔더냐
금도 싫소 은도 싫소
담바구씨를 가지고 나와
이산저산에 뿌렸더니
겉잎나고 속잎나와
낮에는 양기를 쪼이고
밤에는 찬이슬 맞아
키짝같이 잘 퍼졌네
싹싹 드는 삼지칼로
어석기슥이 베여다가
령감의 쌈지로 한쌈지요
로친의 쌈지로 한쌈지라
그담배 한대 피워 무니 알
뜰이 알뜰이 취하누나

얼씨구나 담바꾸야
저기 앉은 저 할머니
랭수 있으면 한그릇 줘요
랭수는 있다마는
언제 보던 총각이라구
랭수 한그릇 달라구하나
할머니요 그 말씀 마시고
딸이나 있으면 사위나 삼소
딸은 하나 있다마는
키가 작아서 못주겠다
할머니요 그 말씀마오
벼룩은 작아도 숨가지고
고추는 작아도 맵기만 하고

참새는 작아도 알만 낳소
제비는 작아도 강남가오
얼씨구나 담바구야
절씨구나 담바구야

(신옥화 창, 김태갑 수집)

주: 남도지방의 민요. 원래 ≪담바구타령≫은 19세기말로부터 일제의 조선침략에 반항하
　는 감정이 표현되였다고 하는데 여기에 수록하는 노래의 주제는 그리 분명하지 않다.
　례를 들면 원래 가사는 「은도 싫고 금도 싫고」 뒤에 「우리의 땅만 건드리지 말라」는
　구절이 있었다는데 여기에는 없다. 노래의 선률은 빈정거리는듯한 짧은 악구가 련속적
　으로 반복되여 민요의 주제와 잘어울린다.

범벅타령

범벅이요 범벅이요 둥글둥글 범먹이야
누구 잡수실 범벅이냐 김도령 잡수실 범벅이지
김도령은 본랑군이요 리도령은 후랑군이라
헐둥 범벅이야 누구잡수실 범벅이야
닌빗쪽집게 가지고가서 엿만 보고 대만 볼제
계집년의 거동을 보아라
리도령 없는 수를 일고 김도령 올때만 기다린다
쳐다보아라 소라반자 내려답보아라 각장장판
계집년의 거동을 보게 홍공단 이불을 허틀어놓고
창포밭에 금붕어 놀듯 덩실덩실이 잘도 논다
이월에는 시래기범벅 삼월에는 쑥범벅
사월에는 수리치 범벅 오월에는 느티범벅
류월에는 밀범벅요 칠월에는 꿀범벅이요
팔월에는 가루범벅 구월에는 귀밀범벅

시월에는 무시루범벅 동짓달에는 팥죽범벅
섣달에는 흰떡범벅 정월달에는 똑국범벅
열두가지 범벅을 갤때 리도령이 화를 내여
엎어놓고 등을 칠라 재껴놓고 볼을 칠라
마오마오 그리마오 이만하며는 그만이지
　　　　　　　　　　(창 미상, 리황훈 채보)

주: 민속학의 연구에 근거하면 범벅은 떡의 조종이라 한다. 범벅은 떡과 달리 아무 재료로
　　도 민들수 있고 모양, 색채,크기에서 아무렇게나 만들수 있다. 가장 서민적인 음식이기
　　에 서민들이 노래를 지어 불렀던것이다. 그런데 흥미로운것은 범벅노래에 부정녀(不貞
　　女)가 등장하는것이다. 유교의 압제에 욕망을 억제하던 부녀자들이지만 때로는 궤(軌)
　　를 벗어나는것이 사람이 사는 현실이 아닌가. 인생도 범벅처럼 소박하고 야성적으로
　　둥글둥글하게 살면 어떤가 하는 생각이 깔려있다.

니나니타령

니나네 헤 나니나나나 하난
노니나난　노난노니나나 하
수야모야다모여 노는데
정가는곳 한곳뿐이라
니나나하 나니나나나나
백년중에 오늘이란다
나나나 하 나나나나나나

니나네 헤 나니나나나 하난
노니나난　노난노니나나 하
좋은 주석엔 춤도 춰야지
너무나 적하면 놀재미 없단다

니나나하 나니나나나나
운무주에서 부현이 난다
나나나 하 나나나나나나
(창, 채보 미상. 료녕민족출판사 ≪민요곡집≫에서)

방개타령

산골에 큰애기 나물장사로 나가더니
이나물 저나물 다제쳐놓고
고비 두루미 고사리 도라지
연뿌리장사가 제격일레
나에헤루 방개홍개로다

월산읍내 큰애기 광주리장사로 나가더니
이 광주리 저광주리 다 제쳐놓고
동내광주리 두리쳐 메라
동내 계벽이 제격일레
나에헤루 방개홍개로다
(최두남 창, 리황훈 채보)

주: 방개란 물방개의 다른 이름이다. ≪방개타령≫이란 결국 물방개타령인데 물방개란 물
에서 사는 곤충의 일종이다. 어째서 이런 이름이 붙여졌는지는 민요의 가사내용으로는
잘 파악되지 않는다.

방개홍개타령

헤헤야 허널널거리고 방개홍개로다
노자노자 젊어서 노자노자 젊어서 노자
늙고 병들면 못놀리로다
남문을 열고 바라를 치니
계명산천이 밝아를 온다

헤헤야 허널널거리고 방개홍개로다
노자노자 젊어서 노자노자 젊어서 노자
네 집안 기풍이 얼마나 좋으면
머리를 감고서 송락을 썼나

헤헤야 허널널거리고 방개홍개로다
노자노자 젊어서 노자노자 젊어서 노자
바지를 뜯어서 바랑을 짓고
치마를 뜯어서 장삼을 졌네

헤헤야 허널널거리고 방개홍개로다
노자노자 젊어서 노자노자 젊어서 노자
인간을 하직하고 북평에 들어가니
외로운 소나무 날과 같이도 섰네

(김학수 창, 리황훈 채보)

등대타령

정월이라 한보름날
달도 밝고 명랑 한데
구름속에 요내간다
에 등대 내 사랑 에 등대 내사랑

2월이라 2일날
강남에 갔던 강구제비
이집저집 날아든다
에 등대 내사랑 에 등대 내 사랑

3월이라 삼진날
만고백성이 밭갈이 한다
에 등대 내 사랑 에 등대 내 사랑

4월이라 초바일날
만고백성이 초파일 쉰다
에 등대 내 사랑 에 등대 내 사랑

5월이라 오단오날
궁초댕기 휘날린다
에 등대 내 사랑 에 등대 내 사랑

6월이라 류두날
열세배초마 휘날린다
에 등대 내 사랑 에 등대 내 사랑

7월이라 칠석날

은하수에다 다리를 놓고
까막까치 처대한다
에 등대 내 사랑 에 등대 내 사랑

8월이라8일날
푸른 곡식이 누른티 난다
에 등대 내 사랑 에 등대 내 사랑

9월이라 9일날
시형한애비 골잽이 한다
에 등대 내 사랑 에 등대 내 사랑

10월이라 초하루날
대북마누라 첫애기 난다
에 등대 내 사랑 에 등대 내 사랑

동지달이라 한동지날
만고백성이 팥죽을 쑨다
에 등대 내 사랑 에 등대 내 사랑

섣건달이라 한그믐날
묵은 옷을 벗어놓고
에 등대 내 사랑 에 등대 내 사랑

(한옥순 창 리황훈 채보)

돈타령

돈돈돈돈 봐라
돈돈돈돈 봐라
이돈이 있게 되면
심강오륜이 다 벌리고
이돈이 없게 되면
호주머니 무일푼하니
건제약국에 백봉령이라
돈돈돈돈 봐
아가리전은 일전이요
만구리전은 두전이요
상아눈깔 오전짜리
전패눈갈은 십전짜리
호박전은 오십전짜리
김이식전은 일원짜리
푸른 딱지는 오원이요
붉은딱지는 십원짜리
김인석빗은 십원짜리
기선동빗은 백원짜리
천원이상은 소절수라

(손석권 창, 김원창 채보)

성주풀이(1)

락양성 산허리에
높고낮은 저 무덤에

영웅호걸이 몇몇이며
절세가인이 누굴런가
우리 인생 한번 가면
저 모양 저 꼴이 될것이로구나
에라 만수
에라 대신이야

저건너 잔솔밭에
솔솔기는 저 포수야
저 산비둘기 잡지 말아
저 비둘기 나와 같아
님을 잃고 헤매노라
에라 만수
에라 대신이야.

(박정렬 창, 김태갑 채집)

주: 성주란 집을 지키는 신을 가리킨다. 집을 새로 짓거나 이사를 한다음 집을 지키는 신령
을 새로 맞아드리는 굿을 할 때에 무당이 노래하는것을 가리켜 성주풀이라고 한다. 한
마디로 말하면 성주받이 굿을 하거나 성주신에게 제를 지낼 때 부르는 노래인셈이다.
그런데 성주풀이는 거개가 이러한 미신적인 사유의 산물이고 또 미신적인 행위에 봉
사하는 종교적인 노래이지만 집이라는 사람의 생활에서 없어서는 안될 집을 짓는 로
동과 그 과정에서 나타나는 백성들의 행복에 대한 갈망 혹은 인생의 고통과 허무에 대
한 현실적인 체험이 생생하게 뒤받침되여있으며 그 선률 또한 비장하고 장엄하여 지
금까지도 사람들에게 널리 불리우는것이 있다.

성주풀이(2)

에라 만수
어라 대신이로구나

놀구놀구 놀아보자
아니 노지는 못하리라
왕왕헌 북소리는
태평년을 자랑하고
둘이 부는 피리소리
쌍봉학이 노니는듯
고곡성지 해금성은
은풍을 자아내고
오늘 이곳에 모인 사람
일만근심이 비행길 타누나
어허라 만수
에라 대신이로구나

어라 만수
에헤라 대신이야
반갑네 반가와
천리 춘풍이 반가와
더더구나 더더구나
암행행차가 더디네
남원옥중에 추절이 들어
떨어지게 되였더니
객상에 봄이 들어
리화춘풍이 날살렸구나
어라 만수
어허라 대신이로구나.

(박경열 창, 김태갑 채집)

성주풀이(3)

좌석을 보니 초면이라
다시보니 구면이라
새로만난 유정친구
유정유신케 노다지다 가세
에라 만수 에라 하니 만수로다
꿍적궁 만세도 만세로다
쩡적궁 만세도 만세로다
억만대세로 나리만소세
갓벗어 송정에 걸어놓고
석침 베고 누웠으니
유월 삼경 고요한데
두견 접동이 슬퍼운다
아마도 내 신세야
춘향을 두고 갈길이
기가 막히구나
소상강 밤비오고
동정호 달밝은데
구리봉에 구름걷고
화운봉에 두견이 운다
연대에 노던 학은
춘향대를 안고만 돈다

(박문판 창, 리황훈 채보)

성주풀이 엮음

에라 화산 지신아
지신지신 누리세
천년지세 누리고
만년지세 누리세
이집성주 초가면
초가성주 모시고
이집성주 와가면
와가성주 모시세
이집성주 모실때
어느대목이 오셨노
나무목자 목대목
버들류자 류대목
세톱대톱[1] 걸머메고
뒤동산에 치치달려
작벌했네[2] 작벌했네
온갖나무 작벌했네
구분남게 맥줄놓아
세톱대를 걸어놓고
오는사람아 당겨다고
가는사람아 밀어다고
시렁시렁 톱질이야
어시렁더시렁 톱질이야
온동네 부역군아
목마르면 술을 먹고
배고프면 밥을먹고
일심동력 하여주오
소원터를 널리닦아

오행[3]을 주추삼고
이리저리 기둥세워
팔자목을 둘러얹고
낱낱이 연목갈아
사람사람 산자뺏아
오새토를 알맞췄네
이었구나 이었구나
천년기와 이었구나
이었구나 이었구나
만년투구 이엇구나
이집치장 이럴진대
자손이나 장대하소
아들애기 낳거들랑
명을주고 복을주소
딸애기를 낳거들랑
옥안[4]에 연을달아
점지하소 점지하소
무산선녀를 점지하소
점지하소 점지하소
렬녀춘향을 점지하소
자손이 그럴진대
방안치장이 어떠한가
천정에는 농하지[5]
벽에는 백로지[6]
각지장판 농하지
빌고닫고 미닫이
오동장농 갓계수
열고닫고 반닫이
매새끼 나는듯고[7]

펑새끼 기는듯다
방치장이 이럴진대
위복치장 어떠한가
보라비단 겹저고리
생명주 끝동달아
오색가지 당사실에
명주고름 곱게달아
앞을보니 금봉채
뒤를보니 죽절채라
이집성주 거동보소
나갈때는 반짐지고
들올때는 온짐지네
의복치장 이럴진대
립춘치장 어떠한가
립춘대길 하는것은
큰방문에 붙어있고
만화방창 하는것은
머리방끝에 붙어있고
정자삼 불로초는
정지문에 붙어있고
마사네 룡행천리⁹⁾
마구문에 붙어있고
천정세월 언정수
복판기둥에 붙어있고
춘만건곤¹⁰⁾ 하는것은
갓기둥에 붙어있네
립춘치장 이럴진대
문치장이 어떠한가
일록수가 북문이요

사구금이 서문이라
일문을 높이들어
오는손님 대접하고
에라 화산 지신아
지신지신 누리세
무마대마 누리고
만세장군 누리세
마당너구리 누리고
청삽사리 누리세
말이라고 낳거들랑
룡마를 낳고
소라고 낳거들랑
황우를 낳고
개라고 낳거들랑
청삽사리 낳아주소
닭이라고 낳거들랑
황계봉황 낳어주소.

(정수희 창, 리황훈 채보)

주: 이 노래는 가장 대표적인 성주풀이노래이다. 다른 곡명으로 ≪지신밟기≫라고도 한다.
　　1) 세톱대톱―작은 톱, 큰톱.
　　2) 작벌―나무를 베는 일.
　　3) 오행―만물을 이루는 다섯가지.
　　4) 옥안―고운 얼굴.
　　5), 6) 농하지, 백로지―종이이름.
　　7), 8) 나는듯고, 가는듯다―나는듯 하고 가는듯하다. 음률을 맞추기 위해 "하"자를 빼
　　　　버림.
　　9) 룡행천리―룡마가 천리를 달리다.
　　10) 춘만건곤―온 세상에 봄빛이 차넘친다.

지신밟기

주인 주인 문 여소
나갔던 손님 드간다
어 어루 지신아
이집 성주 누가 있소
앞집에 홍대복
동산에 남글 베다
남글 하나 잡아놓니
까치 까마구 집을 졌다
어 그 나무 불석산다
그 나무 내삐두고
까치 하나 잡았구나
이집성주 지였네
룡암아래 터를 닦아
화강으로 집을 짓고
호박지추 유리기둥
사모에 풍경 달아
동남풍 불때마다
풍경소리 처량하다
문지가을 볼락시면
놓고 보면 놀라지요
들고 보면 들 다지라
방치장을 보작시면
인물명 풍화초 병풍
여기저기 피여놓고
꽃베개와 베개
아기자기 얹어놓고
이집 짓던 삼년만에

아들을 낳면은 효자를 낳고
딸을 낳면은 렬녀를 낳고
정승감사 점지하고
렬녀 효부 점지하소
어여루 지신아

(강경민 창, 리황훈 채보)

주: 이 민요는 바로 지신밟기민속놀이에서 부르는 노래이다. 지신밟기란 땅을 맡은 신을
위로하고 집안의 잡귀를 물리쳐 마을과 집안의 안녕, 풍수를 바라며 진행하는 민속놀
이다. 보통 새해를 맞이해서 정월달에 한다. ≪지정다지기≫나 ≪성주풀이≫ 역시 지
신밟기민속놀이에서 부르거나 새집터를 닦을 때 부르는 노래다.
  1) 일자안산 수기를 받고- 좁은 산의 정기를 받았다는 뜻.
  2) 꽝골- 넓은 골.

지정다지기

이집터를 돌아보니
에야얼싸 지정이야

일자안산 수기를받고[1]
에야얼싸 자경아야

좌청룡 우백호라
에야 얼싸 자경아야

앞산에도 로적봉이
에야 얼싸 지경이야

뒤산에도 로적봉이
에야 얼싸 지경이야

옆에는 광골²⁾이라
에야 얼싸 지경이야

이집지은지 삼년만에
에야 얼싸 지경이야

아들낳면 효자를낳고
에야 얼싸 지경이야

딸을낳면 렬녀를낳고
에야 얼싸 지경이야

소를놓면 벽창우되고
에야 얼싸 지경이야

닭을놓면 봉이되고
에야 얼싸 지경이야

말을놓면 룡마되고
에야 얼싸 지경이야

산지조종 곤륜산이요
에야 얼싸 지경이야

수지조종 황하수로다
에야 얼싸 지경이야

부귀공명 자손만대
에야 얼싸 지경이야

억조만대 살아보세
에야 얼싸 지경이야

　　　　　　　　(조종주 창, 김태갑 채집)

지경닦기

이집지은지 삼년만에
에이허라 지경이여
아들낳으면 효자낳고
에이허라 지경이여
딸을낳으면 렬녀낳고
에에허라 지경이여
이집지은지 삼년만에
에이허라 지경이여
아들딸 많이낳고
에이허라 지경이여
앞로적 뒤로적에
에이허라 지경이여
로적가리 쳐다보며
에이허라 지경이여
집주인네 두량주
에이허라 지경이여
덩실덩실 춤을춘다

에이허라 지경이여.

(김혜숙 창, 조성일 채집)

상여소리(1)

너 홈차 너홈 너허홈차 너홍
간다 간다 나는 간다
너그끼리 잘살아라

너 홈차 너홈 너허홈차 너홍
북망산이 멀다더니
대문밖이 북망일세

너 홈차 너홈 너허홈차 너홍
이곳으로 올적에는
부귀영화 할랐더니

너 홈차 너홈 너허홈차 너홍
잘살기는 고사하고
북망산이 웬말이냐

(리해산 창, 리황훈 채보)

주: 《상여소리》는 전형적인 세태민요이다. 장례때에 부르는 노래로서 집에서 상여를 멜 때부터 마을을 벗어날 때까지는 《긴상여소리》를 부르고 상여가 마을을 벗어나면 《잦은상여소리》를 부른다. 《상여소리》에서는 고인의 넋을 대신하여 노래를 잘 부르는 선소리군이 먹이는 소리와 상여군들이 받아부르는 소리로 되여있다. 《긴상여소리》는 먹이는 소리가 길고 받는 소리가 짧고 그 음악형상은 한없이 구슬프고 애절하다. 《잦은상여소리》는 선소리군이 고인의 넋을 대신하여 부르는 소리인 소리에 상여행렬을 지휘하는 소리이기도 한데 그 음악형상은 처량하면서도 활기있다.

상여소리(2)

저승길 멀가해도
대문밖이 저승일세
엥엥엥요
어이 갈고 에헤요

인제가면 언제 오나
다시 오지는 못하리
엥엥엥요
어이 갈고 에헤요

생옹속에 삶은 팥이
싹이 나면 돌아오리
엥엥엥요
어이 갈고 에헤요

병풍에 그린 닭이
홰를 치면 다시 오리
엥엥엥요
어이 갈고 에헤요

(리상철 창, 김태갑 채집)

행상소리

어허허어 어허어 허허허

어허 넘차 어허허
어허허 어허허
어허 넘차 어허허

만나보자 만나보자
나의로친 만나보자
어허허 어허허
어허넘차 어허허

만나보자 만나보자
맏아들을 만나보자
어허허 어허허
어허 넘차 어허허

만나보자 만나보자
장손자를 만나보자
어허허 어허허
어허 넘차 어허허

우리령감 잘가세요
근심걱정 마십시오
어허허 어허허
어허 넘차 어허허

우리부친 잘가세요
천당길로 잘가세요
어허허 어허허
어허 넘차 어허허

할아버지 잘가세요
천당길로 잘가세요
어허허 어허허
어허 넘차 어허허

간다간다 나는간다
대소일동 잘있거라
어허허 어허허
아허 넘차 어허허

간다간다 나는간다
일가친척 두고간다
어허허 어허허
어허 넘차 어허허

일가친척 많다더니
어느누가 대신갈가
어허허 어허허
어허 넘차 어허허

할아버지 잘가세요
소식많이 전해주소
어허허 어허허
어허 넘차 어허허

붉은령전 날리면서
나의갈길 인도해라
어허허 어허허
어허 넘차 어허허

험하구나 험하구나
저승길이 험하구나
어허허 어허허
어허 넘차 어허허

쉬여가자 쉬여가자
허리아파 못가겠네
어허허 어허허
어허 넘차 어허허

수고했소 수고했소
상두꾼들 수고했소
어허허 어허허
어허 넘차 어허허

허리아파 못가오니
로비만큼 보태다오
어허허 어허허
어허 넘차 어허허

개울도랑 닥쳤으니
어찌할바 막막하다
어허허 어허허
어허 넘차 어허허

울지말아 뻐꾹새야
내가온줄 알았느냐
어허허 어허허
어허 넘차 어허허

보이노라 보이노라
저산언덕 보이노라
어허허 어허허
어허 넘차 어허허

도착했네 도착했네
북망산에 도착했네.
어허허 어허허
어허 넘차 어허허
(박남철 창, 남희철 채집)

주: 여기서 행상은 行喪, 상여가 산소를 향하여 나감을 이르는 말.

굿거리

죽었다드라 죽었다드라
어제나 그저께 홀로 앉았던
아주머니가 죽었다드라
무엇으로 내간다던 젓나무
쟁갱틀에 골새박달연추
앞채완두 열두채환 뒤채완두 열두채환
초롱불아 불밝혀라 상두군아 발맞추어라
어서나 나가자 빨리나 나가자
심산산천으로 하직문안 갑시다
에라 만세 니나니나니가 나니난둘
니나니 나니가 나니난들

억만두 지화자 널너리 만소세

（리희렬 창, 고자성 채보）

주: 굿이란 샤마니즘의 한 형태로서 노래와 춤 그리고 주술 등으로 재앙을 쫓고 복을 불러
준다면서 진행하는 의식이다. 굿의 목적은 신의 힘을 빌어 병을 고치며 가정의 안녕,
령혼 불러들이기, 기우, 재난가시기 등의 소원성취를 이루는것이였다. 굿의식을 진행할
때 무당이 치는 장단을 굿거리라고 한다. 굿의식에 참여하는 농악대를 굿중패라고 하
는데 그들은 여러가지 굿행사에서 농악을 울리며 노래를 부르고 춤을 추는데 성주풀
이, 지신밟기 등 민요는 모두 굿거리라고 할수 있다. 중국조선족들속에서는 해방후 미
신타파운동중에서 굿은 없어지고 굿중패도 없어졌지만 굿거리노래는 지금까지도 몇수
남아있다.

굿소리

상단 존신상 단으로 강림하고
중단 존신님 중단으로 강림하고
하단 존신님 하단으로 강림하니
저승 신장이 강복내림을 수차 봉양 하옵소사
푼향 악귀 잡기는 금릉장군
병륙장군이 대장군 산개산수는 도원수
월선자 여돈이라
사마사마는 도둑사마 사마사마는 도둑사마
병륙장군이 대장군 산개 산수 도원수라
금년 금월 금야에 이놀이 정성들였는데
금년신수가 불길한지 어느액운이 불순한지
아진에 꿈자리 새벽몽상에
없던 인간이 생겨두 뵈이고
있던 인간이 없어두 뵈이고

억측망측 거랑측 가매새비가 빠져두 뵈이고
되롱 마루가 불거져 보이길래
이놀이 정성을 드릴적에
갑자년 갑자월 갑자일 갑자시
주역삼권에 살 고르고 주역삼권에 뼈를 골라
이놀이 정성을 드리는데
새설기 백설기 신에 정성 시루 봉창
잘차려 논 연후에 나물채소에 흠향받자자옵수사
이놀이 정성을 드릴적에
모두들 왕림하여서 모두들 참여하옵시고
마당전으로 물러서고 마당전으로 대송해라
이가중에 이지정에 친도친척 잡귀잡신
모두들 받아먹구서 마당전으로 물러서라
어던 귀신은 시어머니 몰래 쌀 퍼주구
떡사먹다 목이 걸려 죽은 귀야
너두나 먹구 물러서
칠년대한 왕가물에 말라죽은 강신귀
너두나 먹구 물러서
네귀번듯 멍석귀 개잡은데는 뼈다귀
처녀죽어서 골무귀 총각죽어서 말뚝귀
홀애비 죽어서 목침귀 과부죽어서 동내귀
쇠경님 죽어서 북통귀 너두나 먹구서 물러서
(맹꿍 맹궁 맹매꿍)
이가중에 이지중에 이놀이 정성 들일적에
남의 눈에는 꽃이되고 남의 눈에는 잎이 되여
수는 청청 화는 명명 수화상극이 될지라도
수화가 청명 화루가 집쯤배 추원 발원 하라
화는 가구서 복은 오니 화거복래 점지해라

(조종주 창, 리황훈 채보)

이팔청춘가

이팔은 청춘의 소년몸 되어서
문명의 학문을 닦아들 봅시다

세월이 가기는 흐르는 물같고
사람이 늙기는 바람결 같고나

진나라 시황도 막을수 없었고
한나라 무제도 어쩔수 있었다

천금을 주어도 세월은 못사네
못사는 세월을 허송을 할거나

우리가 젊어서 놀지를 말아야
늙어서 행복이 자연히 흐르네

월색이 명랑해 정신이 맑거든
옛일을 공부코 새일을 배우소

우리가 살며는 몇백년 사느냐
살아서 생전에 사업을 이루세.

(우제강 창, 김태갑 채집)

주: 이 노래는 많은 사람들이 민요라고 하지만 실제는 계몽기 창가에 속한다고 보아야 할
것이다. 19세기말 20세기초에 조선의 청년들에게 허송세월을 보내지 말고 학문을 닦아
야 한다는 적극적인 인생을 권장하는 이 노래는 처음에 제목은 ≪청춘가≫였다고 한다.

가정가

자던지 깨던지 이내몸이
복락과 깊은정은 나의가정
국가의 큰재물을 길러내고
상자의 큰재목도 여기서나네

아침이면 동생들과 학교에가고
저녁이면 손목잡고 돌아오누나
우리부모 날보낼적 반가웁고요
즐거웁게 손을잡고 돌아오누나

책보벗어 안에두고 뜰에나가서
동무들과 떼를지어 유예하누나
밤이면 책상에서 공부를하니
큰사람 큰희망이 여기있다네

아버지는 이곳에서 내입맞추고
어머니는 이곳에서 내머리만지네
사특한말 하나없는 나의동생은
여기서 나를불러 나가노누나.

(리운직 창, 리룡득 채집)

망명의 노래

아니 떨어지는 나의 걸음은
한숨으로 내고향을 뒤등에 저바리고

한줄기 피눈물로 두만강을 거넜소

서러운 이내마음 억지로 참고
두줄기 솟는눈물 손등으로 쓸면서
목적지라 도달하니 중국 안도땅

먼촌에서 짓는개는 날보고 짓는가
홰치며 닭이 울고 동이 트는데
달은 어이 서산봉에 기울어졌는가.

(차영협 창, 김학렬 채집)

십진가

하나이라면
한평생 좋은곳을 다 버리고
쓸쓸한 북만주에 나 여기왔네

둘이라면
두다리 부르트게 보따리지고
아장아장 걸어오니 남도툰이라

서이라면
서서근심 앉아근심 장근심이요
살일을 생각하니 기가막히오

너이라면
넓다는 소문은 꽹장하더니

정말로 와서보니 이깔나무숲

다섯이라면
다같이 한식구들 데려다놓고
벌목작가 성촌하여 살아봅시다

여섯이라면
여자나 남자나 다 일더나서
우리들도 장래의 부자가 되자

일곱이라면
일가친척 다버리고 적막강산에
어찌하여 이내몸은 여기로 왔나

여덟이라면
팔자가 기박하여 개척시대[1]에
아껴먹는 강냉이죽도 부족이라네

아홉이라면
아침저녁 괭이들고 땅을 파도
어린아이 밥달라니 가장 슬프다

열이라면
열심히 벌어라 우리 농부들
우리들도 장래에 고향 가보자

(안도현 남도툰독보조 창, 김태갑 채집)

주: 삶들은 일상생활에서 수를 헬 때 그냥 헤지 않고 노래를 부르며 센다. 그렇게 하면 흥
도 나거니오 작업이 즐거워진다. 이렇게 수를 소리내여 헤는거시 발전하여 수요(數謠)
가 되였다. ≪수자풀이≫, ≪십진가≫. 이런 노래는 하나부터 열까지 수자를 ≪일,이,

삼,……≫ 혹은 ≪하나,둘,셋,……≫ 차례로 헤아리면서 내리엮는데 그 내용은 아주 다
양하고 기본선률은 변화가 없 다. 여기에 싣는 이 민요는 중국조선족 이민초기의 체험
을 소박하게 노래하고있다.
1) 개척시대—여기서 개척은 1930년대에 일제가 동북개척에 조선이민들을 끌어들인
것을 말함.

수인의 노래

함경북도 부령군에 내집을두고
석별하야 옥중생활 그웬일인가
시골동산 강역의 나의부인은
새옷을 지워놓고 기다리누나

우리창에 마주앉아 먼산을보니
나다니던 발자국은 저기있건만
천산만산 늙은범이 사경에들어
북만산천 안전이란 코에걸렸소

수남이와 수련이는 나를그리워
하루에도 몇 번이나 찾아오는지
백일청천 뜬기럭아 말물어보자
나의고향 소식을 전해주렴아.

(안순자 창, 리룡득 채집)

꿍드렁 타령

꿍드렁 꿍드렁 꿍대꿍 쿵덩챙덩 낑깽동
오동추야 달 밝은데 님이나 생각이 절로 난다
꿍드렁 꿍드렁 꿍대꿍 쿵덩챙덩 낑깽동

화란춘성 만화방창때는 좋다 벗님네야
꿍드렁 꿍드렁 꿍대꿍 쿵덩챙덩 낑깽동

당상학발 천년수요 슬하자손은 만세영
꿍드렁 꿍드렁 꿍대꿍 쿵덩챙덩 낑깽동

부가옹은 다사하고 공명객은 시비 많다
꿍드렁 꿍드렁 꿍대꿍 쿵덩챙덩 낑깽동
　　　　　　　　(우제강 창, 리황훈 채보)

한숨 풀풀

할아버지 풀풀
한숨만 풀풀
지어놓은 곡식더미
출하로 다 바치고
한동삼을 어이 사나
한숨만 풀풀

할머니 호호
한숨만 호호
한여름 짜는 베를

빚으로 다 바치고
무얼 입고 살아가나
한숨만 호호.

(차성준 창, 리룡득 채집)

이내 팔자

팔자팔자 무슨 팔자
나라없이 이곳에 와
갖인 설음 다 겪는고
아 고달픈 이내 팔자

팔자팔자 무슨 팔자
권리없이 돈도 없이
환고향만 그리는고
아 고달픈 이내 팔자.

(리학봉 창, 리룡득 채집)

주: 앞의 ≪한숨≫과 마찬가지로 이 민요는 고국을 등지고 압록강 두만강을 건너온 중국조
선족1세들의 이민초기의 어려웠던 생활을 반영하고있다.

팔월 보름달

팔월이라 대보름날 추석날에는
햇입쌀로 정성들여 고운떡쳐서

조상무덤 산소에다 제를지내려
남들은 새옷입고 산소가건만
고향에다 남기고온 할머니산소
벌초는 누가하고 성묘는 누가할가.

(박경자 창, 황태산 채집)

종로 네거리

종로 네거리에 해가 저물어
오라오라 부르며 수레를 끌고
엿장사 할아버지 돌아가는데
대깍데깍 가위소리 처량도 하다
가라가라 고루고루고루 가라가라
고루고루 가라 부르면서
이웃집 동갑네야 잘있거라
래일다시 또만나보자 또만나보자

어떤 촌령감이 정거장에서
차표를 이십전만 감해달라고
기차는 시간되여 떠나가는데
껑충껑충 뛰여가며 감해달란다
가라가라 고루고루고루 가라가라
고루고루 가라 부르면서
이웃집 동갑내야 잘있거라
래일다시 또만나보자 또만나보자.

(박봉협 창, 김태갑 채집)

산천초목

초목이 다 성립한데
헤나네 헤헤에 에헤에헤에
구경가기도 에헤에헤에
제가 즐겁도다 말을
네(에에헤에야 하 에에야 하아)
하다 지 여허이 어루나에 워헐
네가 네로구나
강산 (에헤에 에헤에 에루지 히이 히이히이)
이(히이히이 히이이히이나하에 이헬)
네로구나 하에루지(히이히이이히) 이에
여허야여어헐 네로구나

(김윤식 창, 리황훈 채보)

놀량

에라디여 에헤요 여아하야 네로구나
록양에 벋은 길로 봉래산을 쑥들어가니
에이헤 에헤요 여어헐 네로구나
춘수 나니 락락 기러기 나니 훨훨
훨훨 날아 장송이 와자지끈 다 부러지고
마른가지 남고지 와자
좋구나 얼씨구나 좋다 말을 들어보아라
인간을 하직하고 청산을 쑥들어간다
에헤이 에헤에 어허야 어어헐 네로구나
황혼이 나서 덜어검쳐 잡고

성황당우 뻐꾹새 한마리 나무에 앉고
또 한마리 땅에 앉아
네가 어데로 가자느냐
이산 넘어가두 뻐꾹
저산 넘어가도 뻐꾹뻐꾹 뻐꾹새야 에
어린 랑군 눈에 암암하고
귀에도 쟁쟁 비나니라 비나니라 비나니로구나
소원 소원 성취를 비나이로구나 에에
삼월이라 육구암도 대삼월이라
얼씨구나 절씨구나
담불 담불이 쌓인 사랑
사랑초 다방초 홍두깨너출이 박너출이
요내가슴에 맺힌 사랑에
나 월네로구나 아

(유신옥 창, 리황훈 채보)

주: 이 《놀량》과 아래에 싣는 《앞산타령》, 《뒤산타령》, 《경발림》 4수의 민요를
《놀량사거리》라고 한다. 이 《놀량사거리》는 《서도립창(西道立唱)》의 하나인데
관서지방에서 널리불리우는 서서 부르는 노래라 하여 이런 이름이 생겨났다고 한다.
《원량》은 처음에 남사당들이 부르던 가락으로서 조국각지의 명산들을 돌아다니며
풍경과 거기에서 솟아오르는 감정을 노래하고있다. 선률은 시원스럽고 감미롭다.
원래의 《놀량》은 긴데 그 변종도 수없이 많다.여기에 수록하는것은 그 앞부분인것같
다. 부르는 사람의 기억력에 한계가 있으므로 민요는 이렇게 변형이 생길수 있는것이
라고 생각한다.

앞산타령

나네헤 너허어 니나네헤 에헤에
나노호 나헤에 에에루

산아지로구나 아 저달아 보느냐
님계신데 명기를 빌려라
나도 잠간이나 보자 아
황량노릇을 마자 하구서
가지각색 맘을 먹었더니
만새장구 장단치는대로
발림춤만 나간다 아

            (창, 채보 미상. 연변음악가협회 편 ≪민요곡집≫에서)

_____

주: ≪앞산타령≫은 ≪놀량사거리≫의 하나로서 역시 조국의아름다운 경치를 노래하는 곡
   이엿다고 하는데 일부 불교적색채도 많이 침투되였다.

뒤산타령

나니나 산이로구나
에에 뒤여나 에여허야지로구
산이로구나 에
일론산이 강경이요
삼포주 사법성이여
삼포로만 에헤 들렸다
에에 에헤에 헤헤야 어허야지로구
산이로구나 에
나무잎만 뚝뚝뚝 떨어져도
한병인가 의심하고
새만 좌르르르 날아들어도
자룡의 십지창만 여겨
의심할거나 에

여초목이 동남풍에
거리숨 범 우는소리
장부의 열네촌의 간장을
다 녹아낸다 에
일락서산에 해떨어지고
월출동령에 백운속으로
달만 뭉게 뭉게 뭉게
솟아를 온다 에
명천수라맑은 물에
귀를 씻고 앉았으니
련잎은 숙어지고
방초지초 우겄는데
제비만 좌르르르르르
다 날아든다 에
널로하여서 얻은 병은
무삼약을 다 쓰잔말가
형방 해독산도 저버리고
곽향정기산도 저버리고
살뜰한 님의 말씀으로
날 살려낼거나 에

(김윤식 창, 리황훈 채보)

주: 조국의 명승지를 노래한 에 ≪뒤산타령≫은 ≪놀량사거리≫의 하나인데 경물을 노래
   하면서도 곡명과는 달리 련정적내용을 많이 담고잇다.

경발림

천지변방에 에헤요
에헤이 류수난한데
삼산반락이 청천외요
수중분에 백로주란다 에
서도팔경 구경을 가자
삼동의 황학루 선천의 강선루
개천의 무진대 녕변의 약산대
강계의 인풍루 의주의 통군정
안주의 백산루 평양의 련관정이란다
놀기 좋기는 부벽루 대동강이라 에에

(김윤식 창, 리황훈 채보)

주: 역시 ≪놀량사거리≫의 하나인데 전에 이 노래를 부를 때 먼저 ≪놀량≫ 다음에 ≪앞
산타령≫그 다음에 ≪뒤산타령≫ 마지막에 ≪경발림≫ 이런 차례로 불렀다고 한다. 원
래 이 노래도 아주 긴데 관서풍경과 관동풍경 죄다 노래하였는데 그중 관서팔경에 대
한부분만을 부르면 ≪관서팔경가≫라 하고 관동팔경에 관한 부르면 ≪관동팔경가≫라
고 한다. 이 민요는 취급대상이 폭이 넓으며 애국적인 인민들과 예술인제들을 취급하
고잇는 것이 특징적이다.

무진별곡

독수나 청산이야하 그늘속에
표묘하난 일루각이
반공에 솟았으니
천상인가 인간인가
하늘아래 없는 경치로구나

봉래산이 어디멘고
요지선경이 이 아닌가
만화방창 춘삼월에
여해풍경이 더욱 좋다
도화담수 일천척에
백구 호탕히 록음방초
일간호는 제천지라
황조가관이 뉘흥취며
청청류색 송객절에
가는이 오는이 정든님 잡자
황하 삭주 강이 마음에 드니
청춘소년 락락장송 느러진 가지에
추천하는 무산선녀
만경창파 동남풍에
배대 종기종종 어선이라
남촌북촌 풍리막은 철풍이
쟁기쟁기 쟁쟁 토산인데
촨어환주 어용들은
도천풍류 이 강산을
세풍세우에 어주자는
갈길을 몰라서 방황할적에
록초강변 몇날 될고
사후문장이 적막하다
공중루각 별건곤을
곁이다 두고서 못놀소냐
관자 오륙 노는곳에
공자 륙칠이 뒤따라라
꿍꿍따리리릴 리리리리리리
흙장고우도 영산 더욱 좋다

인생칠십 고래희하니
아니 놀지는 못하리라

(류진선 창, 리황훈 채보)

신조엮음

에 통일천하 진시황이
만권시서를 불살을제
리별리자 리별별자
이 두자를 왜 냉겼소
오늘 리별이 웬말이냐
춘수는 만사택이요
물이 깊어 못오더냐
하운은 다기봉이요
봉이 높아 못오느냐
사이문이나 가깝다면
안적서나 하여볼걸
가구영절 돈절쿠나
대동문밖 썩내달아
편주 한척 집어타고
슬근 어허어 찍걱
저어올라갈때
련관정이나 룽신당은
공중에 솟아있고
평양성중 부인네는
백옥같이 흰빨래를

청강에다가 담아놓고
축적 어허어 축적
빨래를 하는데
우리님은 어데가고
날찾을줄 모르나
청강에 어부들은
낚시점때 부여잡고
세풍세우 저문 날에
해지는줄 모르시고
흔들 흔들 졸고있으니
강구지회가 절로난다
이와 같은 좋은 경개
님과 같이 볼래기며는
경개 좋다고 하련마는
유유발원 간절한데
물색조차 유감이다
집으로 돌아와서
덩그라니 빈방안에
홀로 앉았으니
님의 생각이 절로난다
밥이나 먹으면 잊어질가
밥상들고 나앉으니
엇그적께 마주앉어
자반두 뚝 뜯어
수재우에 올려놓고
쌈두싸서 권하면서
많이 잡수시요
많이 들으시요
하던 소리가

귀에 쟁쟁 드리는구나
잠이나 자면 잊을소냐
궁굼이 나가서
원앙침 서리치고
비취금 랭랭한데
잠이루기 어려워라
아서라 말어라
아 네가 그러지 말아
사람에 괄세를
네가 그러지 말아
생각을 하니 그대 얼굴이
그대 하는구나

(창, 채보 미상. 연변음악가협회 편 ≪민요곡집≫에서)

달고소리

천년달고에 만년지추라 에헤이 달고
백두산에 계수나무 에헤이 달고
옥도끼로 찍어내고 에헤이 달고
금도끼로 다듬어서 에헤이 달고
첫채는 서켠이요 에헤이 달고
둘째채는 동체로다 에헤이 달고
남향으로 오간이요 에헤이 달고
서켠으로 사간이요 에헤이 달고
북향으로 삼간이라 에헤이 달고

이집을 지은후에 에헤에 달고
아들을 낳으면 칠형제 에헤이 달고
딸을 낳으면 삼형제 두고 에헤이 달고
손주를 보면 오십을 보고 에헤이 달고
북도골을 채워놓고 에헤이 달고
두 여든이 적어서 에헤이 달고
세 여든을 살을래니 에헤이 달고
룡강에 가서 동방삭의 명을 빌고 에헤이 달고
강서에 가서 강태공의 나를빌어 에헤이 달고
선팔십에 후팔십에 에헤이 달고
일백예순 빌어주고 에헤이 달고
일백예순도 못빌거든 에헤이 달고
순임금의 일백삼십 에헤이 달고
요임금의 일백오십 에헤이 달고
삼백오십을 빌어주고 에헤이 달고
삼백오십 못빌거든 에헤이 달고
인간륙십이 환갑이요 에헤이 달고
인간칠십이 고래희라 에헤이 달고

송아지복은 겅쿵겅쿵 뛰여들고 에헤이 달고
구렁복은 야밤삼경 에헤이 달고
후리후리 사려들고 에헤이 달고
쪽지복은 날아들고 에헤이 달고
아광쥐는 새끼치고 에헤이 달고
평양 대동강에 오르내리는 복과 에헤이 달고
서울 한강에 오르내리는 복과 에헤이 달고
박천 청천강에 오르내리는 복과 에헤이 달고
의주 압록강에 오르내리는 복은 에헤이 달고
이 주인집에 날아든다 에헤이 달고

하늘중천 천대감[1] 복을 몰아오고   에헤이 달고
땅에 앉은 땅대감[2] 복을 몰아오고 에헤이 달고
떠다니는 공중대감[3] 복을 몰아오고 에헤이 달고
집에 앉은 인대감[4] 복을 몰아오고 에헤이 달고
산에 앉은 산룡대감[5] 복을 몰아온다 에헤이 달고

천년지추 만년달고라 에헤에 달고
앉아보니 땅대감 에헤이 달고
서서보니 천대감 에레이 달고
어떠한 천대감이 복몰아주니 에헤이 달고
어떠한 천대감이 복몰아들였다 에헤이 달고
우리 어떠한 천대감이니 에헤이 달고
만복 몰아주고 가는길에 에헤이 달고
두부모를 와짝 깨물고 에헤이 달고
쇠주탁주 열말먹고 에헤이 달고
팔모깍기 사개잔으로   에헤이 달고
권주가를 부르면서 에헤이 달고
잡수세요 잡수세요 에헤이 달고
니나니꿍 잡수세요 에헤이 달고
잡수세요 니나니꿍 에헤이 달고.

(리상철 창, 김태갑 채집)

주: 「달고」는 「달구」의 사투리다. 달구란 땅을 다지는데 쓰는 도구. 원래 《달고소리》는
   달구로동을 할 때에 부르는 로동요일것이다. 그러나 지신을 숭배하는 여러가지 의식중
   례를 들면 지신밟기나 상여행사 등에서는 로동가요가 아니라 종교적인 의식가요로 되
   였다. 여기에 수록한 이것도 로동가요가 아니라 의식가요로 볼수 있다.
   1)~5) - 무당들의 섬긴 신들임.

달구소리

어여루차 먼데 사람은 듣기나 좋게
어여루차 가깝운 사람은 보기 좋게
어여루차 바람아 바람아 불지를 말아
어여루차 추풍락엽이 다 떨어진다
어여루차 산아 산아 백두산아
어여루차 백두산이 얼마나 높은가
어여루차 곤륜산이 얼마나 높은가
어여루차 산지조종은 곤륜산이요
어여루차 수지조종은 황하수라
어여루차 오백근 망치는 공중에 놀고
어여루차 만근 말뚝은 룡궁가누나
어여루차 때려라 받아라 박아라 때려라
어여루차 슬근히 들었다 탁 때려라

(조종주 창, 김태갑 수집)

무덤달고[1]

이묘좌향을 볼양이면 에헤이 달고야
각항저방[2]이 상응하여 에헤이 달고야
동방에는 청룡대제[3] 에헤이 달고야
유자묘향[4]이 아니던가 에헤이 달고야
남방에는 주작대제[5] 에헤이 달고야
오좌자향[6]이 아니던가 에헤이 달고야
서방에는 백호대제[7] 에헤이 달고야

묘좌유향[8]이 아니던가 에헤이 달고야
북방에는 현무대제[9] 에헤이 달고야
자좌오향[10]이 아니던가 에헤이 달고야
이묘를 볼잘시면 에헤이 달고야
천하지 명산일세 에헤이 달고야
문필봉이 안봉되니 이헤이 달고야
문장재새 날것이요 에헤이달고야
술해방[11]이 되었으니 에헤이 달고야
대관급제 날것이요 에헤이 달고야
이묘쓴지 삼년만에 에헤이 달고야
부귀공명 할것이라 에헤이 달고야

(우제강 창, 김태갑 채집)

주: 1) 이 ≪무덤달고≫ 역시 한편의 의식가요로 볼수 있는데 무덤을 파면서 부르는 노래
    같다. 상여가는 관을 무덤에 넣을 때 부르는 노래도 있고 관을 무덤에 넣은 다음
    무덤 주위를 다지는노래도 있다.
  2) 각항지방- 네 개의 별 이름.
  3)5)7)9) 청룡대제, 주작대제,백호대제,현무대제- 동서남북 네 방위를 각각 맡았다고
    이르는 신들.
  4)5)8)10) 유좌묘향,오좌자향,묘좌유향,자좌오향- 무덤이 앉은 방향들을 말하는것.
  11) 술해방- 서북방향.

산넘불

이산 저산 량산간에
울고 간다고 곡산이라
아 에헤 에헤라
얼씨구 넘불이로다

높고낮은 상상봉에
올라가보니 평산이라
아 에헤 에헤라
얼씨구 넘불이로다

백세청풍 부용당은
수양산을 자랑한다
아 에헤 에헤라
얼씨구 넘불이로다

락락장송 늘어진 가지
보기좋다고 성화로다
아 에헤 에헤라
얼씨구 넘불이로다

오경루하에 석양루하니
구월산중에 춘초록이라.
아 에헤 에헤라
얼씨구 넘불이로다

(우제강 창, 김태갑 채집)

주: 부처의 모습이나 공덕을 생각하면서 아미타불을 외우는 일을 넘불(念佛)이라 한다. 불
교신자들의 주요한 종교행위다. 이런 의미에서 넘불가(念佛歌)는 하나의 종교의식요
라고 할수 있으며 불교의 소리가 속세에 전해지면서 불려진 노래라고 할수 있다. 그러
나 이런 노래들에도 인민들의 불행을 피하고 복된 삶을 갈망하는 지향이 깔려있다.

해주 산념불

송림에 눈이 오니
가지마다 백화로구나
한가지 꺾어 님께 주니
녹든말든 그만이다
에헤 에헤헤
미타이야 불이로다[1]

활지어 송정[2]에 걸고
전통베고 누웠으니
송풍은 거문고요
두견성은 노래로다

서산락조에 떨어진 해는
명일아침 다시 돋건만
가련타 우리 인생
한번 가면 영절이라

닭아닭아 울지 말아
네가 울면 날이 새고
날이 새면 나죽는다
나죽는건 설지 않으나
앞못보는 우리 부친
누구 맡기고 죽단말가

초당에 깊이 든잠
학의 소리에 놀라깨니
그 학은 간곳 없고

들리나니 물소리라.

(우제강 창, 김태갑 채집)

주: 1) 미타이야 불이로다- 아미타불이라는 뜻.
　　2) 송정- 소나무숲사이에 세운 정자.

잦은 념불

넘어간다 넘어간다
잦 은 념불로 넘어간다
헹 헹 아미타불이라
바람 광풍 아 부지를 말아
송풍락엽이 다 떨어진다
헹 헹　아미타불이라

넘어간다 넘어간다
젖은 념불로 넘어간다
명사십리 해당화야
꽃떨어진다고 설어말아
송풍락엽이 다 떨어진다
헹 헹　아미타불이라

넘어간다 넘어간다
젖은 념불로 넘어간다
동삼 석달 꼭 죽었다가
명년 삼월 봄이 오면
송풍락엽이 다 떨어진다

헹 헹 아미타불이라

넘어간다 넘어간다
젖은 넘불로 넘어간다
꽃이 피여 만발하고
가지는 벋어서 젖혀진다.
송풍락엽이 다 떨아진다
헹 헹 아미타불이라

　　　　　　　　　　(조종주 창, 김태갑 채집)

회심곡[1]

천지지간 만물지중
사람밖에 또있는가
어허어화 에헤이어차

이세상에 나온사람
뉘적으로 나섰는가
어허어화 에헤이어차

석가여래 공덕으로
아버님전 뼈를빌고
어허어화 에헤이어차

어머님전 살을빌고
칠성님전 명을빌고

어허어화 에헤이어차

제석님전 복을빌고
이내일신 탄생하니
어허어화 에헤이어차

한두살에 철을몰라
부모은덕 알을손가
어허어화 에헤이어차

이삼십을 당하여도
부모은정 다못갚아
어허어화 에헤이어차

무정세월 약류파라
원쑤백발 돌아보네
어허어화 에헤이어차

망년이라 흥을보며
구석구석에 웃는모양
어허어화 에헤이어차

절통하구 애닲구나
애닲구두 서럽도다
어허어화 에헤이어차

통분하구 서러운들
할수없구 헐일없네
어허어화 에헤이어차

어제오늘 성턴몸이
저녁낮으로 병이들어
어허어화 에헤이어차

태산같은 병이드니
부르나니 어머니요
어허어화 에헤이어차

찾나니 랭수로다
인삼록용 약을쓰니
어허어화 에헤이어차

약덕이나 있을손가
무녀불러 굿을한들
어허어화 에헤이어차

굿덕이나 입을손가
판수불러 설경한들
어허어화 에헤이어차

경덕이나 입을손가
단사십을 못살인생
어허어화 에헤이어차

재미쌀을 슳고슳어
명산대천 찾아가서
어허어화 에헤이어차

상탕에 뫼를짓고

중탕에 목욕하고
어허어화 에헤이어차

하탕에다 수족씻고
소지심장 올린후에
어허어화 에헤이어차

비나이다 비나이다
하나님전 비나이다
어허어화 에헤이어차

칠성님전 발원하고
제석님전 공양한들
어허어화 에헤이어차

들은체도 아니하구
어서가라 바삐가라
어허어화 에헤이어차

풍우같이 재촉하니
할수없구 할수없네
어허어화 에헤이어차

저승길이 멀다더니
대문밖이 저승일세
어허어화 에헤이어차

애구애구 설은지고
이런일이 또있는가

어허어화 에헤이어차

여보시오 사자님네
이내말씀 들어보소
어허어화 에헤이어차

이내일신 탄생하여
부모은공 다못갚고
어허어화 에헤이어차

저승길이 웬말인가
일직사자 월직사자
어허어화 에헤이어차

어서가자 바삐가자
쉬여가자 애걸한들
어허어화 에헤이어차

뉘분부라 거역하리
일직사자는 손을끌고
어허어화 에헤이어차

월직사자는 등을밀어
어서가자 바삐가자
어허어화 에헤이어차

시가늦구 때늦었다
풍우같이 어허어차
어허어화 에헤이어차

에헤이어차재촉하니
아이구대구 나죽겠소
어허어화 에헤이어차
　　　　　(리상철 창,　김태갑 채집)

_____

주: 1) 회심곡- 사람이 죽어 염라전에 간 전과정을 그리면서 권선징악의 불교교리를 설교
　　한 장편불가. 여기서는 그 첫부분만을 절록하였다.

제전

세상 백년 생겨날제
열시왕[1]전 명을 빌고
제석[2]님전 복을 빌며
아버님전 뼈를 빌고
어머님전 살을 빌어
열달 배설어
이세상 백년 생겨나니
우리 부모 나를 기를제
금을 주고 너를 사랴
은을 주고 너를 사랴
쥐면 꺼질세라
불면 날가하여
곱게곱게 기를적에
글배우고 활쏘아
문무겸전 립신양명하여
어진 가저[3] 맞아다가
당상학발[4] 천년수요

슬하자손 만세영[5]하렸더니
유여히 득병하여
백약이 무효로다
무녀불러 굿을 한들
굿덕이나 입을시며
소경불러 송경한들
경덕이나 입을소냐
화타[6] 편작[7]이
다시 갱소년할지라도
이내병 고치기 만무로다
인삼록용으로 집을 짓고
당사향으로 벽을 바르고
불로초로 불을 때인들
이내병 고치기는 만무로구나
여보 마누라
나죽어 북망산천 돌어걸제
서양 청국비단
삼수갑산 회령 종성
맹포도 다 그만 두고
마누라 입던 단속옷 벗겨
이내일신 눌러 씌우고
류진장포 열두메끼
아주 꽝꽝 묶어내여
젓나무 장광틀[8]에
스물네명 상두군은
어얼니얼 발맞추어
연반군[9]아 불밝혀라
붉은 명정[10]은
종로대로상에 표불[11]하고

남문밖 사십리
보통송객 리별할제
풍취광야에 지전비하니[12]
진시사생 리별처라[13]
명막주텬 곡불문에
소소모우 인귀거할제[14]
이모로 저모로
저모로 얼른 지나고
홍안박명의 청춘애처가
나의분묘를 찾어갈제
우리님의 분묘가 여기로구나
분묘앞에난 금잔디로구나
금잔디우에다 제[15]석을 펴며
제석우에다 백유지펴고
그 우에다 온갖 음식을
다버려 놓는다
염통산적에
양복기 록두떡
도라지나물 고비고사리
두릅채 왕십리미나리
먹기좋은 녹두나물
쪼개쪼개 콩나물이며
신계곡산 무인처에
머루 다래 다따놓고
함종에 양률이며
평양북촌의 왕대추며
전라도 대건시며
연안백천의 청실리 황실리
수원의 홍감 참외

릉라도 썩 건너가서
둥글둥글 청수박을
대모장도 드는칼로
웃꼭지를 스르르 돌려
은동거리 수복지[16]로
씨만 송송 골라내고
스르르 벌린후에
리태백의 포도주
도연명의 국화주
빛좋은 감홍로
맛좋은 황소주
이술저술 다버리고
청명한 백소주를
은잔금잔 다 그만두고
로자잔 앵무배[17]에
한잔은 부어 퇴잔하고
두잔은 부어 첨작을 하고
석잔을 부어
삼배주 드린후에
두다리를 훨씬 펴고
잔디 한웅큼을 우드득 뜯어
모진 광풍에 휘날린후에
왜 죽었느냐 왜 죽었느냐
옷밥이 그리워
네 죽었느냐
세상천지에 제일 보배
나를 버리고 너 왜 죽었니
망종 왔던길에
한번 불러나보고 가잤구나

나오너라 나오너라
귀신이라도 네 나오고
정령이라도 네 나오려무나
시시때때로 네생각 못잊어
내 못살겠구나.

　　　　　　　(우제강 창, 김태갑 채집)

주: 제전이란 祭典, 제사의식을 말한다. 그러므로 ≪제전≫이라고 제목한 이 노래는 정확
　　하게 ≪제전악(祭典樂)≫에 붙이는 가사라고 해야 할것이다.
　　1) 열시왕– 저승에 있다는 진광왕이하 열왕.
　　2) 제식– 부처.
　　3) 가지– 며느리.
　　4) 학발– 년로한 부모.
　　5) 슬하자손만세영– 자손만대 번영하다.
　　6) 화타– 중국 삼국시대의 명의.
　　7) 편작– 중국 춘추전국시대의 명의.
　　8) 장광틀– 큰 상여틀.
　　9) 연반군– 장사때 등을 들고가는 인부.
　　10) 명정– 사망자의 직위, 본관 ,성명 등을 쓴 기발. 보통 붉은 천에 흰 글씨를 쓴다.
　　11) 표볼– 떠 오르는것.
　　12) 풍취광야에 지진비하니– 광야에 바람불어 지진이 날리니. 지진은 관속에 돈모양으
　　　　로 오려서 넣던 종이.
　　13) 진시사생 리별처– 생사리별한 곳.
　　14) 소소모우 인귀거– 저녁비 잔잔한데 사람들은 돌아가다.
　　15) 제석– 제사자리.
　　16) 은동거리 수복지– 은과 동을 붙여만든 ≪수복≫이라는 글이 세겨있는 저가락,
　　17) 로자간 앵무배– 술잔 이름들.

맹인덕담경[1]

　　벙응벙응 벙버꿍[2]
　　복술–

명당신주경
천강대신이 수명당인데
일월성신 내아지에
동방에는 천제지신
북방에는 죽지지신
서방에는 백제지신
남방에는 천제지신
오방지신이
하강을 하옵수사
이 가정에 이 디정³⁾에
이 안택을 드릴적에
소원성취 발원이요
당상학발 량친님은
오동나무 상상가에
봉황같이 점지하고
슬하자손 만세영
무쇠목숨에 돌낀 달아
천만세를 점지하라
이 가정에 귀한 애기
소원성취 발원이요
나라에는 충신동
부모에게는 효자동
동생간에 우애동
일가문중에 화목동
초다슷에 말잘하고
열다슷에 글잘하니
세상턴디⁴⁾에 으뜸동을
점지점지 하옵소사
석숭이의 복을 받아

물왕복이 솟아들고
인복이 걸어들고
구렁복이 새려들고
쥐복이 스며들고
쪽제비복이
오독독 냉큼 뛰여들고
송아지복이 맹맹
껑충껑충 뛰여들제
일일소지는 황금출이요[5]
시시개문에 만복래할적에
겨울문을 닫은듯이
하절문을 열린듯이
얼음랭수 마신듯이
가난 단밥 먹은듯이
새라새옷을 입은듯이
한강수는 물결같고
수는 청청 화는 명명
수화상극이 될지라도
수화가 청명 하루같이
점지발원을 하라
벙응벙응 벙버꿍
이 가중에 귀한 애기
강태공이 나를 빌어
선팔십 후팔십
좌팔십 우팔십
사팔은 삼십이
삼백이십을 접지하고
그도 또한 적다하니
동방삭의 나를 빌어

삼천갑자를 점지하구
이 가정에 이 지정에
니노리 정성 디릴적에
소원성취 발원이요
무슨 상을 받을적에
십원전을 요구하면
백원전을 점지하고
백원전을 요구하면
천원전을 점지하고
천원전을 요구하면
만원전이 생기시고
만원전을 요구하면
억도6)만원이 생기여라
벙웅벙웅 벙버꿍
외상짜리는야
화물차로 실어다가
시베리야로 내볼티고7)
만돈짜리만 모여들제
일원짜리 십원짜리
백원짜리 천원짜리
만원짜리
단돈 일전짜리라도
억도 만돈짜리를 모두
이 가정으로 몰아를들구
입설구설 관제구설
십년 팔난 팔대지액
경충경충 거랑충충하거들랑
화물차로 실어다가
먼데로 내몰아티고

깔죽있고 얌전하구
향내나는 아씨랑은
이 가정으로 모여들어라
에헤 으흐응
너 이 귀신들
다 받아먹구서
마당전으로 물러서야지
옥차등으로 골을 까고
사님도로 목을 베구
사팔 박살하리라
벙응벙응 벙버꿍
어떤 잡놈 팔자 좋아
대성관에서 료리먹다
양복갈에 치사흐레
물똥 싸고 죽은놈아
너두 와서 받아먹구
은근다파 소멸하라
어떤 잡년 시집온지 삼일만에
시어머니 몰래 부뚜말앞에서
쌀 퍼주구 떡 사먹다
목에 걸려 죽은 귀
너두 와서 받아먹구
은근다파 소멸해라
어떤놈은 조실부모
깨깨말라 죽은 강신귀야
너두 와서 받아먹구
은근다파 소멸하고
대한칠년 그때 시절
깨깨말라 죽은 귀

대수구년홍수 그때 시절
펑펑 부어 죽은 귀
너두 와서 받아먹구 물러서
처녀 죽어서 골무귀
총각 죽어서 말뚝귀
홀애비 죽어서 목침귀
과부 죽어서 원혼귀
대룽대룽 절투귀
너두 와서 받아먹구
마당전으로 퇴송하라
쇠경 죽어서 북통귀
무당 죽어서 방울귀
나같은놈 죽어 신선귀라
이예 분향[8].

(조종주 창, 김태갑 채집)

주: 1) 맹인덕담경- 소경무당이 액을 물리치고 복을 빌며 덕담을 할 때 부르는 노래.
  2) 벙웅벙웅 벙버꿍- 징소리.
  3) 디정- 《지경》의 평안도사투리.
  4) 틴디- 《천지》의 평안도사투리.
  5) 일일소지는 황금줄- 땅을 쓸어도 금이 담긴다는 뜻.
  6) 억도- 《억조》의 평안도사투리.
  7) 내불티고- 내던지고.
  8) 분향- 향불을 피우다.

널뛰기

널뛰자 널뛰자
새해맞이 널뛰기

만복무량 소원성취
금년 시절이 좋을시구
묵은해는 다지내고
금년 신정을 맞이했네
서재도령 공치기는
널뛰기만 못할레라
널뛰기를 마친후에
떡국놀이 가겠어라

　　　　　　　(리병지 창, 원봉훈 채보)

추석놀이

팔월이라 보름날은
한가위날인데
각시들 놀음놀이
추석날이 좋을시구
옛날에 가위날은
부덕장시키고저
누에고치 길삼하는
각시들을 내기시켜
잘하는 사람 상을 주고
미풍량속 세우던날
달밝아 반공중천에
둥근달 온천하에 비쳐있고
금수강산 삼천리에
추석맞이 하느라고
송편하고 찰떡 쳐

선령에 제사하고
선산에 성묘하니
우리 동방에 제일이로다
우리 마을 장사 소년들은
씨름이야 씨름이야
수줍은 우리 처녀들은
남빛 치마 잘잘 끌고
강강술레 강강술레
친구들아 우리 집으로 가자
강강술레 이 술레가 뉘 술레냐
리순신 장군의 술레로다
강강 수월래.

(리복례 창, 원봉훈 채집)

축혼가

백설중에 피는 꽃은 매화꽃이요
오늘날에 피는 꽃은 신랑신부라
뒤동산에 나비는 꽃을 따르고
저기 앉은 저 신부는 신랑을 따르네

영화롭다 오늘날 신혼례식은
백년 살자 맺은 언약 오늘날이다
잎이 피고 열매 맺는 좋은 시절에
검은 머리 백발토록 좋아합시다

(황정숙 창, 김하욱 채보)

황천가

앞산두 첩첩하고
뒤산도 첩첩한데
혼자 어데로 행하신가
황천이 어데라기로
그리 쉽게 갈랴는가
그리 쉽게 갈랴거던
당초에 나오질을 말았을걸
왔다가 가면 너와나
같이놀던 곳에다
박씨네 이름을 주고가며
동무에게 정을 두고
그저 가신이는 다 잊고 가겠지
만세상에 있는 사람들은
백년을 통곡한들 어느 누가 알며
천하를 헤매고 다닌들
어느곳에서 만나보리오
무정하고 야속한 사람아
금세상 하도 좋아 방방곡곡 다니다가
관속에 들어서 나는 못잊겠네
운명이 그뿐이였더냐
이십삼십에 황천을 가게 되였던가
무정하고 야속한 사람아
어디로 가구서 못오시나
보고지고 보고지고
님얼굴 다시 보고지고

(조한룡 창, 리황훈 채보)

리별가

따뜻한 네 품속에 가득하고 넘치는
참다운 사랑을 맛보려 했으니

불행인지 비운인지 보지도 못하고
푸른 물 바다가에 꿈같은 리별을

불상하고 가련하다 너의 신세 불상해
세상에 못살아서 고기밥이 되단 말가

너와 나의 굳은 언약 영영히 끊침은
하나님께서 이미 벌써 작정했네

무정하고 야속하다 세상사회 일인가
네가 이미 죽은것을 내가 이미 알았더면

태평양을 넘지 말고 아니오고 말것을
수천리 먼곳을 내보려고 왔고나

잘 있거라 잘 있거라 태평양에 죽은 몸
네가 령혼일지라도 부디부디 잘있거라

간다간다 나는 간다 너의 령혼 버리고
푸른 물 바다속에 영영히 떠난다
　　　　　　　　──항일투사 김선의 수첩에서

고아의 설음

쓸쓸한 가을밤에 외로이 서서
구슬픈 소리함께 설어합니다

기러기도 가을이면 돌아오건만
한번가신 우리엄마 웨 안오세요

밝으신 달님이여 굽어를 보소
오신다던 우리엄마 웨 안오세요

세살적에 엄마잃은 이 어린몸은
갈바를 알지 못해 눈물로 세월

무정한 저달님은 말도 없는데
누구믿고 이세상을 살아를 가요

래년봄이 돌아오면 꽃은 피련만
한번가신 우리엄마 웨 안오세요

불상한 이내신세 가련하거던
꿈에나 찾어와서 안어주세요

꽃피는 아침에와 달밝은 저녁
한숨과 눈물은 끝일새없다

눈물은 흘러서 두만강되고요
한숨은 쉬여서 찬바람된다
───항일투사 김선의 수첩에서

망향곡

고국산천을 떠나서 천리타향에
산설고 물선 타향에 객을 정하니
섭섭한 마음 향하는곳 고향뿐이오
다만 생각노니 정든 친구라

고산 심해 륙지가 천리를 격코
은연중에 게벽으로 담을 쳤으니
고국본향 생각이 더욱 간절코
돌아갈 기회는 실로 맏연코나

추천명월은 반공에 높이솟아서
만세계를 명랑히 비춰주는데
월색을 희롱하며 나는 기러가
너로인해 고향생각 더욱 간절타

동산에 달은솟아 창에 비치니
은연중에 깊이든잠 놀라깨여
사면으로 자세히 두루살피니
꿈에보던 산천은 간곳없고나

부모님도 형제도 보지못하니
대장부의 가슴이 막막 무너지노나
이내몸이 이와같이 속이타거든
사랑하는 나의부모 어떠하겠냐

반공중에 높이뜬 밝은 저달은
우리집 동창에 비춰주련만

슬퍼울고 날아가는 저 기러기야
나의집에 나의소식 전해주려나
　　　　　　——항일투사 김선의 수첩에서

부모은덕가

산아 산아 높은 산아 네 아무리 높다한들
우리 부모 날 기르신 은덕 비길소냐
높고높은 부모은덕 어이하면 보답하랴

바다 바다 깊은 바다 네 아무리 깊다한들
우리 부모 날 기르신 깊은 은공 비길소냐
깊고 깊은 부모은덕 어이하면 보답하랴

산에 나는 까마귀도 부모은공 극진한데
귀한 인생 우리들은 부모님께 어이할고
넓고 넓은 부모은덕 어이하면 보답하리

굳고 굳은 바위들은 만년토록 변치 않네
한부모의 같은 자손 우애지정 바위같다
우리들은 효도하야 부모은덕 갚아보세
　　　　　　　　(리인섭 창, 권철 채집)

망향가

26년 따뜻한 네 품을 떠나
세상풍진 모르는 나의 몽중에
한수님 복락과 찬 자리밑에
부모형제 생각을 몇번 하였나
창파만경 청천이 앞을 가리여
다시 모지 못하는 내 고향이라

상해천지 바닥이 적막하도다
황해바다 물결은 파도쳐울고
4천여년 내려오는 선조의 집을
부질없이 버리고 여기 왔구나
창파만경 청천이 앞을 가리여
다시 보지 못하는 내 고향이라

(리인섭 창, 권철 채집)

망향가

금풍 소슬하고 달은 밝은데
북방으로 날아오는 기러기 소리야
만주에 소식을 전하여 주려나
아아 나의 동포형제 안녕하신가

적막한 가을강산 야월 삼경에
슬피 우는 두견새야 네 울지 말라

부모님을 리별하고 형제 못보니
대장부 가슴이 콱 무너진다

나의 마음 이와 같이 답답하거던
사랑하는 부모형제 어떠 하실가
만리장공 날아가는 저 기럭아
우리 집에 나의 소식 전해주렴아
(창 미상, 권철 채집)

나비가(망향곡)

펄펄펄 날아가는 고운 나비야
네 집을 버리고 네 어디에 가나
정든 고향산천 등에 지고서
무엇을 찾으러 여기에 왔느냐

펄펄펄 날아가는 고운 나비야
네 집을 버리고 네 어데로 날아가냐
산 넘고 물 건너 모두 지나서
화원의 세계를 찾으려 하느냐
(창 미상, 권철 채집)

제3부 애정요

아리랑(1)

아리랑 아리랑 아라리요
아리랑 고개로 넘어간다
나를 버리고 가시는 님은
십리도 못가서 발병난다

아리랑 아리랑 아라리요
아리랑 고개로 넘어간다
청청 하늘엔 잔별도 많고
우리네 살림엔 수심도 많다

아리랑 아리랑 아라리요
아리랑 고개로 넘어간다
인제 가며는 언제나 오나요
오마는 날이나 알려주오.

주: 민요. 《아리랑》의 발생과 관련해서는 여러가지 전설이 전해지고있으나 정확한 창작
년대는 밝혀지지 않고 있다. 《아리랑》의 변종은 아주 많아 이루다 헤아릴수 없을 정
도이며 하나의 《아리랑》민요군을 이룰 정도이다. 《아리랑》의 주제는 기본적으로
애정문제 즉 남녀간의 사랑을 표현하면서 아울러 일부 사회문제와 당대 인민들의 감
정을 나타내고있다고 할수 있다. 따라서 이 민요의 선률형상도 풍부하며 다양하다고
할수 있다. 여기에 수록한 이 《아리랑》은 가장 널리 알려지고 가장 많이 불리우는것
으로서 습관적으로 민요라고 하지만 사실은 어떤 사람들은 《신아리랑》이라고 칭한
다. 1926년에 제작된 라운규 작, 라운규 연출 무성영화 《아리랑》의 주제가가 됨으로
써 그때로부터 거의 전 민족적인 노래로 급부상되였다.

아리랑(2)

아리랑 아리랑 아라리요
아리랑 고개로 넘어간다
넘겨줄 마음은 하루에도 세번씩 나나
엄부형[1] 슬하라 못넘겨주겠네

아리랑 아리랑 아라리요
아리랑 고개로 넘어간다
총각이 사다준 궁초나 댕기
고운때도 안묻어서 사주가 왔소

아리랑 아리랑 아라리요
아리랑 고개로 넘어간다
정들자 리별도 분수가 있지
시집간지 삼일만에 리별이 웬 말이요

아리랑 아리랑 아라리요
아리랑 고개로 넘어간다
산천이 푸르러서 가시던 랑군
구시월 단풍에도 안돌아오시네

아리랑 아리랑 아라리요
아리랑 고개로 넘어간다
산천이 고와서 돌아다봤나
님 계신 곳이라 돌아다봤지

(박순덕 창, 리황훈 채보)

주: 1) 엄부형 슬하— 엄하신 어버지와 형의 밑. 이 민요는 ≪긴아리랑≫이라고 불리기도
    한다.

아리랑(3)

아리랑 아리랑 아라리요
아리랑 고개로 넘어간다
부모동생을 다 버리고
아리랑고개로 돈벌러 간다

아리랑 아리랑 아라리요
아리랑 고개로 넘어간다
메산자 보따리 걸머지고
아리랑 고개로 넘어간다·

아리랑 아리랑 아라리요
아리랑 고개로 넘어간다
무산자 누구냐 탄식을 마라
부귀와 비천은 돌고돈다

(조종주 창, 리황훈 채보)

아리랑(4)

문경세재 개박달나무
홍두깨 방망이로 다 나가고
귀동산에 줄밤나무는
량반의 신주로 다 나가네
아리랑 얼시구 아라리야
아리랑 고개에다 오막살이 짓고

정든님 오기만 기다린다

(리원언 창, 리황훈 채보)

아리랑(5)

아리랑 아리랑 아라리요
아리랑 고개로 나를 넘겨주소
영월 영천 곡두바위로
중석캐러 가신 랑군은
돈이나 벌면 오시련마는
공동묘지 가신 랑군은
어느 시절에 오나

(리주영 창, 리황훈 채보)

아리랑(6)

아리랑 아리랑 아라리요
아리랑고개로 넘어간다
아주까리 동백아 열리지 말라
돈없는 이 건달이 속상하네
아리랑 아리랑 아라리요
아리랑고개로 넘어간다
간다구 간다구 네 통곡말고

나 단겨야 올동안 너 잘있거라

(구룡환 창, 리황훈 채보)

아리랑(7)

앞남산 국화는 필락말락하는데
님하고 나하고는 정둘락말락한다
아리랑 아리아리랑 아라리로구나
아리랑고개로 넘어넘어 간다

령감의 무덤에는 개부꽃이나 피고
총각의 무덤에는 진달래꽃이 핀다
아리랑 아리아리랑 아라리로구나
아리랑고개로 넘어넘어 간다

(창 채보 미상 료녕민족출판사 ≪민요곡집≫에서)

아리랑(8)

강원도 금강산 일만이천봉
팔만구암자 마디마디 봉봉에다
칠성단을 무어놓고서　백일기도를 말고
아닌 밤중 오신 손님 괄세를 말아
아리랑 아리랑 아라리로구나
아리랑고개로 넘어간다

옛날에 옛적이라 간날에 간적이라
골태질 갈태질 잘하고 못한것은
소고리 삼태비 모주랑비로
싹쓸어서 팽개질하고
새로나 새정 두고서 잘 살아봅시다
아리랑 아리랑 아라리로구나
아리랑고개로 넘어간다

네줄배기 강남쌀에 류모배기에 밀살에
오구랭이같은 감자를 동록이 안에서
오글보글 끓는 족족 노나먹지는 못하나마
한달륙장 오일닷새로 자주 상봉합시다
아리랑 아리랑 아라리로구나
아리랑 고개로 넘어간다

(조룡운 창, 리황훈 채보)

주: 서정민요. 이 ≪아리랑≫은 가장 대표적인 ≪강원도아리랑≫이다. 이 노래는 진지하고
뜨거운 사랑에 대한 추구가 주요한 내용을 이루면서도 중들의 일부 눈꼴사나운 행실
을 야유하는 내용도 들어있다. 이 민요는 선률이 류창하고 변화가 많으며 구성이 짜인
것이 특점이다.

아리랑(9)

열라는 통팥은 아니나 열리고
아주까리 동백은 왜 열리느냐
아리랑 아리랑 아라리요
아리랑 얼시구 노다노다 가세

붉게 핀 동백꽃 보기도 좋네
수줍은 처녀의 정열과 같네
아리랑 아리랑 아라리요
아리랑 얼시구 노다노다 가세

사랑에 겨워서 등을 밀엇더니
가고나 영절에 무소식이로구나
아리랑 아리랑 아라리요
아리랑 얼시구 노다노다 가세

감꽃을 주으며 헤여진 사랑
그감이 익을땐 오시만 하던 님
아리랑 아리랑 아라리요
아리랑 얼시구 노다노다 가세

영창에 비친 달 다 지도록
온다던 그 님은 왜 안오시나
아리랑 아리랑 아라리요
아리랑 얼시구 노다노다 가세

십오야 뜬 달이 왜 이리도 밝아
산란한 이 마음 달랠길 없네
아리랑 아리랑 아라리요
아리랑 얼시구 노다노다 가세

(로재기 창, 리황훈 채보)

아리랑(10)

달도 떳네 별도 떳네
그름속 상아가 방긋이 웃는다
아리랑 아리랑 비친 달빛
아리랑 그늘에 물새가 운다

가시는 님을 붙잡지 마소
갔다가 올때가 더 반갑다
아리랑 아리랑 울지마소
아리랑 고개에 기발이 펄펄

명사십리 꽃잎배야
님실고 가는곳 그어디이냐
아리랑 아리랑 동이나 트면
아리랑 장단에 리별이란다

숨잘쉬는 백두산 줄기
피여서 만발한 무궁화란다
아리랑 아리랑 아라리요
아리랑 고개를 넘어간다

춤잘추는 옥두루미
춤이나 추려고 날찾아 왔나
아리랑 아리랑 아라리요
아리랑고개를 넘어간다

술잘먹는 리태백이
술이나 먹자고 날찾아 왔나

아리랑 아리랑 아라리요
아리랑고개를 넘어간다
　　　　　——항일투사 김선의 수첩에서

정선아리랑(1)

앞남산 뻐꾸기 초성도 좋아
세살 때 듣던 목청 변치도 않았네
아리랑 아리랑 아라리요
아리랑 고개고개로 날넘겨주오

세월이 갈라면 저혼자 가지
알뜰한 청춘을 왜 데리고 가나
아리랑 아리랑 아라리요
아리랑 고개고개로 날넘겨주오

앞남산 실안개는 산허리를 돌고요
정든님 두팔은 내 허리를 감는다
아리랑 아리랑 아라리요
아리랑 고개고개로 날넘겨주오

이놈의 총각아 치마꼬리 놓아라
당사실로 금친 치마 콩튀듯한다
아리랑 아리랑 아라리요
아리랑 고개고개로 날넘겨주오
　　　　　　(우제강 창, 김태갑 채집)

정선아리랑(2)

강원도금강산
일만이천봉 팔만 구암자에
아들 생겨 달라고 백일불공 말고
타관객지에 나선 사람 부디 괄세를 말아
아리랑 아리랑 아라리가 났소
아리랑고개로 날 넘겨주소

우리 댁서방님은
날 싫다고 벽치고 담치고 열무김치 소금치고
배추김치 초치고 칼로 물도린듯이
그냥 싹 돌아서더니 춘천 팔십리 왜 못가서 되돌아왔소
아리랑 아리랑 아라리가 났소
아리랑고개로 날 넘겨주소

정선읍내 물레방아는
사구삼십륙 서른 여섯개인데
사시장철 쉬질 않고 물을 안고 팽그팽글 도는데
우리 랑군 어델가고 날안고 돌줄 몰라
아리랑 아리랑 아라리가 났소
아리랑고개로 날 넘겨주소

한길두길 세길네길
다섯여섯일곱여덟아홉열 백길천길만길 되는
패랭이끝에다 다락을 뭇잔 말을 부쳐도
이웃집 유부녀께 말부침하기는 어렵구나
아리랑 아리랑 아라리가 났소
아리랑고개로 날 넘겨주소

네 팔자나 내 팔자나
원앙금침 돋워 베고 인물평풍 법단이부자리
덮고자기는 아주 영 틀렸는데
이웃집 호박넌출사이로 낮잠 자고 가자
아리랑 아리랑 아라리가 났소
아리랑고개로 날 넘겨주소

(리상순 창, 리황훈 채보)

주: 동부지방 민요. 강원도 정선지방에서 나와 전국적으로 많이 보급된 노래이다. 일명 《엮음아리랑》이라고도 한다. 이 노래의 가사도 변종이 많으나 음악형상은 매우 흥겹고 구성진것이 특징이다.

강원도아리랑(1)

아리아리 스리스리 아라리요
아리랑 고개로 넘어간다
담넘어 들때는 큰맘을 먹고
문고리 잡고서는 벌벌 떤다

아리아리 스리스리 아라리요
아리랑 고개로 넘어간다
열라는 콩팥은 아니나 열고
아주까리 동백은 왜 열렸나

아리아리 스리스리 아라리요
아리랑 고개로 넘어간다
요놈의 총각아 손목을 놓아라

이빠진 물함박 돌넘어 가네[1]

아리아리 스리스리 아라리요
아리랑 고개로 넘어간다
시내나 강변에 빨래질 가니
정든님 만나서 돌베가 벴소

아리아리 스리스리 아라리요
아리랑 고개로 넘어간다
놀다가 가거라 잠자다 가거라
보름달 기우도록 놀다 가오.
(우제강 창, 김태갑 채집)

주: 1) 이 빠진 물함박 돌넘어 가네- 일을 그르치게 된다는 뜻.

강원도 아리랑(2)

아주까리 동백아 열리지 말아
누구를 꾀자고 머리에 기름
아리아리 스리스리 아라리요
아리아리 고개로 넘어간다

울타리 꺾으면 온다더니
자물쇠 부셔도 왜 아니오니
아리아리 스리스리 아라리요
아리아리 고개로 넘어간다

만나보세 만나보세 만나보세
아주까리 정자로 만나보세
　　　　　　(박정열 창, 김태갑 채집)

밀양아리랑(1)

날좀보소 날좀보소 날좀보소
동지섣달 꽃본듯이 날좀보소
아리아리랑 스리스리랑 아라리가 났네
아리랑 어절씨구 넘어넘어간다

정든님이 오셨는데 인사를 못해
행주치마 입에물고 입만 빵긋
아리아리랑 스리스리랑 아라리가 났네
아리랑 어절씨구 넘어넘어간다

지척이 천리라더니 도랑사인데
호박잎만 흔들흔들 날속인다
아리아리랑 스리스리랑 아라리가 났네
아리랑 어절씨구 넘어넘어간다

시화나 년풍에 호박풍년 들면
열석새 무명짜리 혼수차림하세.
아리아리랑 스리스리랑 아라리가 났네
아리랑 어절씨구 넘어넘어간다
　　　　　　(리현규 창, 김태갑 채집)

주: 민요, 경상도 밀양지방에서 나온 아리랑. 아리랑민요들중 가장 특색이 있고 가장널리 알려진 민요다. 이 민요는 다른 아리랑과는 달리 명랑하고 락천적인 정서로 일관되여있는 것이 특징적이다. 특히 「동지섣달 꽃본듯아 날 좀 보소」, 「행주치마 입에 물고 입만 방긋」 등 형상성이 풍부한 시구는 아주 개성적이며 처음부터 고음구에서 호소적이며 반복적인 음으로 시작되여 약간의 변형을 이루면서 락천적이면서도 재미있게 흐른다.

밀양아리랑(2)

니가 잘나 내가 잘나 그 뉘가 잘나
은화동전 구리백통 십원짜리가 잘나
아리아리랑 스리스리랑 아라리가 났네
아리랑 고개로 넘어간다

산천이 고와서 나 여기 왔나
살다가 간곳이니 내가 왔지
아리아리랑 스리스리랑 아라리가 났네
아리랑 고개로 넘어간다

우수야 경칩에 대동강이 풀리고
당신의 말씀에 가슴이 풀린다
아리아리랑 스리스리랑 아라리가 났네
아리랑 고개로 넘어간다

(신옥화 창, 기태갑 수집)

진도아리랑(1)

아리아리랑 스리스리랑 아라리가 났네
아리랑 응 응 응 아라리가 났네
문경서재는 웬 고개던가
구부야 구부구부 눈물이 난다

아리아리랑 스리스리랑 아라리가 났네
아리랑 응 응 응 아라리가 났네
저놈의 가시내 눈매를 보소
겉눈은 감고서 속눈만 떴네

아리아리랑 스리스리랑 아라리가 났네
아리랑 응 응 응 아라리가 났네
달밝은 벽파진에 달이 밝네
배 띄워라 저건너로 굴따러 가자

아리아리랑 스리스리랑 아라리가 났네
아리랑 응 응 응 아라리가 났네
저건너 앞산에 봉화가 떴네
우리 님 오시는가 마중을 가자

아리아리랑 스리스리랑 아라리가 났네
아리랑 응 응 응 아라리가 났네
종로 네거리 가마때는 사람아
우리 둘이 정떨어지면 왜 못 때여주는가.

(강성기 창, 김태갑 채집)

주: 남도민요. 진도에서 나와 널리 보급된 아리랑의 변종이다. 님을 애타게 기다리면서 이

제 달이 뜨면 님과 함께 굴 따러 가야겠다는 생각 그리고 고향을 멀리 떠난 사람들의
향수를 생동하게 보여주고있다. 노래에는 ≪웅 웅 웅≫하고 조르는듯한 토소리가 삽입
되여 재미있고 중모리장단을 타고 흐르는 선률이 건드러지면서도 애절한 감을 준다.

진도아리랑(2)

아리아리랑 스리스리랑 아라리가 났네
아리랑 웅 얼씨구 아라리가 났네
날 다려가거라 나를 모셔가거라
영원히 사랑할 사람 날 다려가거라

아리아리랑 스리스리랑 아라리가 났네
아리랑 웅 얼씨구 아라리가 났네
높은 산 상상봉 외로운 소나무
내몸과 같이도 홀로이 섰네

아리아리랑 스리스리랑 아라리가 났네
아리랑 웅 얼씨구 아라리가 났네
첫눈에 든 정이 골속에 잠겨
잊어나 보려 해도 못 잊겠네

아리아리랑 스리스리랑 아라리가 났네
아리랑 웅 얼씨구 아라리가 났네
창밖에 오는 비 산란도 하더니
비끝에 돋은 달 유정도 하고나

(강성기, 리복례 창, 리황훈 채보)

충청도아리랑

아리라랑 아리라랑 아라리요
아리라랑 어절씨구 아라리야
아리랑 타령을 그 누가 냈나
이웃집 김도령 내가 냈네

아리라랑 아리라랑 아라리요
아리라랑 어절씨구 아라리야
아리랑 타령이 얼마나 좋은지
밥푸다 말고서 엉덩춤춘다

아리라랑 아리라랑 아라리요
아리라랑 어절씨구 아라리야
아리랑 말년에 왜난리 나고
갑오년 이후로 왜동물치마

아리라랑 아리라랑 아라리요
아리라랑 어절씨구 아라리야
문경 세재 박달나무
홍두깨 방망이루 다 날아간다

아리라랑 아리라랑 아라리요
아리라랑 어절씨구 아라리야
홍두깨 방망이 팔자가 좋아
픈애기 손길루만 다 놀아난다

(리상철 창, 김봉관 채보)

청주아리랑

아리랑 아리랑 아라리요
아리랑고개로 날 넘겨주소
시아버지 죽으면 좋다 했더니
빨래줄이 끊어지니 또 생각나네

아리랑 아리랑 아라리요
아리랑고개로 날 넘겨주소
시어머니 죽으면 좋다했더니
보리방아 찧을 때 또 생각나네

아리랑 아리랑 아라리요
아리랑고개로 날 넘겨주소
시아버지 골난데는 술 받아 주고
시어머니 골난데는 이 잡아 주소

아리랑 아리랑 아라리요
아리랑고개로 날 넘겨주소
시애끼가 골난데는 엿사다 주고
막내동이 골난데는 홍두깨 찜질
(신철 창, 김봉관 채보)

영천아리랑

아리랑 아리랑 아라리요
아리랑고개로 넘어간다

아주까리 동백아 열리지 말아
돈없는 이내 머슴 속상하네
아리랑 아리랑 아라리요
아리랑고개로 넘어간다

아리랑 아리랑 아라리요
아리랑고개로 넘어간다
간다구 간다구 네 통곡말고
나 당겨야 올 동안 너 잘 있거라
아리랑 아리랑 아라리요
아리랑고개로 넘어간다

아리랑 아리랑 아라리요
아리랑고개로 넘어간다
사진이 못난건 돈 주고 사고
워낙에 못난건 할수 있나
아리랑 아리랑 아라리요
아리랑고개로 넘어간다

(구룡환 창, 리황훈 채보)

주: 남도민요. 경상도 영천에서 나왔다지만 강원도민요와 공통성이 더 많다는 이 아리랑은
님에 대한 지향과 행복에 대한 갈망이 담겨져있다. 변종도 많은 음악형상이 사랑스럽
고 흥겨운것도 있으며 건드러지면서 명랑한것도 있다. 여기에 싣는 이 《영천아리랑》
의 제1절은 「돈 없는 이내 머슴 속상하네」로 되였는데 이것은 원작의 「시골집 큰애기
발덧이 난다」의 변형이다. 흥미있는 변형이다.

곡산아리랑

아리랑 아리랑 아라리요
아리랑 고개로 넘어간다
나를 버리고 가시는 님은
십리도 못가서 발병 난다

아리랑 아리랑 아라리요
아리랑 고개로 넘어간다
어깨너머는 숙고사댕기
일광문안에서 날 홀려낸다

아리랑 아리랑 아라리요
아리랑 고개로 넘어간다
오동복판은 거문곤데
님으나 유정이 완연하지

아리랑 아리랑 아라리요
아리랑 고개로 넘어간다
아리랑 고개다 정거장 짓고
넘어갈적 넘어올적 만나보자.

(우제강 창, 김태갑 채집)

경상도아리랑

아리랑 아리랑 아라리요
아리랑 고개를 넘어간다

울넘어 담넘어 님 숨겨놓고
난들난들 호박잎이 날 속였소

아리랑 아리랑 아라리요
아리랑 고개를 넘어간다
사주는 받아서 무릎에 놓고
한숨만 쉬여도 동남풍 된다

아리랑 아리랑 아라리요
아리랑 고개를 넘어간다
아리랑 타령을 그누가 냈나
이웃집 김도령 내가 냈네

아리랑 아리랑 아라리요
아리랑 고개를 넘어간다
아리랑타령이 얼마나 좋은지
밥푸다 말고서 엉덩춤 춘다.

(신철 창, 김태갑 채집)

주: 경상도에서 널리 불리워진 아리랑. 노래에는 당시 인민들의 세태적감정과 소박한 념원
    이 절절하게 반영되여있다. 선률은 연하고 부드러우면서 처량한 느낌을 주며 우리의
    전통가요에서 보기드문 5박자로 구성되였다.

긴아리랑

아리랑 아리랑 아라리로구나
아리랑 고개로 나를 넘겨주소

만경창파에 거기 둥둥 뜬배
게 잠간 닻주어라 말물어보자

아리랑 아리랑 아라리로구나
아리랑 고개로 나를 넘겨주소
기차는 가자고 고동을 빼는데
님은 팔을 잡고서 눈물만 흘리네

아리랑 아리랑 아라리로구나
아리랑 고개로 나를 넘겨주소
우연히 저달이 구금밖에 떠서
공연히 마음을 산란케 하네

아리랑 아리랑 아라리로구나
아리랑 고개로 나를 넘겨주소
물속에 뜬달과 랑군의 마음
잡힐듯 하고도 내 못잡겠네

아리랑 아리랑 아라리로구나
아리랑 고개로 나를 넘겨주소
달도 밝고 별도 총총한데
님은 날버리고 왜 아니찾소

아리랑 아리랑 아라리로구나
아리랑 고개로 나를 넘겨주소
누구를 보자고 이 단장 했나
님가신 나루에 눈물비 온다

(우제강 창, 김태갑 채집)

평안아리랑

에 우리 댁에서 서방님이 잘났던지 모났던지
암팍 등곱새 팔은 곰배팔 다리전 등다리
칠푼짜리 불갱이를 짚고 물고마다 돌아다니며
병든 까마귀 물전에 돌듯이 빌빌 돌아다닌다
아리랑 아리랑 아라리가 났네
아리 아리랑 고개저쪽에 나를 넘겨주소

우리 딸 복내기 연지찍고 분바르고
명주수건 손에 들고 헤라 산천구경 간다
아리랑 아리랑 아라리가 났네
아리 아리랑 고개 저쪽에 나를 넘겨주소
(송옥주 창, 리황훈 채보)

새아리랑(1)

이 뒤동산 등곱은 나무
가리매 가지로 다 날아난다
아리아리랑 스리스리랑 아라리요
아리랑 고개로 넘어간다

이 뒤동산 할미꽃은
늙으나 젊으나 백발이로구나
아리아리랑 스리스리랑 아라리요
아리랑 고개로 넘어간다

이 앞강에 뜨는 배는
우리 집 정든님을 실은 배란다
아리아리랑 스리스리랑 아라리요
아리랑 고개로 넘어간다

인제 가면 언제나 오겠나
오마나 한날을 정쿠나 가렴아.
아리아리랑 스리스리랑 아라리요
아리랑 고개로 넘어간다

(리현규 창, 김태갑 채집)

새 아리랑(2)

아리랑 아리랑 아라리요
아리랑 고개로 넘어간다
부모동생을 다 버리고
아리랑 고개로 돈벌러 간다

아리랑 아리랑 아라리요
아리랑 고개로 넘어간다
메산자 보따리 걸머지고
아리랑 고개로 넘어간다

아리랑 아리랑 아라리요
아리랑 고개로 넘어간다
무산자 누구냐 탄식을 말아

부귀와 빈천은 돌고돈다.

(조종주 창, 김태갑 채집)

아리랑 열두고개

아리랑 아리랑
아리랑 고개를 넘어간다
꼬불꼬불 첫째고개
첫사랑을 못잊어서
울고불고 넘던고개
꼬불꼬불 둘째고개
둘도없는 님을 만나
정을 주고 받던 고개
꼬불꼬불 셋째고개
세방살이 삼년만에
보따리싸고 넘던고개
꼬불꼬불 넷째고개
네가네가 내 간장을
스리살짝 녹이던고개
꼬불꼬불 다섯째고개
다섯 여섯 일곱 여덟
아홉 열 열하나 열둘
아리랑 아리랑
아리랑 열두고개
넘어넘어 넘어넘어 넘어간다.

(우옥란 창, 김원창 채집)

강남아리랑

강남은 멀어서 이천칠백리
한달하고 열흘을 찾아가며는
꽃피고 새우는 별유천지라네
아리랑 아리랑 아라리요
아리랑 강남을 언제 가나

강남은 사시나 꽃피는 나라
밤낮으로 헤매며 찾아가며는
별들은 반가이 맞아준대요요
아리랑 아리랑 아라리요
아리랑 강남을 언제 가나.

(우옥란 창, 김원창 채집)

아스랑가

이뒤동산에 등곱은나무
량반의 신주로 다 실어낸다
아리아리랑 스리스리랑 아라리요
아리랑 고개로 넘어간다

이 뒤동산에 할미꽃은
늙으나 젊으나 백발이라오
아리아리랑 스리스리랑 아라리요
아리랑 고개로 넘어간다

이 앞강물에 떠나는 배는
우리의 정든님 실은 배요
아리랑 고개로 넘어간다
아리아리랑 스리스리랑 아라리요
(리경희 창, 리황훈 채보)

아리아리 댕댕

이팔청춘이 몇해드냐
백발 보고서 웃지나 마어라
아리아리 댕댕 스리스리 동동
그대 노래 송아라 송아라
먼산 뒤산에 꽃놀이 가자

공부시절이 몇해드냐
농민을 보고서 웃지를 말어라
아리아리 댕댕 스리스리 동동
그대 노래 송아라 송아라
먼산 뒤산에 꽃놀이 가자

너는 죽어서 상아가 되고
나는 죽어서 나비가 되자.놀이 가자
아리아리 댕댕 스리스리 동동
그대 노래 송아라 송아라
먼산 뒤산에 꽃놀이 가자
(창 미상, 허원식 채보)

어랑타령[1]

신고산이 우르릉 함흥차 달리는소리에
고무공장 큰애기 반보짐만 싸누나
어랑어라 어허야 어럼마 디여라
몽땅 내사랑이로다

삼수갑산 머루다래 얼크리설크러졌는데
나는 언제 님을 만나 얼크리설크러지나요
어랑어라 어허야 어럼마 디여라
몽땅 내사랑이로다

가을바람 소슬하여 락엽이 우수수지고요
귀뚜라미 슬피울어 님은 간장을 썩인다.
어랑어라 어허야 어럼마 디여라
몽땅 내사랑이로다

(김순애 창, 김태갑 채집)

주: 함경북도 민요. 함북 어랑천일대에서 나왔다고 하여 ≪어랑타령≫이라고 하는 설도 있
으며 「어랑 어랑 어허야」하는 후렴구에서 곡명이 새겼다는 설도 잇고 또 『어랑』은 『아
리랑』의 준말이라는 설도 있고 강을 건느며 부르는 ≪도강타령≫에서 곡명이 생겼다
는 설도 있다. 이 ≪어랑타령≫을 지난세기 20년대로부터는 ≪신고산타령≫이라고 부
르기도 하며 가사는 많이바뀌었다. 대체로 농촌녀성들의 생활과 체험을 락천적이고 흥
청거리는듯한 선률에 담아 표현하고있는데 그 변종이 아주 많다. 여기에 수록하는것은
바로 조선족들속에서 많이 불리운 ≪신고산타령≫이다.

모심는 소리[1]

1

객사청청 버들속에

추천하는 저 큰아가
추천줄랑 잠시 놓고
정든 나를 살곰 보세

2
영창문을 반만 열고
침자질하는 저 큰아가
침자질도 좋거니와
고개만 살곰 들어봐라

3
방실방실 웃는 님을
못다 보고 해가 진다
이날 밤이 어서 새면
웃는 님을 보련마는

4
진주단성 긴 골목에
처자 한쌍 지나가네
그 처자를 한번 보니
엄동설한 꽃을 본듯

5
알금삼삼 고운 처자
진곡에 넘나든다
오면가면 빛만 뵈고
장부가슴 다 녹인다

6

천수답을 담싹 갈아
물드는것 보기 좋다
영창문을 반만 열어
님오는것 보기 좋다

7

담장밖에 화초심거
담장밖을 휘덮었네
길가는 총각도령
그꼴 보고 길못가네

8

청사초롱 님의 방에
님의 무르팍 마주 베고
님도 눕고 나도 눕고
저 불을랑 누가 끌고

9

유자탱자의 의가 좋아
한꼭지에 둘이 여네
천자 총각은 의가 좋네
한베개에 잠이 드네

10

유자석류 의가 좋아
한꼭지에 둘 열렸네
동남풍이 건뜩 불어
떨어질가 걱정일세

11
삼가협천 공갈못에
련밥따는 저 처녀야
련밥일랑 내 따줄게
요내품에 잠을 자게

12
서울이라 한골목에
그물놓아 처녀잡자
잔처녀는 다 빠지고
굵은 처녀 내 차질세

13
파르랑파르랑 궁초댕기
담장안에서 날 홀리네
물레를 가지고 자사낼가
낚시를 가지고 낚아낼가

14
처자가시 배를 깎아
총각랑군 주는구나
주는 배는 아니 받고
요내 손목 담쏙 쥐네

15
모시적삼 안적삼에
련꽃같은 저젖 보소
많이 보면 병이 나오
담배씨만큼 보고가소

16
모시야적삼 안섶안에
분통같은 저젖 봐라
많이 보면 병이 나고
조꼼 보면 상사 난다

17
모수적삼 안섶안에
함박꽃이 피여나네
그꽃 한번 쥘라하니
호령소리 벽력같소

18
수건수건 반보수건
님주시던 반보수건
수건귀가 떨어지면
이내 정도 떨어지네.

(길림성 안도현 장흥향독보조 창, 김태갑 채집)

주: 1) 농부들이 모를 심을 때 지정된 곡에 맞추어 한사람이 한절씩 서로 넘기며 부르던
   ≪모심는 소리≫는 원래로동요이지만 그 가운데는 애정요가 많다 .여기서는 그중에서
   비교적 대표적인 18수 골라 제목이 없이 번호를 달아 수록한다.

창부타령(1)

불쌍하다 가련하다
춘향이 모친이 가련하다

먹을것을 옆에 끼고
옥문전을 넘나드네
못쓸년의 춘향이야
허락 한마디 하려무나
아이고 어머니 그말씀 마오
허락이란 말이 웬말이요
옥중에서 죽을망정
허락하기는 나는 싫소
송죽같이 굳은 절개
매맞는다고 허락하랴
비나이다 비나이다
하느님전에 비나이다
서울가신 우리 랑군
어사되기만 비나이다
아니아니
아니 노지는 못하리라

뒤동산에 꽃나무는
날과같이도 속이 썩네
속썩으면 남이 아나
겉썩어야 남이 알지
너와 나와 속썩는줄
어느 인간이 알아주랴
호박같이 둥근 사랑
행길같이 곧은 마음
박속같이 맑은 절개
앵두같이 맺어놓고
원쑤놈의 비바람에
영리별이 웬말이냐

아니아니 아니 노지는 못하리라.

              (박정렬 창, 김태갑 채집)

주: 「창부」에는 「娼婦」와 「倡夫」 두가지가 있다. 즉 돈을 받고 몸을 파는 녀자의 창부와 남자광대라는 뜻의 창부 두가지다. 민요 ≪창부타령≫에도 이 두부류의 사람들이 부르 던 노래가 다 있다. 이 민요는 굿거리장단에 맞추어 부르는데 무당음악이 세속화된 것이 다. 가락이 멋스럽고 굴곡이 많으면서 시원스로운 이 민요는 내용도 속된것에서부터 깊은것에 이르기까지 매우 다양하며 다른 민요와는 틀리게 시종 독창으로 불리워진다.

창부타령(2)

뒤동산에 고목나무는
날과같이 속이썩네
속썩으면 남이 아나
겉썩어야 남이 알지
어느 인간이 알아주랴
호박같이 둥근 사랑
행길같이 곧은 마음
박속같이 맑은 절개
앵두같이 맺어놓고
원쑤놈의 비바람에
영리별이 웬 말이뇨
황해수라 구월산밑에
주추캐는 저 처녀야
너의 집은 어데두고
해가져도 주추캐나
나의 집을 아실라거든
환개산의 안개속에

초가삼간이 내집일세
낮이되면 주추생활이요
밤이 되면 독수공방
오실라면 오십시고
마실라면 고만두고

(박정렬 창, 김태갑 채집)

노래가락(1)

세천강 세모진 낭게
높다랗게 그네를 매고
님이 뛰면 내가나 밀고
내가 뛰면 정든님이 민다
이님아 줄밀지 말어라
줄끊어지면 정떨어진다

말은 가자 네굽을 안고
님은 잡고 아니 놓네
석양은 재를 넘고
갈길은 천리로다
저님아 가는 나를 잡지말고
지는 해를 잡아라

왔소 나 여기 왔소
천리타향 나 여기 왔소
바람에 불려왔나

구름에 싸여왔나
아마도 나 여기 온것은
님을 보려고

유자도 나무련만
한가지에 둘씩셋씩
광풍이 건듯 불어도
떨어질줄 왜 모르나
이몸도 유전한님 만나
저 유자같이 살아보리.

(김순애 창, 김태갑 채집)

노래가락(2)

푸릇푸릇 봄배추는
찬이슬오기만 고대하고
월매의 딸 춘향이는
리도령오기만 고대한다
얼씨구 절씨구 지화자자 절씨구

잊어라 꿈이더냐
옛날옛적과거사를
모두다 잊어라 꿈이로다
옛날옛적 과거사를
얼씨구 절씨구 지화자자 절씨구

나를 싫다고 나를 마다고
나를 박차고 가신랑군
잊어야만 옳은줄 알면서
잊지를 못해 한이로다
얼씨구 절씨구 지화자자 절씨구

기다리다 못하여서
잠이잠간 들었더니
새벽서리 찬바람에
풍지가 우르렁 날속이네
얼씨구 절씨구 지화자자 절씨구

억지로든잠 깨여나
창문열고 내다보니
님의 형적은 간곳없네
다만 남은건 명월이로다
얼씨구 절씨구 지화자자 절씨구

춘풍화류 번화시에
애를 긇는 저두견아
허다공산 어데두고
내창전에 왜와우느냐
얼씨구 절씨구 지화자자 절씨구

(박정열 창, 조성일 채집)

노래가락(3)

왔소 나 여기 왔소
천리타향 나 여기 왔소
바람에 불려왔나
구름속에 싸여왔나
아마도 나여기 온것은
님을 보려고

말없는 청산이요
태없는 류수로다
값없는 청풍이요
임자없는 명월이라
그중에 병없는 이몸이
분별없이 늙으리라

유자도 나무련만
한가지에 둘씩 셋씩
광풍이 건듯 불어도
떨어질줄 왜 모르나
이몸도 유정한 님만나
저 유자같이 살아보자

(박정렬 창, 김태갑 채집)

노래가락(4)

헤에 앞동산 봄춘자요

뒤동산에는 푸를청자
가지가지는 꽃화자요
굽이굽이는 내천자라
꽃꺾어 머리에 꽂고
잎은 따서요 입에다 물고
뒤동산에 올라가 앉아
피리를 불구나니
길가는 행인이
요길을 못가고 걸음 멈추네
꽃이야 곱다마는
가지가 높아서 못꺾겠네
꺾던지 못꺾던지
그 꽃 이름이나 짓고서 가오
꺾으면 단정화요
못꺾으면 무정화라

(리순렬 창, 리황훈 채보)

노래가락(5)

노세 젊어노세 늙어지며는 못노나니
화무는 십일홍이요 달도 차며는 기우나니
인생일장춘몽에 제 아니 놀지를 못하리라
호접접봉 나비쌍쌍 양류청산에 꾀꼬리 쌍쌍
날짐승도 길버러지도 작을 지여서 노는데
우리도 좋은님 만나면 짝을 지어서 놀아를 보세 헤
록수청강 흐르는 물에 상추를 씻는 저 처자야

겉에겉잎을 다제쳐놓고 속에곧잎을 빌기시요
여보 당신이 언제 날알았다고 속에속잎을 빌리라 하오헤
말은 가자고 굽을 치고요 님은 날잡고 놓지를 않소
님아님아 날잡지 말고야 저 지는 해를 머물러라
불같은 사랑은 님이려니와 나의 갈길이 천리로다
                    (김창수, 리경조 창, 리황훈 채보)

사발가(1)

석탄백탄 타는데
연기만 폴폴 나구요
요내 가슴 타는데
연기도 김도 안나네
에헤 에헤요
어여라난다 디여라
허송세월을 말어라

님오실 때 되었는데
원쑤놈의 비바람
님가신 곳을 알아야
나막신 우산을 보내지
에헤 에헤요
어여라난다 디여라
허송세월을 말어라

열두주름 치마폭

갈피갈피 맺힌 설음
초생달이 기울며는
줄줄이 상쌍이 눈물이라
에헤 에헤요
어여라난다 디여라
허송세월을 말어라

장래없는 기생의 몸
죽으나 사나 일반이요
임자있는 님의 님께
정은 들여서 무엇하나
에헤 에헤요
어여라난다 디여라
허송세월을 말어라

(박정열 창, 리인희 채보)

주: 경기 민요의 하나인데 《사발가》의 전신은 《수렵가(狩獵歌)》였는데 의병전사들이
    가사를 고쳐서 즐겨 불렀다고 한다. 례를 들면 「신식상발 메구서/ 으시대지 말어라/화
    승대를 가지고도 / 호랑이 열마리 잡았다……우리 군사 나갈 때는/ 만수천림이 우격하
    고 / 적의 군사 오며는 / 림우비비 장마지소」 이런식으로. 그때부터 곡명은 《發射歌
    》즉 적에게 탄알을 발사하는 뜻의 노래였다고 한다. 그러다가 일제의 탄압을 피하기
    위하여 『발사』를 거꾸로 붙여 『사발』로 만들었다는것이다. 물론 이것은 한가지 설. 진
    짜 식사도구로서의 사발을 노래한 《사발가》도 있다.

사발가(2)

양푼아 사발아 돌아라 팽글팽글 돌아라
너도 한세상 났다가 제물에 살짝 녹았구나

에헹 에헹 에헤야 하 어여라난다 디여라
허송세월을 말아라

사발장사가 십오년에 사발하나도 못남기고
옥양목보선이 열두컬레 날건달 만나서 다 불어먹었네
에헹 에헹 에헤야 하 어여라난다 디여라

석탄 백탄 타는데 연기만 팔팔 나고요
요 내 가슴 타는데 연기도 김도 안나누나
에헹 에헹 에헤야 하어여라난다 디여라
(서인순 창, 김태갑 채집)

타령(1)

긴풀야 있는덴 호미손 가고
님이야 있는덴 눈까지 가누나
아이공 데이공 성화로다

호미질은야 한두번 하고
곁눈질은야 열두번 하누나
아이공 데이공 성화로다

연분홍 저고리 남깃 소매
너입기 좋고 나보기 좋구나
아이공 데이공 성화로다

명사십리에 해당화 피고
요내 가슴에 사랑꽃 핀다
아이공 데이공 성화로다

보지도 못하는 님 불러다가
아차 손만 찍었구나
아이공 데이공 성화로다

집에다 두고 못보는 님은
님이 아니고 내 원쑤로다
아이공 데이공 성화로다.

(조종주 창, 김태갑 채집)

주: 《타령》은 물론 《소리》와 모종의 구별이 있다. 한마디로 《타령》은 《소리》보다
더 세련되였고 한다. 또 대체적으로 타령은 남자들이 불렀고 또 후렴이 있다고 한다.
그러나 《타령》은 《소리》, 《잡가》 심지어는 《노래》와도 다 통하는 경우가 많다.
여기서 수록하는것은 모두 애정요에 속하는것들이다.

타령(2)

연분홍 저고리 남깃 소매
너입기 좋고 나보기가 좋구나
아이공 아이공 성화로구나

명사십리에 해당화 피고
요내 가슴에 사랑꽃 핀다
아이공 아이공 성화로구나

여울의 차들은 부대껴 희고
이내몸 부대껴 머리털 세누나
아이공 아이공 성화로구나

갈밭에 뜬달은 기러기 알고요
이내속 달뜬건 그누가 알가
아이공 아이공 성화로구나

(조종주 창, 김태갑 채집)

타령(3)

깔기둥깔기둥 깔보디 말고
내속을 풀어서 말좀하렴
보름새 무명 열닷잎치마
님싸구 돌래기다 난봉이 났구나

깔기둥깔기둥 깔보디 말고
내속을 풀어서 말좀하렴
보구나푸며는 와서나 보디
보고픈 사정은 뉘기와 하노

깔기둥깔기둥 깔보디 말고
내속을 풀어서 말좀하렴
계집녀변에 아들자 한자
너하구 나하구 좋을 호자로다

깔기둥깔기둥 깔보디 말고
내속을 풀어서 말좀하렴
갓머리안에 계집녀자 한자
너하구 나하구 편안한 자로다

(창, 채보 미상. 연변음악가협회 편 ≪민요곡집≫에서)

뽕타령

에헤엥 에헤야
얼싸 네로구나
얌전한 처녀가
에루화 나는 좋더라
뽕밭에 들어
뽕따는 처녀야
곁눈질 말고서
에루화 뽕이나 따거라

에헤엥 에헤야
얼싸 네로구나
의젓한 총각이
에루화 나는 좋더라
사래긴 밭에
김매는 총각아
실없는 소리에
에루화 일늦어 간다

에헤엥 에헤야
얼싸 네로구나
얌전한 처녀가
에루화 나는 좋더라
서산마루에
해가 질란다
남은 뽕밭에
에루화 뽕이나 따거라

에헤엥 에헤야
얼싸 네로구나
의젓한 총각이
에루화 나는 좋더라
뽕두 좋구요
그 맘도 좋으나
소문이 날가봐
에루화 나는 싫소

에헤엥 에헤야
얼싸 네로구나
(남)얌전한 처녀가
(녀)의젓한 총각이
에루화 나는 좋더라.

(최정숙 창, 리황훈 채보)

주: 서도민요. 뽕따는 처녀와 김매는 총각의 가슴에 싹트는 아름답고 깨끗한 사랑을 소박
하고 생동하게 노래하고있다.

뽕 따러 가세

뽕따러 가세 뽕따러 가세
너와 나 단 둘이서 뽕따러가세

뽕두나 딸겸 님두나 볼겸
겸사 겸사 하여서 뽕 따러가세

빠마머리 화장에 향수내는 피여
숫총각의 가슴을 네가 다녹이누나

열두시에 오라고 시계를 줬더니
일이삼사 몰라서 새루 한시 왔구나
　　　　　　　　　(창 미상, 허원식 채보)

삼동주[1]타령

사면 십리 릉파속으로
처녀총각이 오락가락 하누나
아 에야에리와 얼사
삼동주야 지화자 좋다

명사십리 해당화야
곷이 진다고 네가 설어 말어라
아 에야에리와 얼사
삼동주야 지화자 좋다

양양강수 파도치는 물에
고기 잡는 어선 배로구나
아 에야에리와 얼사
삼동주야 지화자 좋다

매화도화 만발한데
처녀총각이 꽃놀이 하누나
아 에야에리와 얼사
삼동주야 지화자 좋다

수양버들 가지에서 우는 꾀꼴새
꽃꺾는 처녀의 마음 설레게 하노라
아 에야에리와 얼사
삼동주야 지화자 좋다

(오동환 창, 리황훈 채보)

주: 1) 삼동주란 산동주(山東紬)의 변음, 즉 중국의 산동에서 나는 비단 이름인 이 민요는
　　거기에 기탁하여 사랑을 읊었다는 설이 있다.

총각타령

머리머리 밭머리
동부따는 저큰애기
머리끝에 드린댕기
공단인가 대단인가
공단이면 나좀주게
뭘하랴고 달라는가

망건탕건 꿰여쓰고
자네집에 장가갑세
장가랑은 오소마는
눈비올제 오지말게
우산갓모 걸데없네
갓몰랑은 깔고자고
우산일랑 덮고자세
잠잘적에 꾸는꿈은
무릉도화 부럽잖고
같이잡고 거닐적엔
비바람도 거침없네
풍파속에 사는세상
님놔주고 어이갈가
장가들러 어서오소.

(신인순 창, 리황훈 채보)

각시타령

저녁에 마실을 즐겼더니
홍당목치마가 열두챌레

저녁을 먹구서 썩 나서니
이웃집 김도령 눈짓하네

손짓을 하여도 모르는데
눈짓을 하여서 누가 알가

총각랑군을 좋다 했더니
우리집 서방님 상투벴네

상투만 베며는 총각인가
뒷머리 따야만 총각이지.

간데족족 정들여놓고
리별이 잦아서 못살겠네

알금에 삼삼에 키큰 처녀
걸음만 걸어도 향내가 나네

네가야 잘나서 일색이냐
내 눈이 어두워서 일색이지

총각아 총각아 유담한 총각아
말 많은 내 집에 왜 왔는가

말 많은 내 집에 왔거들랑
말이나 없이 그냥 가지

남 죽고 나 살면 무엇하나
한강수 깊은 물에 **빠져죽지**

빠져나 죽으면 무엇하나
그냥저냥 살다보지

한강수 물이 깊다더니
빠져나 보니 허리에 오네

아실아실 춥고서 골머리 앓아
아가씨야 성님아 날 살려라

아실아실 추운 병은 누가 준 병
아실아실 추운 병은 임자가 준 병

갈보야 칠보야 꼴내지 말아
돈없는 건달이 속상한다.

(림분수 창, 리황훈 채보)

장산곶타령

장산곶 마루에 북소리 나더니
오늘도 상봉에 님만나 보겠네
에헤야 에헤야 에헤
에헤야 님만나 보겠네

바람새 좋다고 돛달지 말구요
몽금의 포구에 들렀다 가렴아
에헤야 에헤야 에헤
에헤야 드렸다 가렴아

앞강에 뜬배는 낚시질 배구요
뒤강에 뜬배는 님싣고 온배라
에헤야 에헤야 에헤
에헤야 님싣고 온배라.

(우옥란 창, 김태갑 채집)

주: 장산곶이라면 황해도 룡연군에서 서해를 끼고있는 지대인데 해수욕장으로 유명하다. ─── 말한다. 서쪽으로 조기가 잘 잘잡히는 몽금포가 있다. 이 노래는 아리랑의 여러 변종에 도 영향을 끼쳤다.

진도녀성의 노래

얼씨고 절씨구 애야
어떻게 놀며는 좋을가
요렇게 놀며는 좋지
아들을 낳으려거든
귀동자로만 낳고
딸자식을 낳을라거든
날같은것을 낳지
얼씨구 절씨구 애야
어떻게 놀며는 젛을가
요롷게 놀며는 좋지
풀망태 둘러메고
풀이나 베러 가자
가자가자 어서 가자
어제 가본데 어서가자
얼씨구 절씨구 애야
어떻게 놀며는 좋을가
요롷게놀며는 좋지

(김우상 창, 김태갑 수집)

산아지타령

강산이 무너져
평토가 되면 되었지
네맘과 내맘이
다시 변할소냐
나지지나지지 허허나는구나
어여라 산아지로구나

간장물이 얼구
소금이 쉬면 쉬였지
네맘과 내맘이
다시 변할소냐
나지지나지지 허허나는구나
어여라 산아지로구나

          (우제강 창, 김태갑 채집)

물동이타령

물길러 가세 물길러 가세
저고개 너머로 물길러 가세
아무렴 그렇지
물도 길겸 님도 볼겸 겸사겸사
어화 두둥둥 내사랑아

총각랑군 오는길 내다보다

콩끓이 한가마 다 넘겨버렸네
아무렴 그렇지
열넘는 식솔이 또 한끼 굶었네
어화 두둥둥 내사랑아

총각랑군 주려고 낟가리틈에
엿사다 넣었더니 슬슬동풍에
아차 다 녹았네
돈 닷돈칠푼이 다 녹아났구나
어화 두둥둥 내사랑아.

(리상순 창, 김태갑 채집)

느리개타령(1)

앞강에 양버들
경치가 좋아서 보았나
물긷는 아가씨의
허리매 보자고 보았다
닐 닐 닐 닐
느리구절싸 늘여라
여라문 댓발 늘여라

앞남산 뒤남산
개나리 진달래 피였는데
앞뒤골 색시도
산나물 뜯으러 간다

닐 닐 닐 닐
느리구 절싸 늘여라
여라문 댓발 늘여라

봄바람 실바람
겨드랑아래서 놀구요
큰애기 허리엔
나비떼 붙어서 돌아간다
닐 닐 닐 닐
느리구절싸 늘여라
여라문 댓발 늘여라

명사십리
해당화가 만발인데
안 나던 님의 생각
에루화 저절로 난다.
닐 닐 닐 닐
느리구절싸 늘여라
여라문 댓발 늘여라

(조종주 창, 김태갑 채집)

느리개타령(2)

앞내강변엔 금붕어가 놀고요
후원 초당엔 에루화 봉접이 노누나
닐닐닐닐 느리고 절싸 말말어라
서서섬마 정두 좋다 네가야 내사랑아

명사십리 해당화가 만발인데
안나던 님의 생각 에루화 저절로 나누나
닐닐닐닐 느리고 절싸 말말어라
서서섬마 정두 좋다 네가야 내사랑아

영산홍로 꽃바람 불어오는데
건너집 김도령 꽃놀이 가잔다
닐닐닐닐 느리고 절싸 말말어라
서서섬마 정두 좋다 네가야 내사랑아

심산유곡엔 뻐꾹새 울고요
창해록림엔 에루화 갈매기 떠논다
닐닐닐닐 느리고 절싸 말말어라
서서섬마 정두 좋다 네가야 내사랑아

기암로송엔 청학백학이 춤을 추고
시내강변엔 에루화 꾀꼴새 노래부른다
닐닐닐닐 느리고 절싸 말말어라
서서섬마 정두 좋다 네가야 내사랑아

(박정열 창, 조성일 채집)

느리개타령(3)

앞남산 뒤동산 개나리 진달래 꽃피는데
앞뒤골 큰애기들 산나물 캐러나선다
니리 니리리 닐리리 니리구 늘씬 느렸소
엉얼싸 말말어라 열아문 다섯발 느렸지

우물가 실버들 경치가 좋아서 보았나
물긷는 처녀의 몸새가 고와서 보았지
니리 니리리 닐리리 니리구 늘씬 느렸소
엉얼싸 말말어라 열아문 다섯발 느렸지

봄바람 실버들 가드랑밑에 넘노는데
큰애기 치마폭에 나비데 모여서 넘논다
니리 니리리 닐리리 니리구 늘씬 느렸소
엉얼싸 말말어라 열아문 다섯발 느렸지

보리밭에 종달새 한길을 모으며 조지리
두길을 모으며 종지리 봄노래만 부른다
니리 니리리 닐리리 니리구 늘씬 느렸소
엉얼싸 말말어라 열아문 다섯발 느렸지
(조종주 창, 리황훈 채보)

꾼대타령

비둘기 맘성은 콩밭에 있고
요내 맘성은 너한테 있다
허이 꾼대꾼대리야

담배씨 같은야 잔사정은
언제나 만나서 풀어나볼가
허이 꾼대꾼대리야

물동애소리 딸가닥 나더니
다래줄 추파에 날 오라누나
허이 꾼대꾼대리야

걸음을 걸어라 활개를 쳐라
네 좋은 맵시는 내 보아줄가
허이 꾼대꾼대리야

(조종주 창, 김태갑 채집)

꿈배타령

저녁을 먹구서 썩 나서니
겨묻은 손으로 날 오란다
꿈배야 꿈배야[1]
꿈배나 챙챙 깽꿈배로다

정든님 마당엔 지남철 폈는지
갓신바닥이 안떨어지누나
꿈배야 꿈배야
꿈배나 챙챙 깽꿈배로다 음음

너나 눈띠는 낚시나 눈띤지
사람을 보며는 탁 걸구채누나
꿈배야 꿈배야
꿈배나 챙챙 깽꿈배로다 음음

뒤문밖에 씨래기타랑구[2]
바람만 불어두 날 속이누나

꿈배야 꿈배야
꿈배나 챙챙 깽꿈배로다 음음

아따 요자식 치마끈 놓아라
물명주 호실이 다 녹아난다.
꿈배야 꿈배야[1]
꿈배나 챙챙 깽꿈배로다 음음
                    (조종주 창, 김태갑 채집)

주: 1) 꿈배- 즉 곰배. 흙덩이를 마스는 농기구의 일종.
   2) 씨래기타랑구- 시래기타래.

닐리리타령(1)

느리구 절싸 말말어라
허리구 절싸 말말어라
들창밖에 내리는 비는
금년가을 풍년비요
이 산골 처녀들과
백년가약을
허디구 절싸 맺는구나
니릴니릴 닐리리타령 좋다
닐니리가 닐리리 닐리리가 닐리리
니나노 나노가 나노냐

니나노 나노가 나노냐 닐 닐리리 닐리야

공기봉에 얽힌 구름
흰띠 매고 노는구나
저건너 산굽이에
불끈 솟은 저 해님은
이 산골 목동들과
저 산골 농부들이
닐리리타령에 춤추며
즐기는 모습 내려보나
니릴니릴 닐리리타령 좋다
닐니리가 닐리리 닐리리가 닐리리
니나노 나노가 나노냐
니나노 나노가 나노냐 닐 닐리리 닐리야

닐리리 타령이 좋다하니
어깨춤이 절로 난다
저건너 서산에 해떨어지니
오늘 일도 다 했노라
니릴니릴 닐리리타령 좋다
닐니리가 닐리리 닐리리가 닐리리
니나노 나노가 나노냐
니나노 나노가 나노냐 닐 닐리리 닐리야

(박정렬 창, 김태갑 채집)

주: 민요. 중부 민속놀이요의 하나. 기본적인것은 남녀사이의 애정관계를 노래한것이다.
　　가사의 구성에서 특징적인것은 『닐리리랴』, 『니나니난실』 등 어구들을 자주 반복하면
　　서 사이사이에 뜻있는 어구들을 기워넣는것이다. 민요의 선률은 단순하고 흐름이 순조
　　로우며 부드럽고 연하다. 변형된것도 많다.

닐리리타령(2)

닐리리야 닐리리야
니나노난시가 내가 돌아간다
닐닐 닐리리 닐리리야
니나논난시가
내가 돌아간다

노다가요 노다가요
저당이 지도록 노다가요
닐닐 닐리리 닐리리야
니나논난시가
내가 돌아간다

이왕지사 왔던김에
발치잠이나 자고가요
닐닐 닐리리 닐리리야
니나논난시가
내가 돌아간다
왜왔던고 왜 왔던고
울리고 갈길을 왜 왔던고
닐닐 닐리리 닐리리야
니나논난시가
내가 돌아간다

청사초롱 불밝혀라
그리운 랑군 찾어나가자
닐닐 닐리리 닐리리야
니나논난시가

내가 돌아간다

(김수옥 창, 리황훈 채보)

닐리리(1)

닐 닐 닐 닐
니리구 절싸 말말어라
서섬마 정 좋다
에구나 못살겠네
앞정갱이 와지끈 부서져도
내님을 따라서
가리나 갈가보다

닐 닐 닐 닐
니리구 절싸 말말어라
간데족족
정이나 정들여놓고
리별이 잦아서
에구나 못살겠네
내님을 따라서
가리나 갈가보다

닐 닐 닐 닐
니리구 절싸 말말어라
갈키갈키
네가 곁눈질 말고

네속을 풀어서
하고푼 말을 해라
내님을 따라서
가리나 갈가보다

　　　　　　　　(김우상 창, 김태갑 채집)

갑산닐리리

산도 설고 물도 선데
고향생각이 절로 난다
닐닐닐 닐리리야

날버리고 가시는 날
륜선에 앉아도 발탈이 난다
닐닐닐 닐리리야

간다 간다 나는 간다
너를 버리고 나는 간다
닐닐닐 닐리리야

　　　　　　　　(창 미상, 고재성 채보)

태평가

짜증은 내여서 무엇하나 성화는 내여서 무엇하나
인생 일장춘몽인데 아니나 노지는 못하리라

닐리리야 니나노   얼싸 좋아   얼씨구 좋다
봄나비는 이리 저리 훨훨 꽃을 찾아서 날아든다

춘하추동 사시절에 소년 행락이 몇번인가
술취하여 흥이 나니 태평가나 불러보자
닐리리야 니나노   얼싸 좋아   얼씨구 좋다
봄나비는 이리 저리 훨훨 꽃을 찾아서 날아든다

청사초롱에 불 밝혀라 잊었던 랑군이 다시 온다
공수래 공수거 하니 아니 노지는 못하리라
닐리리야 니나노   얼싸 좋아   얼씨구 좋다
봄나비는 이리 저리 훨훨 꽃을 찾아서 날아든다

작작요요 도리화는 장안호접 구경이요
금장병풍 모란화는 부귀자의 번화로다
닐리리야 니나노   얼싸 좋아   얼씨구 좋다
봄나비는 이리 저리 훨훨 꽃을 찾아서 날아든다

개나리 진달래 만발해도 매란국주만 못하느니
사군자절개를 몰라주니 이보다 큰 설음 또 있는가
닐리리야 니나노   얼싸 좋아   얼씨구 좋다
봄나비는 이리 저리 훨훨 꽃을 찾아서 날아든다

학도 뜨고 봉도 떴다 강산 두루미 높이 떠서
두 나래 훨훨 펴고 우줄우줄 춤을 춘다
닐리리야 니나노   얼싸 좋아   얼씨구 좋다
봄나비는 이리 저리 훨훨 꽃을 찾아서 날아든다

만경창파 푸른 물에 쌍돛 단 배야 게 섰거라

싣고 간 님은 어디두고 너만 외로히 오락가락
닐리리야 니나노 얼싸 좋아 얼씨구 좋다
봄나비는 이리 저리 훨훨 꽃을 찾아서 날아든다

장장추야 긴긴 밤에 실솔의 소리도 처량하다
님을 그리워 젖는 벼개 어느 누구가 알아주리
닐리리야 니나노 얼싸 좋아 얼씨구 좋다
봄나비는 이리 저리 훨훨 꽃을 찾아서 날아든다
(창, 채보 미상, 연변 동북군정대학길림분교
교사연구회편 ≪60청춘 닐리리≫에서)

헤이야 노야 노야

으스름 달밤에 개구리 울고요
시집 못간 처녀들이 안달아 났구나
헤이야 노야 노야 헤이야 노야 노
어기여차 배놀이 가잔다

사람이 살며는 몇백년 사나요
고달파라 인생살이 한도 많구나
헤이야 노야 노야 헤이야 노야 노
어기여차 배놀이 가잔다

연지 찍고 분바르고 택시를 탔더니
능글맞은 운전수가련애하잔다
헤이야 노야 노야 헤이야 노야 노

어기여차 배놀이 가잔다

님이 죽고 렬녀가 살면 렬녀가 되나요
동지섣달 긴긴 밤에 한숨만 나누나
헤이야 노야 노야 헤이야 노야 노
어기여차 배놀이 가잔다

네가 먼저 살자고 꼬리를 흔들었지
내가 먼저 살자고 성화를 부렸나
헤이야 노야 노야 헤이야 노야 노
어기여차 배놀이 가잔다

잔치날에 잘 먹으려고 사흘을 굶었더니
잔치날에 배탈이 나서 쫄딱 굶었다네

(창, 채보 미상. 연변 동북군정대학길림분교
교사연구회 편 ≪류십청춘닐리리≫에서)

군밤타령

바람이 분다(오냐)
바람이 불어(옳지)
건너남산에 에헤에라
꽃바람 부누나(하좋네)
밤이로구나

구경가세(오냐)
구경을 가세(옳지)

금강산으로 에헤에라
산구경 가잔다(하좋네)
군밤이요 삶은밤이로구나

달맞이가자(오냐)
달맞이가자(옳지)
강릉 경포대 에헤에라
달맞이 가잔다(하좋네)
군밤이요 삶은밤이로구나

너는 처녀(오냐)
나는 총각(옳지)
처녀총각이 에헤에라
막놀아나누나(하좋네)
군밤이요 삶은밤이로구나

님 어데갔소(오냐)
님 어데갔소(옳지)
시내강변에 에헤에라
빨래질 갔단다(하좋네)
군밤이요 삶은밤이로구나.

(박정렬 창, 김태갑 채집)

난봉가

난봉이 났고나 야주야실 난봉이 났구나요
나무집 귀동자 야주실 난봉이 났구나

에헹 이이 엥에용 어절만 시리나 둥둥
아주 실난봉이 났구나

가며는 가고서 아주야실 말며는 말엇지
네잡놈 걸음 따라 내가돌아니 갈소냐
에헹 이이 엥에용 어절만 시리나 둥둥
아주 실난봉이 났구나

(우옥란 창, 고자성 채보)

주: 난봉이란 허랑방탕한 짓 혹은 그런 짓을 하는 사람을 말한다. 어떤 사라들이 난봉을
　　難逢 즉 서로 만나기 어렵다는것으로 해석하는데 정확한것 같지 않다. 이 애정요는 허
　　랑하고 방탕한 짓에 기탁하여 참다운 사랑을 하기 힘들다는 내용의 민요로 해석하는
　　것이 옳다고 생각한다.

중난봉가

아하하 헤에헤야 에
에헹 에헤야 어럼마
둥둥 내 사랑아 하하
정방산성 초목이 무성한데
밤에나 울 닭이 대낮에 운다

아하하 헤에헤야 에
에헹 에헤야 어럼마
둥둥 내 사랑아 하하
고향산천 떠난지 수십년에
학발쌍친이 안녕하시드냐

아하하 헤에헤야 에
에헹 에헤야 어렴마
둥둥 내 사랑아 하하
백일청천 떠나는 기럭아
북방의 소식을 전하여주렴

아하하 헤에헤야 에
에헹 에헤야 어렴마
둥둥 내 사랑아 하하
유정고인을 갱상봉하니
보낼송자가 난감이로구나

나는 좋데 나는 좋데
사면십리가 나는 좋데
아하하 헤에헤야 에
에헹 에헤야 어렴마
둥둥 내 사랑아 하하

앞강에 뜬 배는 님실은 배야
뒤강에 뜬 배는 낚시질 배라
아하하 헤에헤야 에
에헹 에헤야 어렴마
둥둥 내 사랑아 하하

수야모야 다 모인곳에
정가는 곳은 한곳뿐이다
아하하 헤에헤야 에
에헹 에헤야 어렴마
둥둥 내 사랑아 하하
                    (우옥란 창, 원봉훈 채보)

긴난봉가

에헤에헤이요 에헤헤요
어렴마 둥둥 내 사랑아
간다 간다 내가 돌아간다
어덜떨거리구 나는 간다
에헤에헤이요 에헤헤요
어렴마 둥둥 내 사랑아

만경창파 둥둥 떠나는 제 배야
게 잠간 닻줘라 말 물어보자
에헤에헤이요 에헤헤요
어렴마 둥둥 내 사랑아

고향산천 떠난지 수십년에
학발쌍친이 안녕하시드냐
에헤에헤이요 에헤헤요
어렴마 둥둥 내 사랑아

간다 간다 나는 돌아간다
우리님 따라서 나 돌아간다

사면도 십리창 룽파속에
님 가는 종적이 막연하구나
에헤에헤이요 에헤헤요
어렴마 둥둥 내 사랑아

님이라 생긴것은
날과나 백년 원쓰로다

에헤에헤이요 에헤헤요
어럼마 둥둥 내 사랑아

오르며 내리며 보채는 경상에
충신집 렬녀가 막 무가내로다
에헤에헤이요 에헤헤요
어럼마 둥둥 내 사랑아

　　　　　　　(조중주 창, 원봉훈 채보)

잦은 난봉가(1)

넘어넘어간다 넘어간다
잦은 난봉가 훨훨 넘어간다
에헤 에헹헤 에헤 에헤야
어럼마 지여라 내 사랑아

세월아 봄철아 오구 가지를
아까운 청춘이 다 늙어간다
에헤 에헹헤 에헤 에헤야
어럼마 지여라 내 사랑아

탐화봉접아 네가 자랑 말아
락화가 지며는 허사로구나
에헤 에헹헤 에헤 에헤야
어럼마 지여라 내 사랑아

후원담정 넘나드는 봉접아
무서운 거미줄 조심조심 넘어라
에헤 에헹헤 에헤 에헤야
어럼마 지여라 내 사랑아

꽃피인 후에는 열매가 맺고
고난을 이기면 만날봉자로다
에헤 에헹헤 에헤 에헤야
어럼마 지여라 내 사랑아

송죽은 군자절이라 했으니
남자의 마음이라 다시 변할소냐
에헤 에헹헤 에헤 에헤야
어럼마 지여라 내 사랑아

로가지 향남게다 쌍그네를 매고
님하고 나하고 단둘이 뛰자
에헤 에헹헤 에헤 에헤야
어럼마 지여라 내 사랑아

시집을 못살면 본가집 살지
난봉가 못하군 난 못살겠네
에헤 에헹헤 에헤 에헤야
어럼마 지여라 내 사랑아

(리현규 창, 김봉관 채보)

잦은 난봉가(2)

넘어넘어 간다 넘어넘어 간다
자즈은 난봉가로 훨훨 넘어간다
에에에 헤헤양 에에흐어어양
어아허야 더이허야 내 사랑아

난봉이 났네 난봉이 났네
여드레 팔십리에 줄난봉이 났다
에에에 헤헤양 에에흐어어양
어아허야 더이허야 내 사랑아

간지간지 별의 별간지속에
뚝뗴구 보니까 만날 봉자로구나
에에에 헤헤양 에에흐어어양
어아허야 더이허야 내 사랑아

내 사랑아 천길만길 덜어져만 살아두
그대정만 떨어져 나는 못살리라
에에에 헤헤양 에에흐어어양
어아허야 더이허야 내 사랑아

(구룡환 창, 리황훈 채보)

사설난봉가

왜 생겼나 왜 생겼나
요다지 알뜰히 왜 생겼나

왜 생겼나 왜 생겼나
요다지 알들히 왜 생겼나
무쇠풍구에 돌풍구가
사람의 간장을   다 녹여낸다
에헤 에헤야 어허허 더허야 하
내 사랑이라

앞집처녀 시집을 가구
뒤집에 총각 목메러 간다
앞집처녀가 시집을 가구
뒤집에 총각 목메러 간다
사람이 죽는 건 아깝지 않으나
새끼 서발이 다달아난다
에헤에헤야 어허야 더허야
내 사랑이라

(한종덕 창, 리황훈 채보)

박연폭포

박연폭포
흘러내리는 물은
범사정으로
감돌아든다
에헤에야 에루화 좋구좋다
어럼마 지여라 내 사랑아

바람아 부지말아
네가 텅텅 부지말아
휘여진 정자나무
잎이 다 떨어진다
에헤에야 에루화 좋구좋다
어럼마 지여라 내 사랑아

앞강에 뜬배는
낚시질 배구요
뒤강에나 뜬배는
님을 싣고오는 배라
에헤에야 에루화 좋구좋다
어럼마 지여라 내 사랑아

(박정렬 창, 김태갑 채집)

주: 중부민요. 원래 곡명은 ≪개성난봉가≫박연폭포의 아름다운 절승경개와 조국산천을
   자랑스럽게 노래하고있다. 천길나락에로 폭포수가 쏟아져 내리는듯 첫시작부터 고음
   구에서 시작되는 이 노래의 선률은 시원하면서도 상쾌한 정서적 감흥을 불러일으킨다.

배꽃타령

배꽃일세 배꽃일세
큰애기 얼굴이 배꽃일세
얼씨구나 야라야라
절씨구나 좋다
얼싸절싸 지화자 멋이로구나
둥기당기당실 멋이로구나

련꽃일세 련꽃일세
큰애기 얼굴이 련꽃일세
절씨구나 좋다
얼싸절싸 지화자 멋이로구나
둥기당기당실 멋이로구나

도화로세 도화로세
큰애기 얼굴이 도화로세
절씨구나 좋다
얼싸절싸 지화자 멋이로구나
둥기당기당실 멋이로구나

행화로세 행화로세
큰애기 얼굴이 행화로세
절씨구나 좋다
얼싸절싸 지화자 멋이로구나
둥기당기당실 멋이로구나

매화로세 매화로세
큰애기 얼굴이 매화로세
절씨구나 좋다
얼싸절싸 지화자 멋이로구나
둥기당기당실 멋이로구나

모란일세 모란일세
큰애기 얼굴이 모란일세
절씨구나 좋다
얼싸절싸 지화자 멋이로구나
둥기당기당실 멋이로구나

(우옥란 창, 김남호 채보)

홍타령(1)

천안삼거리 홍
능수나 버들은 홍
제멋에 겨워서
흐늘어졌구나 홍
에루화 좋구나 홍
성화가 났구나 홍

은하작교가 홍
딱 무너졌으니 홍
건너갈 길이
망연하구나 홍
에루화 좋구나 홍
성화가 났구나 홍

우리님 동창에 홍
저달이 비치면 홍
상사불견에
잠 못자리라 홍
에루화 좋구나 홍
성화가 났구나 홍

저 달아 보느냐 홍
님계신데 홍
명기[1]를 빌려라
나도 잠간 볼거나 홍
에루화 좋구나 홍

성화가 났구나 홍

세우동풍[2]이 홍
바람인줄 알았더니 홍
정든님 수심의
한순이로구나 홍.
에루화 좋구나 홍
성화가 났구나 홍

(우제강 창, 김태갑 채집)

주: 1) 명기- 밝은 기운, 즉 밝은 빛을 말함.
　　2) 세우동풍- 잔잔한 비를 뿌리는 동풍.

흥타령(2)

오르며 내리며 나막신 소리에 홍
물만두 이밥에 중치가 메주나 홍
에루화 데루화 능수나 버들은 홍
제멋에 겨워서 척 늘어졌구나 홍

오르며 내리며 잔기침 소리에 홍
밥먹던 숟가락 공방질 뛰누나 홍
에루화 데루화 생성화 났다지 홍
에루화 데루화 생성화 났다지 홍

(김명녀 창, 리황훈 채보)

기나리

바람새 좋다구 돛달지 말고
몽금의 포구에 들렸다 가렴

이랑 길고 뚝 높은 밭에
님 넘겨 불래기 목늘어나누나

총각아 참외 사다 배꼽 따보고
새뻘건 참외는 넘겨다오

넌 어머니 몰래 쌈지 기워주렴
난 아버지 몰래 짚신 삼아주마.

(조종주 창, 김태갑 채집)

하두 속상해

아 하두 속상해 못살겠네
삼각산 가루 막혀
가슴이 답답해 못살겠네
언제는 찾아오고 리별이 웬 소린가
아니아니 놀지는 못하겠네
아니아니 놀지는 못하겠네
나오신다 하하 나오신다
도적놈 쪼끼에 돈 나오고
굿거리 장단에 춤나온다
이 장단에 춤못추면

어느 장단에 춤을 추랴
얼씨구 후 절씨구 후야
건들렁거리구 놀아보자

(신영배 창, 김원창 채보)

오돌독[1]

보고도 못본체
　　그렇게 본숭만숭
안보면 보고저
　　눈알이 말똥말똥
둥그레당실 둥그레당실
　　너도 당실
련자[2]버리고 달도 밝은데
내가 어디로 갈거나

한나산 꼭대기
　　실안개 본숭만숭
어린 가장 품안에
　　잠이나 잔숭만숭
둥그레당실 둥그레당실
　　너도 당실
련다 버리고 달도 밝은데
내가 어데로 갈거나.

(조종주 창, 김태갑 채집)

주: 1) 오돌독- 돈 벌러 나갔다가 배가 파산되여 제주도로 떠내려가 구원된 사람이 오돌독

이란 별명을 가졌음. 이 노래는 오돌독이 자기 애인을 사모하여 부른 노래라 한다.
2) 런자- 사랑하는 사람

사랑가(1)

사랑사랑 내 사랑아
동정칠백 월하초[1]에
무산같이 높은 사랑
목란무변 수여천[2]
창해같이 깊은 사랑
오산전 달밝은데
추산천봉 완월사랑[3]
유유락일 월영간[4]에
도리화개 비친 사랑
섬섬초월 분백한데[5]
함소삼태 숫한 사랑
월하에 삼생연분
너와나와 만난 사랑
허물없는 부부사랑
화우동산 목단화같이
펑퍼지고 고운 사랑
연평바다 그물같이
얽히고 맺힌 사랑
은하직녀 직금같이
올올이 이은 사랑
청류미녀 침금같이
혼솔마다 감친 사랑

시내가 수양같이
청처지고 늘어진 사랑
남창북창 로적같이
다물다물이 쌓인 사랑
은장옥장 장식같이
모모이 잠긴 사랑[6]
영산홍로 봄바람에
넘노나니 황봉백접
꽃을 물고 즐긴 사랑
록수청강 원앙같이
마주 둥실 떠노는 사랑
넌년칠월 칠석야에
견우직녀 만난 사랑
명사십리 해당화같이
연연이 고운 사랑
네가 모두 내 사랑이로구나
어화 둥둥 내 사랑아
어화 내간간 내 사랑아로구나.

(최성범 창, 김태갑 채집)

주: 1) 동정칠백월화초- 동정호칠백리에 처음 달이 비칠 때.
　　2) 목락무변수여천- 나뭇잎이 가없는 물에 떨어짐.
　　3) 추산천봉완월사랑- 천개 봉우리에서 갈구경함.
　　4) 유유락일월영간- 뉘엿뉘엿 해가 진 뒤 달빛아래에서.
　　5) 섬섬초월분백한데- 가느다란 초생달이 흰데.
　　6) 모모이 잠긴 사랑- 모난 곳에(질기고 보기좋게)붙어있는 사랑.

사랑가(2)

둥둥둥 내사랑
어화둥둥 내사랑
이리보아도 내사랑
저리보아도 내사랑
안아를볼가 업어를 볼가
당산봉학이 죽씨를 물고
오동나무 넘노난듯
황금같은 꾀꼬리
세루연에 넘노난듯
어화둥둥 내사랑

금전을 주료 은전을 주랴
아니나는 그것도 싫소
그러면 네가 무얼먹겠느뇨
수박웃꼭지 뚝떼고
강릉상층을 쭈르르부어
은수절로 툭툭꺼서
붉은 한점 네먹으려나
아니 난 그것도 싫소
시금털털 개살구 먹으려느냐
아니 난 그것도 싫소

둥둥둥 내사랑
어화둥둥 내사랑
그러면 네든거라
너는죽어 꽃이돼도
온갖화초 다버리고

목단화만 되여다구
나는 죽어 나비되여
네수염 물고서
너울너울 춤추거든
나온줄로 알려무나

둥둥 내사랑
어화둥둥 내사랑
칠년대한에도 마르잖는
음양수란 물이되고
나는 죽어 새가돼도
온갖잡새 다버리고
원앙새가 도여서
네물우에 둥둥 뚜면
나온줄로 알려무나

(리운송 창, 리상각 수집)

사랑가(3)

어화 둥둥 내 사랑아
사랑이라 하는것은
우리 둘이 짝을 지어
원앙같이 노는 사랑
우리 님이 금방울 지어
내 허리에 채웠구나
이리저리 들구보니

그린 우화도 절묘하다
쌍룡 그린 봉황단에
백년가약 무어놓고
삼강오륜 본을 떠서
임의 애지 안을 바쳐
부귀다남¹⁾ 순을 놓아
효자충성 변을 둘러
만수무강 끈을 꿰여
량국대장 병부사를
남부병사 동기사를
둥두렇게 새겼구나
금을 주면 너를 사며
은을 준들 너를 사랴
어여쁠사 우리 사랑
고운 태도 볼작시면
연운간지²⁾ 명월이요
양수중지³⁾ 련화로다
고대광실 높은 집에
사랑가가 더욱 좋다
사랑사랑 우리 사랑
어화 둥둥 내 사랑아

(김병화 창, 리황훈 채보)

주: 1) 부귀다남— 잘살고 아들이 많다.
  2) 연운간지 명월— 구름속의 밝은 달.
  3) 양수중지 련화— 물속의 련꽃.

사랑가(4)

원앙같이 만난 사랑 백운같이 피는 사랑
수박같이 둥근 사랑 앵도같이 붉게 익혀
석류같이 멋도 좋게 백년 해로 살자꾸나
백년해로 살자꾸나

쑥잎같이 쓴 사랑도 참외같이 달게 삭여
포도같이 토실토실 호박같이 살을 지워
샘물같이 맑은 정에 백년해로 살자꾸나
백년해로 살자꾸나

은금같이 귀한 청춘 차돌같이 맹세 굳혀
가시같이 험한 길도 설대같이 헤쳐가며
송죽같이 푸른 절개 대추같이 주름지게
백년해로 하자꾸나

(전희순 창, 김학렬 채보)

어화둥둥 내 사랑

사랑사랑 내 사랑
요런사랑이 어딨을가
앞을 봐도 내사랑
뒤를 봐도 내사랑
금사랑인가 옥사랑인가
어화둥둥 내 사랑

이웃간에는 인정동아
동아동아 보배동아
어화둥둥 내 사랑

금을준들 너를 살가
은을준들 너를 살가
청이끝에는 왕사랑
햅쌀끝에는 세사랑
옹기점에는 반애기
덤불속에는 쥐애긴가
불탄집에 화기씨요
이웃간에는 인정동아
동아동아 보배동아
어화둥둥 내 사랑

오도막에 서기씨요
얼음구멍에 수달핀가
칠기칠기 보배동아
부모에겐 효자동
나라에는 충신동
형제간에는 우애동아
일가친척 화목동아
이웃간에는 인정동아
동아동아 보배동아
어화둥둥 내 사랑.

(김말순 창, 리황훈 채집)

원앙가

　　당신은 실버들 둥둥
　　그대는 꾀꼬리 둥둥
　　봄바람 부여잡고
　　당실당실 춤추는
　　앙기당기 당기가나라 내 사랑아

　　당신은 봄나비 둥둥
　　그대는 해당화 둥둥
　　해당화 꽃속에서
　　당실당실 춤추는
　　앙기당기 당기가나라 내 사랑아

　　당신은 두루미 둥둥
　　그대는 원앙새 둥둥
　　높은 청산에서 당실당실 춤추는
　　앙기당기 당기가나라 내 사랑아
　　　　　　　　　　(박주섭 창, 김봉관 채보)

황새타령

　　황새야　뚝새야 네가 어디가 자구와
　　수양이 청청 휘늘어져 그가운데가 자구와
　　아하 에헤 어허 어그야
　　달아달아 밝은 달아 리태백이 노던 달아

저달이 장철 자리 밝아 장부의 심장이 다녹네
아하 에헤 어허 어그야
봉래산산봉에 화관을 쓰고 해동산으로 넘노라
양주 높은 산에 봉학이 솔씨를 물고 양주청산을 넘노라
아하 에헤 어허 어그야
먼데서 우는 새야 아츨하게두 들리구
야산에서 우는 새는 똑똑하게도 들린다
아하 에헤 어허 어그야

(오련금 창, 김봉관 채보)

양류가

양류상에 앉은 꾀꼬리
제비만 여겨서 후린다
에구 좋다 바람새
덩구덩 웅웅 내랑군

청사초롱 불밝혀라
님의 집으로 놀러가자
에구 좋다 바람새
덩구덩 웅웅 내랑군

워라워라 그리워라
님의 얼굴이 그리워라
에구 좋다 바람새
덩구덩 웅웅 내랑군

달은 밝고 명랑한데
님의 생각이 절로난다
에구 좋다 바람새
덩구덩 웅웅 내랑군

뒤동산 만화중에
황봉백접이 오락가락
에구 좋다 바람새
덩구덩 웅웅 내랑군

앞시내 맑은 물에
원앙새 쌍쌍 노니누나
해 당 화에구 좋다 바람새
덩구덩 웅웅 내랑군

(창, 채보 미상, 연변음악가협회편 ≪민요곡집≫에서)

해당화

해당화 붉은 꽃이라 곱네
해당화 붉은 꽃이라 곱네
호랑나비는 감돌아 들고
해당화 피여서 시집을 가네
아하아 에헤 해당화야
너만 곱다 뽐내지 말아
굴캐는 처녀 너와같이 피여서
배사공 우리님 날보러 온다

해당화 붉은 꽃이라 곱네
해당화 붉은 꽃이라 곱네
아침에 볼적에 웃는 얼굴
저녁에 보아도 변함이 없네
아하아 에헤 해당화야
너만 곱다 뽐내지 말아
포구에 사공 우리님도
고기잡이 갈적에 올적에
굴캐는 날보고 손짓을 한다.
                    (신철 창, 김태갑 채집)

꽃쌈지

앞남산 바위옆에
과일나무 심었더니
과일나무 잘고자라
과일이 열렸네
붉은해도 열리고
둥근달도 열렸네
무지개도 열리고
애기별도 열렸네

붉은해를 따서는
꽃삼지 겉을대고
둥근달을 따서는
꽃삼지 안을대고

무지개를 따서는
꽃삼지 변을대고
애기별을 따서는
만자천홍 수를놓네

꽃같은 처녀마음
꽃삼지에 수놓았네
이꽃삼지 누구줄가
이내사랑 누구줄가
일잘하고 맘씨고운
이앞집 김도령
남몰래 갖다주지
이내사랑 갖다주지.

(김말순 창, 김충묵 채집)

주머니노래

아치아치 열두아치
잎이잎이 삼백잎이
한아치엔 해가돋고
한아치엔 달이돋고
해를 떼여 겉을세워
달을 떼여 안을세워
쌍무지개 끈을꿰고
꽃주머니 만들었네
이주머니 뉘깁었나

무산선녀 내깁었지
이주머니 지은솜씨
은을줄가 금을줄가
은도싫소 금도싫소
백년가약 무어주소.

                    (최정숙 창, 리황훈 채집)

쑥대머리

쑥대머리 귀신형용[1]
적막독방 찬자리요
생각난것이 님뿐이라
보고지고 보고지고
한양랑군을 보고지고
오리정[2] 정별후로
일장서를 내가 못봤으니
부모봉양 글공부는
겨를이 없어 잃었는가
견군행화 추월같이
번듯 솟아서 비쳤으나
막왕막래[3] 막혔으니
앵무서를 내가 어이 볼수 있나
전전반측[4]에 잠못 이루니
호진몽[5]을 꿀수 있나
손가락을 피를 내여
님한테로 편지를 할가

가장 썩은 눈물로
님의 화상을 그려보리
일와일진 춘대우에
내 눈물을 뿌렸으니
야우문전 단장성[6]하니
비소리만 들어도 님의 생각
강초일일 환수생[7]하니
풀잎만 푸르러도 님의 생각
추오동 락엽시[8]에
락엽만 떨어져도 님의 생각
록소부용 련캐는 채련이와
겨룬방 채상에 뽕따는 녀이네도
랑군생각은 일반이라
날보다 좋은 팔자
에라 옥문밖을 못나서니
만일 도련님을 못보고
옥중장혼이 될 수 있나
무덤앞에 섰난 남ㄱ이
망부석이 될것이냐
무덤근처 섰난 돌이
망부석이 될것이라
살아 생전 이 원정을
어느 누구가 알아주리
아무도 모르게 설이[9] 운다.

(강성기 창, 김태갑 채집)

주: 1) 쑥대머리 귀신형용- 머리가 쑥밭처럼 되어 몰골이 귀신같다.
    2) 오리정- 춘향과 리도령이 갈라진 곳.
    3) 막왕막래- 서로 오고가지 못함.
    4) 전전반측- 이리 뒤척 저리 뒤척.

5) 호진몽- 좋은 꿈.
6) 야우문전단장성- 문전에 떨어지는 비소리에 애간장이 찢어진다.
7) 강초일일환수생- 강변의 풀이 푸르러지니 수심을 자아낸다.
8) 추오동락엽시- 가을이 되어 오동나무잎이 떨어질 때.
9) 설이- 서럽게.

육자배기

거나 아에
인생을 살며는
몇백년이나 사더란 말이냐
죽음에 들어서
남녀로소 있으니
살어서 생전시절을
각개이 맘대루 놀거나 아에
꿈아꿈아 무정한 꿈아
오시는 님을
보내는 꿈아
잠든 나를 깨우지 말구
가시는 님을
붙잡아주지
아이구
답답헌 이내 간장을
어느 장부가 알거나 아에.
                    (박정렬 창, 김태갑 채집)

주: 남도민요. 잡가의 하나. 곡조가 활발하고 진양조 장단.

긴육자배기

꿈아꿈아 무정한 꿈아
오시는 님을 보내는 꿈아
잠든 나를 깨우지 말고
가시는 님을 붙잡아주지
아이고
다 썩고 남은 간장이
마저 단절이로구나.

(우옥란 창, 김태갑 채집)
1979.

한 오백년

한 많은 이세상 야속한 님아
정을 두고 몸만 가니 눈물이 나네
아무렴 그렇지 그렇구 말구
한 오백년 살자는데 웬 성화요

지척에 둔 님을 그려하지 말고
차라리 내가 죽어 잊어나 볼가
아무렴 그렇지 그렇구 말구
한 오백년 살자는데 웬 성화요

살살 바람 달빛은 밝아도
그리는 마음은 어제가 오늘

아무럼 그렇지 그렇구 말구
한 오백년 살자는데 웬 성화요

으스름 달밤에 기러기 소리
가뜨기나 아픈 마음 더욱 설레네.
아무럼 그렇지 그렇구 말구
한 오백년 살자는데 웬 성화요
                              (조종주 창, 김태갑 채집)

주: 《강원도 아리랑》중에서 제일 널리 불려진 하나. 《강원도아리랑》과 《정선아리랑》
  의 특징을 잘 융합시킨 이 노래는 느린 박자에 구성진 가락으로 강원도 사람들의 특유
  의 애수를 잘 나타낸다고 한다. 이노래가 나온지는 그리 오래지 않다고 한다.

리별가

리별이라 리별이라
오늘부터 리별이라
만리창파 배를띄워
랑군님은 멀리가네
서산에 해는지고
찬바람 불고부네

날아가는 저기러기
내신세가 되었는가
짝을잃은 홀몸되여
울음소리 처량하다
그신세가 가련하다

끼르륵 끼르륵

동정호에 달이뜨고
소상강에 련꽃피네
달이뜨자 리별이네
사랑하는 랑군님은
나를두고 멀리가네

리별이라 리별이라
오늘부터 리별이라
만리창파 배를띄워
멀리가는 랑군님아
부디부디 다녀오소.

(림대남 창, 김충묵 채집)
1963.

선유가

리별이라 리별이라 인간일생에 리별이라
배띄워라 배띄워라 만경창파에 배띄워라
한성락일 찬바람에 울고가는 저기럭아
너도날과 한가지로 짝을잃고 서러워서
끼룩기룩 너우느냐
동정호에 달이뜨고 소상강에 련꽃피면
님을모셔 선유하리 달뜨자 님더나니
리별이라 리별이라 만경창파 기수중에

편히편히 다녀오소

(림대남 창, 리황훈 채보)

달거리(1)

정월이라 한보름날
달도밝고 명랑하다
달아달아 밝은달아
우리님은 어디있니

이월이라 이월매화
설중에도 피였구나
나만홀로 빈방안에
님그리워 한숨짓네

삼월이라 사꾸라꽃
잎도피고 꽃고피네
우리님은 어델가고
돌아올줄 모르시나

사월이라 사월흑살
이산저산 다되였네
님도없이 나만홀로
화전놀이 자미없네

오월이라 오월란초

곳곳마다 다피였네
추천줄에 올라서서
여겨봐도 인적없네

류월이라 류월목단
뜨락에도 피였는데
물이깊어 못오시나
산이 높아 못오시나

칠월이라 칠월홍살
산에들에 다피였네
정든님은 갈줄만알고
돌아올줄 왜모르나

팔월이라 팔월공산
달도밝고 명랑한데
독수공방 홀로누워
잠도꿈도 아니오네

구월이라 구월국화
홀로피여 서리맞네
손을꼽아 기다리니
속절없이 늙어가네

시월이라 시월단풍
불깃불깃 붉게타네
요내간장도 타번지니
그리워서 못살겠네.

동지달에 오동추야
소나무만 푸르른데
어떤잡년 내님잡고
놓아줄줄 모르는가

섣달이라 엄동설한
눈도오고 바람찬데
정든님은 병들었나
내가찾아 갈가부다.

(김채봉 창, 리상각 채집)

주: 조선문학사에서 계절에 따르는 농가절차와 민간의 풍속을 달거리형식으로 노래하는것
은 오랜 전통이 있다. 1619년 고산안이라는 사람이 지었다는 《농가월령가》가 그 비
조로 되였다는 설도 있고 그 먼저 《동동》이 그 비조로 되였다는 설도 있다. 그후 수
많은 월령가 혹은 달거리가 민간에서 널리불리웠다. 원래 월령가는 농사는 천하지 대
본이라는 농본사상을 선양하는것이 주제로 되는데 여기서 수록하는 이 달거리는 리별
한 님을 그리는 한 녀인의 사랑의 감정을 노래하고있다.

달거리(2)

정월이라두 한보름날
구름속에두 요내 가데
우리 님은 어데 가고
요내 예상두 못하시구
그달 그믐두 다 버리구
나는 새달이 솟아왔소

이월이라두 초한식에

골골에라두 제사읍데
우리니은 너데 가게
행차법두 못하시구
그달 그믐두 다 버리구
나는 새달이 솟아왔소

삼월이라두 삼진날에
둥두달자 날두다자
우리님은 어데 가게
등달이두 못하시구
그달 그믐두 다 버리구
나는 새달이 솟아왔소

사월이라두 초패일에
골골이두 꽃밭인가
우리 님은 에데 가게
초패일두 모르시오
그달 그믐두 다 버리구
나는 새달이 솟아왔소

오월이라두 오단오날
한짝 줄으는 명사줄에
명사당사 골라매고
한두번 구르니 추천이요
두번 구르니 령남이요
우리 님은 어데 가게
추천줄도 못꼬는고
그달 그믐두 다 버리구
나는 새달이 솟아왔소

유월이라두 유두날에
우리 님은 어데 가게
유두 쇨줄두 모르시오
그달 그믐두 다 버리구
나는 새달이 솟아왔소

칠월이라두 칠석날에
당초밭도 붉이붉이
벼이삭도 쎄게쎄게
낟이삭도 노릿노릿
우리 님은 어데 가게
임석해내두 모르시오
그달 그믐두 다 버리구
나는 새달이 솟아왔소

팔월이라두 추석날에
골골이두 제사웁데
우리님두 어데 가게
제사법두 모르시나
행차법두 모르시구
그달 그믐두 다 버리구
나는 새달이 솟아왔소

구월이라두 구일날에
우리 님은 어데 가게
구일날두 모르시오
그달 그믐두 다 버리구
나는 새달이 솟아왔소

시월이라두 상사달에
우리 님은 어데 가게
상사법두 모르시오

동지달이라 오동지달
눈비 맞아 젖은 머리
바람 불어 허튼 머리
반달같은 동갈기루
으으쓸쓸이 빗어내여
전반같이 놉게 따여
원앙같이 둘러 얹구
원앙금침 잔물벼개
머리머리에 소아놓구
새별같은 놋요강은
구석구석 밀쳐놓고
새별같은 량눈으로
진주같은 눈물이
쌍쌍이 흘러내려
그달 그믐두 다 버리구
나는 새달이 솟아왔소

섣달이라두 한건달에
묵은 옷을 벗어놓고
햇옷을 털어입고
세치띠를 눌러매고
앞짐에 가 세배돌이
뒤집에 가 잔치돌이
우리님은 어데 가게
세배도리도 못하시고

잔치도리도 못하시고
그달 그믐두 다 버리구
나는 새달이 솟아왔소

(창, 채보 미상. 료녕민족출판사 ≪민요곡집≫에서)

달풀이

정월이라 대보름날 앞집 선비 뒤집 선비
망월하려 다 가는데 어열 슬픈 우리 님은
그 어데가 잦아지고 망월할줄 모르시나

이월이라 청명날에 앞집 선비 뒤집 선비
청명개접 다 가는데 어열 슬픈 우리 님은
그 어데가 잦아지고 개접할줄 모르시나

삼월이라 삼진날에 앞집 선비 뒤집 선비
꽃창개점 다 가는데 어열 슬픈 우리 님은
그 어데가 잦아지고 꽃창할줄 모르시나

사월이라 초파일날 앞집 선비 뒤집 선비
락화달고 관등단데 어열 슬픈 우리 님은
그 어데가 잦아지고 락화관등 못달든고

오월이라 단오날에 앞집 선비 뒤집 선비
약쑥정피 다 가는 데 어열 슬픈 우리 님은
그 어데가 잦아지고 약쑥정피 못가시나

유월이라 유두일에 앞집 선비 뒤집 선비
모욕하러 다 가는데 어열 슬픈 우리 님은
그 어데가 잦아지고 모욕갈줄 모르시나

칠월이라 칠석날에 앞집 선비 뒤집 선비
오작교로 만나는데 어열 슬픈 우리 님은
그 어데가 잦아지고 오작교로 못 만나나

팔월이라 가위날에 앞집 선비 뒤집 선비
사당개접 나가는데 어열 슬픈 우리 님은
그 어데가 잦아지고 사당개접 못가시나

구월이라 구일날에 앞집 선비 뒤집 선비
구일제로 다 가는데 어열 슬픈 우리 님은
그 어데가 잦아지고 구일제를 모르시나

시월이라 상달잡고 앞집 선비 뒤집 선비
묘사치러 다 가는데 어열 슬픈 우리 님은
그 어데가 잦아지고 묘사칠줄 모르시나

동지야하 동지날에 앞집 선비 뒤집 선비
동지개접 다 가는데 어열 슬픈 우리 님은
그 어데가 잦아지고 동지개접 못하시나

섣달이라 그믐날에 앞집 선비 뒤집 선비
서당개접 다 오는데 어열 슬픈 우리 님은
그 어데가 잦아지고 서당개접 못오시나
(김말순 창, 리황훈 채보)

자라가

논다네 자라가 논다네
백모래사장에 금자래 논다네

자라등에다 저 달을 싣고서
유리네 본고향 언제나 가볼가

날 오라 한대요 날오라 한대요
신선선녀가 날 오라한대요

올고개 돌고개 구름아 고갠지
랑군이 탔으면 내다나 볼거요
　　　　　　(창, 채보 미상. 연변음악가협회편 ≪민요곡집≫에서)

라질가

에구 내딸 깜장예 에구 내딸 깜자예
너 어데루 갈궁 헤헤 너어데루 갈궁 헤헤
청산에 가자 헤헤 추풍가자 헤헤
내딸내딸 깜장예네 어데루 갈궁 헤헤
라질리 라질리 라질라질 라질리
너 어데루 갈궁 헤헤 너어데루 갈궁 헤헤
　　　　　　　　(박림영 창, 리황훈 채보)

동풍가

슬슬슬 동남풍 궂은비 줄줄줄 오는데
시화년풍에 에루화 님만나 보자
에헤 에헤에 에헤에 어허럼마아
실이 둥둥 에루화 님섞여노자

        (리하렬 창, 고자성 채보)

둥개타령

에야 뒤여 허둥가 허허둥가
둥가 내 사랑이로다
니가 나를 볼라면 심양강 건너가
이 친구 저 친구 강건네 친구
설마설마설마 서설마라
니가 내 사랑이지
에야 위여 허둥가 허허둥가 둥가
내 사랑이로다

        (리금덕 창, 고재성 채보)

코스모스

코스모스 피여날제   맺은 인연도
코스모스 시들으니 그만이드라

국경없는 사랑이란 말뿐이더냐
눈물로 헤여지는 두만강다리

해란강에 비가올제 맺은 인연도
해란강에 눈이오니 그만이드라
국경없는 사랑이란 말뿐이더냐
눈물로 헤여지는 룡정프랫홈
　　　　　　　──권철교수님의 민요수집노트에서

가야금타령

가야금 열두줄에 시름을 걸어
퉁기는 가락 애닲아라
에헤 에헤 에헤에 당기 당기 당기
세월만 흘러가네
리화우사 창에 뿌리고
그님은 이다지도 마음을 울리나

애닲은 이내 심정 지화자 절사
다녹아난다 구슲어라
에헤 에헤 에헤에 당기 당기 당기
세월이 흘러가네
에헤야 그정만 남기고 내님은
왜 떠났소 이 간장 다 녹네

퉁기는 가락가락에 정든님 생각

에헤야 둥게 서글퍼라
에헤 에헤 에헤에 당기 당기 당기
세월만 흘러가네
얼시구 꿈에도 못잊을 그님은
무정하게 이 심정 울리내

(박정렬 창, 문정 채보)

제4부 풍자요

쥐

돌각담밑 양지쪽에
호막을랑 심어놓고
초가집 지붕우에
박년출 올렸더니
호박농사 풍년들고
조롱박도 둥글둥글
꼬리긴 쥐란놈이
살금살금 나타나서
호박씨를 까먹고
조롱박을 뜯어먹네
얼싸 쥐란놈은
우리들의 원쑤라네

문전옥답 논을풀어
포기포기 모를내고
앞산뒤산 뙈기마다
보리농사 지었더니
벼농사도 만풍년
보리농사 대풍년
꼬리없는 쥐란놈이
뻔뻔스레 나타나서
피땀흘린 풍년농사
남김없이 가져가네
얼싸 쥐란놈은
우리들의 원쑤라네.

(김동희 창, 김충묵 채집)

주: 남의 결함이나 곱지 않은 점, 적들의 죄악 또는 사회의 모순을 기지, 랭소 등 수법이거

나 혹은 무엇에 빗대여 경계하거나 비판하는 노래를 풍자요라고 한다. 여기에는 익살스러운것과 유머적인것이 포함된다 .물론 로동요, 세태요, 애정요 등에도 풍자가 없는것은 아니지만 여기서는 풍자가 비교적 집중되고 색채가 중한것을 골라 따로 수록한다.

이

네발많아 륙발인들
일밭한번 가봤더냐
네등판이 넓적한들
나무한짐 져봤더냐
네배때기 불룩한들
네땀흘려 불렀더냐
네주둥이 뾰족한들
바른말을 해봤더냐

네놈눈이 한쌍인들
우리사정 봐줬더냐
네성좋아 이라해도
네갈곳은 북망이라
요놈이야 딱죽어라.

(안응철 창, 리룡득 채집)

장타령(1)

어허 시구시구두 들어간다
얼씨구두 들어간다[1]

이때나 마침 어느때냐
양춘가절에 봄이 들어
가지나마다에 꽃피여
꽃피여 쓰러지고
잎은 피여 왕성해
우리나 부모가 날 길러
영화를 볼래다
병신을 보았소
병신의 팔자가 기박하여
문전마다 다니며
설음의 사정을 합니다
품 품²⁾ 잘한다

≪잘한다!≫
≪뭘 잘하겠소,
우는 아기 젖먹이듯합니다!≫

에헤 시구 들어간다
또 한대문에 들어간다
혼자나 가면 심심질
둘이나 가면 수작질
서이나 가면 투전질
우둔한놈은 주먹질
간사한놈은 손가락질
약한놈은 대통질
바쁜놈은 도망질
산천초목에 도끼질
십리나 강변에 빨래질
의복에 세탁을 다해놓으니

집안걱정이 없어진다
품 품 잘한다 푸후푸후푸푸

≪잘한다!≫
≪뭘 잘하겠소, 비오는 날
나무단 꺼들이듯합니다!≫

어허 시구시구두 들어간다
또 한대문에 들어간다
너희선생이 누구냐
나보다도 잘한다
론어맹자나 읽었던지
대글대글 잘한다
드리구드리구 잘한다
품바하고도 잘한다.

(리현규 창, 김태갑 채집)

주: ≪장타령≫ 일명 ≪각설이타령≫이라고 한다. 걸식하며 다니는 거지를 각설이라 하며
곳에 따라 밥동냥하는 사람이라도 하며 빌어먹는 사람이라고도 한다. 이 장타령은 곡
이 경쾌해서 듣기 좋고 흥이 나며 가사도 멋진데가 있고 해학적이며 자유분방하다. 장
타령은 여러가지 형식이 있는데 수자음을 따라 부르는 경우와 월령으로 정월로부터
섣달까지 1년을 노래하는 경우도 있다.

1) 얼씨구두 들어간다 - 쌍관어로서 남의 집 대문안에 들어간다는 뜻과 노래를 한대목
   들어간다는 뜻이 다 있음.

2) 품품 - 입에서 바람을 내보내며 박자를 맞추는 소리.

장타령(2)

얼씨구 들어온다 절씨구 들어온다
온갖 춘절이 날아든다
이때마침 어느때나 양춘가절 봄이래요
꽃은 피여 만발하고 잎은 피여 스러지니
고향생각이 절로 난다
우리 형제나 팔형제 한 서당에서 글을 배워
정승감사는 못할망정 화류계종사가 웬말이냐
헐씨구 들어간다 저헐씨구 들어간다
우리부모 나를 낳아 고 하나 고하나를 길러서
영화를 볼려다 병신을 보았네
병신의 팔자가 기박하여 문전에 문전에 다니며
설음의 사정을 합니다
일푼의 동냥은 못주나 장타령이나 들어보소
품바품바나 들어온다
헐씨구두 들어온다 절씨구두 들어온다
또 한대문이 들어온다
상금상금 손가락지 호닥지를 닦아내여
먼데나 보니 처달레 곁에서 보니 달일레라
저 처자의 자는 방에 숨소리가 들릴 때
홍달같은 오라버님 거짓말을 마르시오
남풍이 디려불면 풍지나 떠는 소리로다
삼청각 벼루끝에 이 청각 먹을 갈아
동방수도나 붓을 빼여 부모나 이름 쓰자하니
눈물 가리워 못쓸레
물명주 석자수건 눈물을 씻어 다 젖었네
품바품바나 들어간다

(창, 채보 미상. 료녕민족출판사 ≪민요곡집≫에서)

장타령(3)

얼씨구나 들어간다
절씨구나 들어간다
무남독녀 외딸에는
장타령군이 제격이다

양천[1] 가절에 봄이 되여
꽃은 피여 스러지고
잎은 돋아 만발한데
봉지나봉지 꽃봉지
범나비 한쌍이 제격이다

처녀나 머리 엉킨데는
운봉채가 제격이요
총각의 머리 엉킨데는
사모풍대가 제일격이다

얼씨구나 들어간다
절씨구나 들어간다
품배나하고 절씨구

올려바지는 치바지
내려바지는 골바지
건너집에 개바지
둥글둥글 바가지요
만경창파에 보가지[2]요
진짜바지가 아바지로다
얼씨구나 들어간다

절씨구나 들어간다
품배나하고 절씨구

시내강변에 **빨래질**
만고풍년에 도리깨질
목화풍년에 **쐐기질**
인생도로에 신장로
자동차가 제격이다
얼씨구나 들어간다
절씨구나 들어간다
품배나하고 절씨구

혼자나가면 심심질
둘이나가면 수작질
서이 나가면 가래질
너의 나가면 투전질
넝칙한놈은 주먹질
역한놈은 관청질[3]
얼씨구나 들어간다
절씨구나 들어간다
품배나하고 절씨구

진밭에는 발자국
마른밭에는 사라구[4]
소잡은데는 빽다구
말잡은데는 각다구
헌데난데는 더덩구
아이난데는 기자구
얼씨구나 들어간다

절씨구나 들어간다
품배나하고 절씨구

우리부모 날보아
효력을 보시려다
병신의 자식보아서
병신의 자식 기박하여
문간마다 다니면서
설움의 사정을 합니다
일전의 한푼 안주면
객지나 생활 못하겠소
얼씨구나 들어간다
절씨구나 들어간다
품배나하고 절씨구

(조봉남 창, 김태갑 수집)

장타령(4)

지난해 왔던 각설이
죽지도않고 또왔네
옥동도화 만화춘
가지가지 봄빛이라
당줄없는 망근에
편자없이 눌러쓰고
이골저골 갖다가
뿌레기없는 감남게

감이나 착착 열려라
올라가서 흔들어
내려가서 주어서
목발없는 지개에
한짐자뜩 걸머지고
인간없는 장에가
팔고보니 돈이요
먹고보니 욕이요
돌려다보니 친구요
뀌고보니 방귀요
맞고보니 뺨이라.

(김혜숙 창, 조성일 채집)

장타령(5)

에헤 시구시구 들어간다
저얼시구 들어간다
너 선생이 누구신지
나보담두 더 잘한다
시경 시전을 읽었던지
유식하게도 잘하고
돈어맹자나 읽었던지
대문대문 잘하고
식초독이나 먹었던지
시움털털 잘하고
기름독이나 먹었던지

미츨미츨 잘하고
뜸물독이나 먹었던지
걸죽걸죽 잘한다
랭수독이나 먹었던지
시원시원 잘한다

에헤 시구시구 들어간다
또한 대문 불러보자
한발 가진 까학이
두발 가진 까미귀
세발 가진 통고기
네발 가진 당나귀
먹은 애기 말아
시구두 저리구두 잘한다
푸근푸근푸근푸근 잘한다

에 그대의 몫은 끝나고
또한 대문 불러보자
앉은 고리는 동고리
선 꼬리는 문꼬리
뛰는 꼬리는 개꼬리
나는 고리는 꾀꼬리로다
시구두 저리구두 잘한다
푸근푸근푸근푸근 잘한다

에 시구시구 들어간다
대문대문 잘했고
시원원 잘했고
미츨미츨 잘했고

걸죽걸죽 잘했고
시원시원 잘했지
이것 저것 저것 이것
푸근푸근 잘했지

(창, 채보 미상. 료녕민족출판사 ≪민요곡집≫에서)

각서리타령(1)

헐시구 들어간다 얼시구 들어간다
일자나 한장 들고봐 일월이 송송 하송송
밤중 새별이 완연하다
이자나 한장 들고봐 이군 불사 충신이요
이군 불녀는 렬녀로다
삼자나 한장 들고봐 삼신 기약을 못할망정
일부종사를 못할소냐
사자나 한장 들고봐 사십 평생을 살아도
이런 력사가 또 있는가
오자나 한장 들고봐 오나가나 와초장
먹고나니 좋고나
륙자나 한장 들고봐 륙군대장을 앞세우고
팔만군사가 떠나간다
칠자나 한장 들고봐 칠칠에 사십구
칠년 대한 가물에 천지수파를 만났다
팔자나 한장 들고봐 이파저파는 랑파요
한량 춤추는 골파이요 내가 전답은 수파요
구자로 한장 들고봐 구곡간장에 맺힌 한

오늘 이날에 다푼다
십자나 한장 들고봐 시월단풍잎에
단풍이 들고 단풍이 들고
(창, 채보 미상 료녕민족출판사 《민요곡집》에서)

각서리타령(2)

헐 시구시구 들어간다 품바나하고 들어간다
술 잘먹는 리태백이 술먹자고 날 찾았나
말 잘하는 제갈량 말하자구나 날 찾나
낫질 잘하는 진장군 낫질 하자구 날 찾나
품바하구도 각설아
저 각설이가 저래도 일전에 한장 팔리여
조선팔도를 다 다니며 각서리 품파 팔았네
품바하구도 각설아
쿠린내 나는 구래장 쿠린내 나서 못 보고
코 잘푸는 홍성장 미끄러워서 못 보고
짐 잘 꾸리는 짐장군 짐 지라구 날 찾나
품바하구도 각설아
(창, 채보 미상. 료녕민족출판사 《민요곡집》에서)

거위

왝—왝—
부자집에 가니까나
동냥동냥 가니까나
천석만석 썩는데두
김치반쪽 아니주네
메시꺼라 구역나라
왝—왝—
왝—왝—

(창 미상, 리룡득 채집)

인쥐무리

고서방이 고기잡아
배서방이 밸을따서
구서방이 구워놓고
지서방이 지저놓니
방울방울 땀을피해
웅달웅달 놀던무리
인쥐무리 쓸어나와
비지비지 땀흘리며
그릇그릇 부셔먹네

(창 미상, 리룡득 채집)

곰보타령

칠팔월 청명일에
얽은 중 한놈 내려온다
그 중의 외모관상 볼양이면
얽고검고 매고 프르고 찡기기는
공기판 장기판 바둑판같고
멍석 덕석 방석같고
철등 덕석 고성매돌같고
이르미 시르밑[1] 분틀밑같고
땜쟁이 발등같고
우박맞은 재더미 쇠똥같고
진시전기둥 시전마루 연숙전 좌판같고
활량의 포대관혁
남게 앉은 매미잔등이같고
사하미전 호박준오가리같고
진아장삼 줄육같고
석수망태 재미미살 일전짜리 가다방같고
금경정 철망같고 경무청 차관같고
구태정성 소지같고
형조패조 억마능의 얼굴같고
경상도 문경세재로 건너오는 진상
굴항아리 초병같이
아주 무척 얽고 검고 매고 푸르고 검은
중아 네 얼굴이 무삼
어여쁘고 똑똑하고 얌전한 얼굴이라고
시내가로 내리지 말아
(신옥희 창 김태갑 수집)

주: 1) 이르미는 체를 가리키고 시리밑은 시루밑을 가리킴.

동그랑 땡

황새란놈은 다리가 길어서
우체사령으로 돌려라
동그랑 땡땡 동그랑 땡
얼싸 절싸 잘 넘어간다
둥글둥글 돌려라

철새란놈은 떠들기를 잘하니
운동장으로 돌려라
동그랑 땡땡 동그랑 땡
얼싸 절싸 잘 넘어간다
둥글둥글 돌려라

제비란 놈은 맵시가 고우니
첫날각시로 돌려라
동그랑 땡땡 동그랑 땡
얼싸 절싸 잘 넘어간다
둥글둥글 돌려라

왜가리는 모가지가 기니
구경군으로 돌려라
동그랑 땡땡 동그랑 땡
얼싸 절싸 잘 넘어간다
둥글둥글 돌려라

딱딱새란놈은
생나무구멍 잘쪼으니
나막신장사로 돌려라

동그랑 땡땡 동그랑 땡
얼싸 절싸 잘 넘어간다
둥글둥글 돌려라

앵무새란놈은 말을 잘하니
연설쟁이로 돌려라
동그랑 땡땡 동그랑 땡
얼싸 절싸 잘 넘어간다
둥글둥글 돌려라

수탉이란놈은 관을 썼으니
량반놈으로 돌려라
동그랑 땡땡 동그랑 땡
얼싸 절싸 잘 넘어간다
둥글둥글 돌려라

벼룩이란놈은 뛰기를 잘하니
파발마로 돌려라[1]
동그랑 땡땡 동그랑 땡
얼싸절싸 잘넘어간다
둥글둥글 돌려라

까치란놈은 집을 잘지으니
목수쟁이로 돌려라
동그랑 땡땡 동그랑 땡
얼싸 절싸 잘 넘어간다
둥글둥글 돌려라

까마귀란놈은 검기도 검으니

구들쟁이로 돌려라
동그랑 땡땡 동그랑 땡
얼싸 절싸 잘 넘어간다
둥글둥글 돌려라

소란놈은 웃심도있다
드역군으로 돌려라
동그랑 땡땡 동그랑 땡
얼싸 절싸 잘 넘어간다
둥글둥글 돌려라

빈대란놈 빨기를 잘하니
아편쟁이로 돌려라
동그랑 땡땡 동그랑 땡
얼싸 절싸 잘 넘어간다
둥글둥글 돌려라

꿩이란놈은 기기를 잘하니
전쟁판으로 돌려라
동그랑 땡땡 동그랑 땡
얼싸 절싸 잘 넘어간다
둥글둥글 돌려라
                    (허정희 창, 리룡득 채집)

주: 이 민요는 신민요 ≪당기당타령≫의 전신으로 볼수 있다.
  1) 파발마— 공무로 급히 가는사람이 타는 말.

잠배타령

제비란놈 제 물색 좋다고
기생첩으로 돌려라
잠배잠배 잠배야
시시리시 시시리시
사샤가사쇼가   산산뇨로다
쿵쿵 굴러라 잠배야

까치란놈 회고도 검다고
가마휘장[1]에 돌려라
잠배잠배 잠배야
시시리시 시시리시
사샤가사쇼가   산산뇨로다
쿵쿵 굴러라 잠배야

황새란놈 제다리 길다고
월천군[2]으로 돌려라
잠배잠배 잠배야
시시리시 시시리시
사샤가사쇼가   산산뇨로다
쿵쿵 굴러라 잠배야

참새란놈 제눈이 밝다고
투전판에 돌려라
잠배잠배 잠배야
시시리시 시시리시
사샤가사쇼가   산산뇨로다
쿵쿵 굴러라 잠배야

(리상철 창, 김태갑 채집)

주: 1) 가마휘장— 사람이 타는 가마에 둘러치는 천.
　　2) 월천군— 강을 건네여주는 사람.

짐승타령

까마귀란놈운 검기를 잘검으니
구들장으로 돌리고 흥흥 좋다

까치란놈은 맵시를 잘피우니
기생년으로 돌리고 흥 흥 좋다

제비란놈은 날기를 잘하니
우편배달부로 돌리고 흥흥 좋다

빈대란놈은 빨기를 잘하니
아편쟁이로 돌리고 흥흥 좋다

벼루기란놈은 쏘기를 잘하니
포수군으로 돌리고 흥흥 좋다

황둥개란놈은 문역을 잘지키니
보초군으로 돌리고 흥흥 좋다
(고기준 창, 김태갑 채집)

말몰이군 타령

퉁경소리 앵가당댕가당 나더니
마사군[1] 도련님 썩 들어선다
이히야하 이히야하
어섬마 두둥둥 또 나서라
이하야하 이하야하
마사군 도련님 오실줄 알고
이밥을 하려다 백반을 했소

퉁경소리 앵가당댕가당 나더니
마사군 도련님 썩 들어선다
이히야하 이히야하
어섬마 두둥둥 또 나서라
이하야하 이하야하
마사군 도련님 오신줄 알고
명태를 찌려다 북어를 쪘소

퉁경소리 앵가당댕가당 나더니
마사군 도련님 썩 들어선다
이히야하 이히야하
어섬마 두둥둥 또 나서라.
이하야하 이하야하
마사군 도련님 오신줄 알고
닭알을 찔려다 계란을 쪘소

(류준성 창 리황훈 채보)

주: 1) 마사군— 말몰이군

징검타령

엿다여봐라 징검아
요내머리를 베여다가
월자전[1]에가 팔아서
다문닷돈을 못받아도
네돈석냥을 내갚는다

엿다여봐라 징검아
요내귀를 베여다가
쪽박전에가 팔아서
다문닷돈을 못받아도
네돈석냥을 내갚는다

엿다여봐라 징검아
요내눈을 빼여다가
안경전에가 팔아서
다문닷돈을 못받아도
네돈석냥을 내갚는다

엿다여봐라 징검아
요내골을 빼여다가
망건전에가 팔아서
다문닷돈을 못받아도
네돈석냥을 내갚는다

엿다여봐라 징검아
요내입을 베여다가
새납전에가 팔아서

다문닷돈을 못받아도
네돈석냥을 내갚는다

엿다여봐라 징검아
요내목을 베여다가
행금통으로 팔아서
다문닷돈을 못받아도
네돈석냥을 내갚는다

엿다여봐라 징검아
요내젖을 베여다가
양젖통으로 팔아서
다문닷돈을 못받아도
네돈석냥을 내갚는다

엿다여봐라 징검아
요내코를 베여다가
추자²⁾전에게 팔아서
다문닷돈을 못받아도
네돈석냥을 내갚는다

엿다여봐라 징검아
요내몸뚱이 갖다가
절구통으로 팔아서
다문닷돈을 못받아도
네돈석냥을 내갚는다.

(신인순 창, 리황훈 채보)

주: 1) 월자전 - 달비를 파는 집.
　　2) 추자 - 술을 뜨거나 땅을 거르는데 쓰는 기구의 일종.

친구대접

길을 가다 돈 한잎 주었네
떡전으로 갈거나
밥전으로 갈거나
떡전으로 가서야
떡 하나를 사서야
먹고나 보니 욕이요
돌아다 보니 친구라
친구대접 못했네

대가릴랑 떼여서
술독마개로 팔아도
친구대접은 하겠네
친구대접은 하겠네

눈알일랑 빼여서
침통으로 팔아도
돈 댓냥은 받겠네
치구대접은 하겠네

귀때길랑 떼여서
조개약으로 팔아도
돈 댓냥은 받겠네
친구대접은 하겠네

이빨일랑 빼여서
골패쪽으로 팔아도
돈 댓냥은 받겠네

친구대접은 하겠네.

(조계천 창, 리황훈 채보)

달달궁궁

달궁달궁 달달궁궁[1]
마당을 쓸다가
귀떨어진 동전한잎 주었네
서울가서 밤한알 사서
통로공안에 삶아
껍데기는 애비 먹고
속껍질은 에미 먹고
알맹이는 너를 주마
달궁달궁 달달궁궁.

(최세옥 창, 리상각 채집)

_____

주: 1) 달달궁궁 - 동전잎이 달달 구을르는 소리

고기타령

뛴다 뛴다
고기가 뛴다
령의정 고래
좌의정 숭어
우의정 민어

홍아 정적
승지 전복
옥당안에 대사 가네 자가살이
황적의 등곱은 새우
어령서령 다 동그라 자빠지고
꽁지 낙지
낙지 꽁지
두르쳐 밀치
수많은 곤쟁이
때많은 송사리
눈 큰 준치
키 큰 칼치
머리 큰 문어
입 큰 대고
넙적 가재미
대접같은 금붕어
다 너를 보고
그물 펴리만 여겨
아하 아주 펄펄 뛰여
넘쳐 달아나는구나
그중에 의견많고
내속 숭물 흉측스런
오징어란 놈은
눈깔 빼서 꽁무니에 박고
벼리밖으로 도는데
길같은 농어란 놈은
초친 고추장냄새 맡고
갈앉아 슬슬.

(신옥화 창, 김태갑 채집)

개타령(1)

(노래) 개야 개야 개야
　　　얼러쿵덜러쿵 수캐야
　　　밤사람을 보구서
　　　네가 함부로 짖지를 말아
　　　아하아하 에헤야
　　　아하아하 에헤야

(말)　　이가이 양양
　　　밤사람 보구 함부로 짖다간
　　　개미허리 열두동강 내서
　　　된장국에다 땀을 훨씬 내갔다

(노래) 옳다 그렇지 두둥둥
　　　둥둥둥 둥게야
　　　네가 내사랑아
　　　아하아하 에헤야

(노래) 앵무나아래
　　　병아리 한쌍 노는건
　　　총각랑군의
　　　에루와 몸보신감이라

(말)　　수리 위이 다 챘다
　　　무엇이 다 챘단말가
　　　저 오봉산 수리가 다 챘다
　　　한놈은 어쨌노
　　　한놈은 쥐가 똥구멍 팠기로

술안주 해먹었지

(노래) 옳다 그렇지 두둥둥
　　　 네가 내사랑아
　　　 아하아하 에헤야.
　　　　　　　 (조종주 창, 김태갑 채집) 1979.

개타령(2)

개야 개야 개 헤야
두귀가 축처진 신둥아
사람을 보고서 어찌 함부로 짓느냐
아하에 헤에헤야 에헤이 에헤야
앞집에 처녀가 시집을 가는데
뒤집의 총각놈 목매려 가누나
사람죽는것 아깝지 않으니
새기나 서발이 떠난봉 나누나
에헤에헤 에헤이 에헤이
　　　　　　 (창, 채보 미상. 료녕 민요곡집)

개타령

개야 개야 거검둥 수캐야
밤사람 보고 네가 함부로 짓느냐

에에이에야 에에에
함부로 컹컹 짓다가서는
개미허리가 두동강 나고
량각을 떠서 솥안에 넣고
숯등을 덮고서 비지땀내리라
아서라 말어라 네그리 말어라
얼싸 좋다 둥둥 네가 내 사랑이여라

(창, 채보 미상. 료녕민족출판사 ≪민요곡집≫에서)

가난한 량반(3)

량반이 가난해서
감주쌀을 많이나 먹어
감주읍내로 부뜰려 갔네
매는 매는 많이 맞고
집구석을 돌아오다
도랑을 건너다 도복을 잃고
개를 패다가 작대를 잃고
대변을 보다가 갓을 잃고
집구석을 돌아오니
행랑채는 불이 붙고
몸채는 도독이 붙었다.
시어머니 모구질 가고
며느리는 사당질 갔네
방구석을 디려다 보니
벼개딱지는 땅줄을 놓고

담배대는 요절을 한다
정지구석 내려다 보니
함박쪽박이 요절을 하고
귀뚜라미가 퉁소를 분다
마루밑에를 디려다 보니
나막신짝이 육갑을 한다
고방문을 열고 보니
학이 한쌍이 부질없이두 날아간다

(송옥주 창, 리황훈 채보)

령감타령

령감
왜 그래
아래방 골방안에
모본단조끼 보았소
보았네 보았네
보았으면 어찌하였나
뒤집의 김도령
몸맵시 내라고 주었지
잘했군 잘했군 잘했지
고러하길래 내 령감

령감
왜 그래
아래방 골방안에

삼승보선 보았나
보았네 보았네
보았으면 어찌하여나
뒤집의 김도령
발맵시 나라고 주었지
잘했군 잘했군 잘했군
고러하길래 내 령감

(김우상 창, 김태갑 수집)

주: ≪령감타령≫은 마치 앞뒤집의 사이좋은 관계를 노래한 세태요같지만 사실상에서는
풍자요다. 왜냐하면 이 민요에는 남녀간의 삼각관계가 암시되여있다는것이다. 령감은
마누라가 뒤집의 김도령하고 좋아하는것을 눈치채고 마누라가 김도령 주려고 준비한
모본단조끼나 삼승보선을 슬며시 감추고는 마주라고 그것을 못 봤느냐구 물어보니간
자기가 벌써 김도령을 주었다고 하는것이다. 분수없는 마누라는 령감의 속내를 모르고
잘했다고 치히히는것이다. 알고 들으면 아주 재미나는 노래다. 문화라는것은 이렇게 신
축성이 있는것이여서 만든 사람은 반어를 썼는데도 부르는자나 듣는자는 다른 각도에
서 틀리게 리해하고도 모르고 지날수 있는것이다. 이 노래는 평양에서 나왔다고 한다.

중타령

나려온다 나려와 나려온다 나려와
중하나가 나려온다 중하나가 나려온다
세대삿갓을 숙여쓰고 온당바랑은 걺너지고
백발염주는 목애 걸고 담주는 팔에 걸고
목탁은 손에 쥐고 죽길초장 반화장삼은
옷고롬에다 늦게 차고 흔들흔들 나려온다
저기 저중아 치레 봐라 저기 저중아 호사 봐라

한곳을 당도하니 어떠한 계집인지
백만교태 버려놓고 록수청림 은은한데
해당화 그늘속에 봉정을 희롱한다
목란화 가지꺾어 머리우에 꽂아보며
인계수야 백사장에 조약돌도 듬북 쥐여
양류지상 앉은 꾀꼬리 후여 툭쳐 날리며
매화가지 휘여잡고 내려온다

한곳을 당도하니 어떠한계집인지
상하의복 훨훨 벗고 목욕을 하는구나
물한줌 듬뿍 쥐여 이마위에 문질문질
또 한줌 듬뿍 쥐여 가슴에도 문질문질
또 한줌 듬뿍 쥐여 배꼽아래도 문질문질
중사람 보는대로 궁둥이를 내여놓고
말못하는 벙어리에게 양치질도 시키며
이리 흔들 저리 흔들 흔들거리며 잘도 논다

저것이 무엇이냐 귀신이냐 사람이냐
들어갈가 말가 실수하면 어쩌나
구절죽장 앞에 놓고 소승의 문안이요
에라 이 중 물러가라 에라 이 중 어데 사나
소승이 사옵기는 일정암 사옵니다
일정암을 가옵다가 다행이 만났소이다
칠보가삼 둘러메고 구절죽장 하루로 짚고
강산을 돌면서 구하는건 미인이라

에라 이 중 물러가라중이라고 한다면
산간에 깊이 들어 불도나 닦을게지
속간에 내려와 무리한 말 이리 한다

니중 저중 허피마오
귀우에 중이지 귀하래도 중인가
벼락 맞아도 소승 급살 맞아도 소승
저 중의 거동 보소 청등청등 들어가니
부인이 할수 있나 잇갈아 허락하니
중사람 좋아서 부인을 데리고 논다

아서라 속았지 이 노릇이 좋은걸
산간에 깊이 들어 불도를 왜 닦겠나
머리에 쓴 굴갓 좔좔 찢어서
시내강변에 던져놓고
목에 건 영주는 시내물에 던져놓고
목탁은 두쪽내여 장물 종고리 좋을씨구
구절죽장은 뚝뚝 꺾어서 부시댕기가 좋을시구
죽감투 벗어서 쌀조리하기가 좋을시구
입었던 장삼 훨훨 벗어 무릎밑에 접어놓고
부인을 데리고 논다
북해 흑룡이 여의주 물고 행운간으로 노니는듯
당산 봉학이 죽시를 물고 오동사이로 나드는듯
구곡청학이 란초를 물고 솔밭속으로 노니는듯
청풍청학이 벗을 불러 세류간으로 노니는듯하여라

(창 , 채보 미상. 료녕민족출판사 ≪민요곡집≫에서)

주: 이 노래는 서사요라고 할수 있지만 중의 허위성에 대한 풍자가 너무도 신랄하기에 풍
　자요에 수록한다. 여러가지로 잘 포장된 중의 종교적리념은 결코 약하지 않지만 인간
　의 원욕은 풋풋한것이다. 중도 인간이니 어쩔수 없는것이 아닌가.

땅기타령

땅기땅기 땅땅기 스르르 땅기도 땅땅기
이마눈섭도 고운데 동집게 신세도 여북하다

땅기땅기 땅땅기 스르르 땅기도 땅땅기
입술맵시도 고운데 금이발신세도 여북하다

땅기땅기 땅땅기 스르르 땅기도 땅땅기
손가락맵시도 고운데 가락지신세도 여북하다

땅기땅기 땅땅기 스르르 땅기도 땅땅기
허리맵시도 고운데 군띠신세도 여국하다

땅기땅기 땅땅기 스스르 땅기도 땅땅기
발길맵시도 고운데 보선신세도 여북하다
                    (한옥금 창, 리황훈 채보)

쌍둥이노래

쌍둥아들 형제들 혼인하니까
색씨마다 제신랑 자세히 모른다
작은 색씨 제혼자 단장을 차릴때
새신랑이 들어오니 수작을 건넌다
나는곱지 나는곱지 나는 곱지요
기는 눈섭 붉은 얼굴 나는 곱지요

아 이거 제수님 잘못봤습니다
나의 동생은 밖에서 안들어왔어요
부끄러운 마음에 후원에 나가서
이리저리 다니며 꽃구경할때에
저건너편 언덕우에 새신랑 오누나
빨리빨리 뛰여가서 수작을 건넌다
나는곱지 나는곱지 나는곱지요
가는눈섭 붉은얼굴 나는 곱지요
아 이거 제수님 또 잘못봤습니다
여직까지 아까보던 그사람이요

(김병화 창, 리황훈 채보)

제5부 서사요

배따라기[1]

요내 춘색은 다 지나고
황국단풍이 돌아를 왔고나
에 지화자 좋다
천생만민은 필수직업이
다 각각 달라서
우리는 구태여 선인몸이 되어
먹는 밥은 사자밥[2]이요
자는 곳은 칠성판이라
옛날 로인이 하시던 말씀
속언속담으로 알어를 왔더니
금일 당도하여
우리도 백년이 다 진토록
살잔 말이야
에 지화자 좋다

이럭저럭 행선하여 나가다가
좌우산천을 바라를 보니
운무는 자욱하여
동서사방을 알수 없는데
령자[3]님이 쇠[4]놓아보아라
평양대동강이 어디메로 붙었나
에 지화자자 좋다

연파만리 수로창파
불려들 갈적에
배전은 너울너울
물결은 출렁출렁

해도상에 당도하니
바다의 초⁵⁾라는것은 돌이로구나
배는 초에 지끈 마주치니
배쌈은 갈라지고
용천⁶⁾은 끊어지고
돛대는 부서져 삼절이 나고
기발은 찢어져
환고락⁷⁾ 할적에
검은물은 멀물머물하여
죽는다는 부지기수라
할수없이 돛대차고
만경창파에 뛰여드니
갈매기란놈은 등을 파고
상어란놈은 발목을 물고
지근지근 당길적에
우리도 세상에
인생에 어복중장사⁸⁾를
하게 된단 말이냐
에 지화자자 좋다

이리저리 불려가다가
요행으로 고향배를 얻어만나
건져주어 살아를 나서
고향으로 돌아를 갈적에
원포귀범⁹⁾에다 돛을 달고
애내일성¹⁰⁾에
북을 둥둥 울리면서
좌우산천을 바라를 보니
산이라도 예보던 산이요

물리라도 예보던 록수로다
해지고 저문날에
잘새는 깃을 찾어
무리무리 다 날아들고
야색은 창망한데
길길조차 아득하구나
때는 마침 어느 때냐
중추팔월 십오일야에
광명좋은 저 달은
두리둥실 떠밝은데
황릉묘상에 두견이 울고
청파록림에 갈매기 울고
원체객산에[11] 잰내비 휘파람소리
슬피 우는데
가뜩이나 심란한중에
서북강남 외기러기는
안성으로 짝을 불러
한수[12]로 떼떼떼
울면서 감돌아들제
다른 생각은 아니 하고
동동숙 동동식[13]하던
동무생각에 눈물이 나누나
에 지화자자 좋다.

(조종주 창, 김태갑 채집)

───────────────

주: 서도잡가의 하나. 원래 이 노래는 옛날 사신일행이 타고가는 배가 포구를 더날 때 부
　르는 노래였다고 한다. 그러나 후세에 오면서 주로 어부들의 비참한 생활을 담고있다.
　이 민요는 느리고 서정적으로 부르는 ≪진배따라기≫와빠르고 흥겹게 부르는 ≪잦은
　배따라기(봉죽타령)≫ 두가지가 있는데 전자는 고향과 부모처자를 두고 망망대해로
　나갔다가 구사일생으로 돌아오는 어부들의 비참한 모습을 애절한 정서로 노래하고

잇고 후자는 죽음의 고비를 헤쳐가면서 물고기를 한배 가득 싣고 포구로 돌아오는 어부들의 기쁨을 긍지높이 노래하고있다. 여기에 수록하는것은 ≪긴배따라기≫다.

1) 배따라기- 배떠나기라는 뜻인데 굳어져 노래이름으로 되었음.
2) 사자밥- 사람이 죽어서 초혼할 때 저승에서 온 사자에게 먹인다는 밥.
3) 령자- 선장.
4) 쇠- 지남철. 라침판.
5) 초- 암초.
6) 용천- 돛대에 맨 줄. 용총줄.
7) 환고락- 고락이 엉킨 생활.
8) 어북중장사- 고기배속에 장사지내다.
9) 원포귀범- 돛달고 먼 포구로 돌아감.
10) 애내일성- 배따라기노래.
11) 원체객산- 잰내비울음소리에 나그네 마음이 산란해짐.
12) 한수- 중국의 중원에 있는 강이름.
13) 동동숙 동동식- 같이 자고 같이 먹다.

남도령과 서처자

남산밑에 남도령아
서산밑에 서처자야
나물뜯으러 가잤시라
나물뜯으러 갈라하니
신이 없어서 못 가겠소
신이 없어 못가며는
남도령신을 신고가지
남도령 신은 서처자 주고
서처자 신은 남도령 주고
나물 뜯으러 갈라하니
보가 없어 못가겠소
보가 없어 못가며는

내보 하나 빌려주지
나물 뜯으러 갈라하니
칼이 없어 못가겠소
칼이 없어 못가며는
남도령 칼을 가져가지
나물 뜯으러 가자하니
밥이 없어 못 가겠소
밥이 없어 못 가며는
남도령 밥을 가져가지
남문밖으로 썩나서서
남산으로 치치달아
비죽비죽 비지초라
한치마 뜯어서 한귀 싸고
한치마 뜯어서 또 한귀 쌌다
뺑뺑 돌아서 도라지나물
한치마 뜯어서 세귀에 쌌다
먹기 좋고 향내 나는
참나물 뜯어서 네귀에 쌌다
먹기 좋은 곤달비로
온보 채워서 다뜯었내
그럭저럭 다 캐고보니
해가 서산에 기울었네.

(김말순 창, 리황훈 채보)

고아의 노래

저기가는 저아버님
저기가는 저어마님
앙금앙금 걷는애기
젖을달라 보채울고
자작자작 걷는애기
신을달라 보채울고
우리엄마 올때까지
우리애기 젖좀주소
우리아빠 올때까지
우리애기 젖좀주소

너의엄마 언제오나
동솥밑에 앉힌밥이
싹이나면 돌아오고
살강밑에 삶은콩이
눈이트면 돌아오고
병풍안에 그린닭이
홰를치면 돌아오고
시렁우에 그린룡이
꼬리치면 돌아온다

남동생이 열다섯살
어머니묘 찾아가니
싸리나무 소복해서
싸리베여 짊어지고
한등넘어 아버지먀
풋나무를 가득해서

풋나무를 메고가오
한단팔아 책을사고
한단팔아 붓을샀소
책을사서 옆에끼고
붓을사서 손에들고
대감집을 지나는데
대감집의 맏딸님이
마루끝에 나와앉아
하는말이 저총각아
하루밤만 쉬여가라
하는말이 곱다마는
길이바빠 못들겠소
그대로만 지나가니
자기방에 안든다고
세싱몹쓸 욕다한다

저기가는 저총각이
말을타고 장가가면
말다리가 부러지고
가마타고 장가가면
가마채가 부러지고
대루청¹⁾에 들거들랑
사모관대 떨어져라
점심상을 받거들랑
상다리가 부러지고
은수절을 들거들랑
은수절이 부러지고
첫날방에 들거들랑
잠든듯이 잦아들라

그총각이 독을입어
저승길을 떠날적에
원통하여 하는 말이
내숨이져 죽은후에
대감집의 맏딸님이
시집가는 길가에다
봉분지어 묻어달라

대감집의 맏딸님이
좋은집에 시집갈 때
가마메고 지나다가
가마채가 딱붙었다
이각시가 하는말이
저승사람 될라치면
밑장백이 갈라지고
이승사람 될라치면
가마채가 떨어져라
대감딸님 말그치자
가마밑창 떡갈라져
총각랑군 나오더니
각시끌고 들어가며
생사결단 하자누나.

(배병찬 창, 리상각 채집)

주: 1) 대루청-대궐로 들어갈 때 기다리는 곳.

은 잔

한살먹어 엄마죽고
두 살먹어 아빠죽고
호부다섯 말을배워
열다섯에 시집가서
시집가던 사흘만에
아래도장[1] 내려가서
은잔하나 만지다가
은잔하나 깨뜨렸네
후초같은 시아버님
마루끝에 걸앉아서
어제왔는 이며느리
느그집에[2] 가거들랑
앞들전지 다파나마[3]
은전하나 물어내라
고치같은 시어머님
방문와락 열고보며
아래왔는 이며느리
느그집에 가거들랑
말매소매[4] 다파나마
은잔하나 물어내라
앵도같은 시누씨는
청애통통 나서면서
아래왔는 저각시야
느그집에 가거들랑
노비권식 다파나마
은잔하나 물어내라
홍글홍글 맏동서는

이리가며 홍글치고
저리가며 홍글치고
속눈결눈 흘끗힐끗
입술이가 달싹달싹
홍글홍글 야단이라
이방저방 다치우고
꽃방석은 밑에놓고
좌명돗[5]은 우에펴고
시아버님 여앉이요
시어머님 여앉이요
맏동서도 여앉이요
시누씨도 여앉아서
이내말을 들어보소
칠팔월의 기장밭에
돌피같은 당신아들
나와같이 옷을입혀
공단띠를 곱게매여
수시갓[6]을 숙여쓰고
다락같은 말을태워
허다동네 다지나고
억만장안 치치달아
내집까지 찾아와서
정사방[7]을 차려놓고
팔복병풍 둘러치고
닭한쌍을 마주놓고
나무접시 듸밀적에
은잔하나 대단턴가
은소잡아 작별할제
쥐도새도 모를적에

밤중새별 떠올적에
요내몸을 헐었으니
온칸몸[8]을 채워주면
두말없이 잔말없이
은잔하나 물어줌세
어따말아 남이알리
네그럴줄 내몰랐다
뒤동산에 남글비여
앞동산에 터를닦아
렬녀비를 세워줄가
삼간별당 지어줄가.

(창 미상, 리룡득 채집)

주: 1) 아래도장- 고방창고.
  2) 느그집에- 너의 집에.
  3) 다파나마- 다 팔더라도.
  4) 말매소매- 말이며 소며.
  5) 좌명돗- 솜을 많이 둔 이불.
  6) 수시갓- 숫달린 갓.
  7) 정사방- 큰상, 잔치상.
  8) 온칸몸- 온전한 몸.석경 동집게

옥중가

서방님 잠간 듣자시오
래일 본관 사또 생신끝에
나를 올리라고 령내리시거든
칼머리나 돌려주오

나 죽었다 하오거든
아무 손도 대지 말고
쌌궁인체 다려들어
서방님손으로 감장하여
부용당 방을 치우고
깔고자던 백담요에
비던 비개 덮던 이불
나를 자는듯이 눞혀놓고
비단입성도 나는 싫어어요
서방님 헌옷 벗어
천금치금으로 덮어주오
전라도땅은 나는 싫어요
경기당 서방님 건사하에
깊이 파고 나를 묻어주오
평토제를 지낼적에
서방님
제물을 갖추갖추 모아가지고
내 무덤앞에와 우뚝 서서
이 넋이 뉘 넋인가
망부가를 지어내던
왕소군의 넋도 아니요
공양미 삼백석에
어둔눈을 띄워내던
심란자의 넋도 아니오
수절원사 춘향지묘라고
여덟자만 새겨주오

(신옥화 창, 김태갑 채집)

주: 《춘향전》의 한 단락.

심청가

옛도화도 한가정에
그집 식구 세사람
계집아이 심정이를
낳은신지 칠일만에
어머니는 세상뜨고
눈먼 애비 심봉사가
갓난 딸을 품에 안고
동네방을 다니면서
동냥젖을 먹인다

젖좀 주소 젖좀 주소
불쌍하고 가련한
이 어린것 살려주소
어린 심청 구해주소

고생스레 자라나서
나이 차고 철이 든
맘씨고운 심청이는
눈먼 부친 심봉사를
진정으로 공경하여
집집마다 다니면서
동냥밥을 빌었네

어느 한날 중이 와서
공양입쌀 삼백석을
부처님께 시주하면
어둔 눈을 뜬다해서

만고효녀 심청이는
남경장사 선인에게
공양미 삼백석에
자기 몸을 팔았네

심청이는 하나님께
기도하여 비는말이
이몸 하나 죽는것은
섧지 아니 하오니
우리부친 하루 빨리
대명천지 보게 하소

넓고넓은 서해바다
풍랑이 일어나니
남경장사 선인들은
시간재촉 하는구나
절세효녀 심청이는
아버지와 작별하고
선인들의 호령따라
깊고깊은 임당수에
치마쓰고 뛰여들어
고기밥이 되는구나.

내 사랑아 내 사랑아
나의 사랑 심청아
너를 팔아 내눈 뜨면
그눈 해서 무엇하랴
늙은 애비 혼자 두고
영영 네가 어디 가나

눈뜨는건 내사 싫다
가지 말아 심청아
어화둥둥 내 사랑아
나의 사랑 심청아.

(김순화 창, 조성일 채집)

주: ≪심청전≫ 한 단락.

흥부가

흥부가 꿇어앉아
나가란 말 듣더니만
아이고 여보 형님
동생을 나가라 하시니
이 엄동설한에
어느곳으로 가면 살듯하오
갈곳이나 알려주오
이놈 내가 너를
갈곳까지 일러주랴
잔소리말고 나가거라
흥부가 기가 막혀
안으로 들어오며
아이구 여보 마누라
형님이 나가시라니
어느 분부라고 안가리까
자식들을 챙겨보소

큰자식아 어디 갔나
둘째놈아 이리 오너라
이사짐을 챙겨지고
놀부앞에 가 들어서서
형님 갑니다
부디 안녕히 계십시오
울며불며 떠날제
서산에 해가 지고
월출동령에 달 솟는다
부모님이 살아 생전에는
네것내것 다름이 없어
형제도 호의호식
먹고 남고 먹고 남어
쓰고 남고 먹고 남어
세상분별을 내가 몰랐더니
흥부놈의 신세가
일조에 이리 될줄은
귀신인들 알겠느냐
어느곳으로 갈가
아서라 도방으로 가자
도방으로 가자니
격식을 몰라서 살수 없고
충청도 가 살자니
량반들이 드세 살수 없으니
어느곳으로 가면 잘살거나

(신옥화 창, 김태갑 채집)

주: ≪흥부전≫의 한 단락.

토끼화상

토끼화상을 그린다
토끼용모를 그린다
화공을 불러라
화공을 불렀소
연소왕의 황금대[1]
미인 그리던 환쟁이
리적선 봉황대
봉그리던 환쟁이
남국천자 능허대[2]상
일월 그리던 환쟁이
동작류리 청홍연[3]
금수파 거북연적[4]
오징어로 먹을 갈아
양도화필 덤뿍 풀어
백릉설화 간지[5]상에
이리저리 그린다
천하명산 승지간에
경개보던 눈 그리고
란초지초 온갖 화초
꽃따먹던 입 그리고
봉래방장[6] 운무중에
내잘맡던 코 그리고
두견앵무 지저귈제
소리듣던 귀 그리고
만화방창 화림중에
뛰여가던 발 그리고
언동설한 설한풍에

방풍하던 털 그리고
신농씨 백초야[7]에
이슬떨던 꼬리 그려
두귀는 쫑긋
두눈은 또렷또렷
허리 늘씬
꽁대기 모똥
좌편을 청산
우편은 록수로다
록수청산 깊은 골에
들락날락 오락가락
암금주춤 섰는 모양
산중토 화중토
아미산월에 반륜토[8]가
여기서 더할소냐
쏼쏼 그려 내던지며
옛다 벌주부야 너받아라
네가 가지고 가거라.

(조복남 창, 김태갑 채집)

주: ≪토끼전≫의 한 단락.
   1) 연소왕의 황금대- 중국전국시대의 연나라 소왕이 쓰던 대(臺).
   2) 남국천자 능허대- 남쪽나라 임금이 쓰던 대.
   3) 동작류리- 벼루 이름.
   4) 거북연적- 벼루물을 담은 거북모야으로 생긴 그릇.
   5) 백릉설화- 종이 이름. 간지- 편지지.
   6) 봉래방정- 산 이름.
   7) 백초야- 전설에서 신농씨가 뿌린 백곡이 자라는 들판.
   8) 반륜토- 전설에 달속에 있다는 토끼.

토끼타령

한곳에 바라봐
묘한 짐승이 앉았네
귀는 쫑긋 눈은 도리도리
허리 늘씬 꽁대기 모똥
좌편은 청산이요
우편은 록수라
록수청산에 에굽은 장송
휘휘 늘어진 양류수
들락날락 오락가락
앙금주춤 앉은것이
저게 분명 토끼로다
저기 앉은게
퇴생원이요[1] 불러놓으니
토끼가 듣고서
깜짝 놀라
거기 누구가 날 찾나
기산영수 소부 허유
벗을 하자구 날 찾나
상산우의 사흐로인
바둑을 두자고 날 찾나
산중귀로 백록 탄
려동빈이 날 찾나
건너편산 과부토끼
서방을 삼자고 날 찾나
날 찾을이가 없건마는
거기 누구가 날 찾나
요리도 깡충

조리도 깡충
하늘거리고 나온다.

(박정렬 창, 김태갑 채집)

주: 역시 ≪토끼전≫의 한 단락.

로처녀가[1]

섧구두 설은지고
어이하야 섧은고
인간만사 설은주에
이내 설음 같을소냐
서러운 말 하자하니
남보기 부끄럽고
분한 말 하자하니
가슴답답 누가 알리
남모르는 이 설음
천지간에 또 있난가
옷이 없어 설은가
밥이 없어 설은가
이 설음을 어이 풀랴
부모님두 야속하구
친척들도 무정하다
내 본시 둘째딸로
쓸데없다 하겠지만
내 나이를 헤여보니

사십이 넘었구나
요 먼저 우리 언니
스무살에 시집가고
셋째 아우년은
십구세에 서방맞아
태평으로 지내는데
불쌍한야 이내 몸은
어리 그리 이러할가
덧없이 가는 세월에
내 나이 츠렁군²⁾이 되었구나
시집이 어떠한지
서방맛이 어떠한지
생각만 하여도 싱싱생성
쓴지단지 모르겠네
내 비록 병신이나
님과 같이 못할소냐
내 낯이 얽었지만
얽은 곳에 슬기 돋고
내 낯이 검다마소
분칠하면 아니 흴가
한쪽 눈이 멀었지만
바늘귀를 능히 꿰구
보선볼을 능히 받네
코구멍이 맥맥하나
냄새를 일삭 맡고
귀먹었다 흉을 봐도
크게 하면 알아 듣구
천둥소리 능히 듣네
오른손으로 밥먹으니

왼손하여서 무엇하며
왼편다리 병신이나
뒤간출입 능히 하네
입술이 푸르지만
연주빛을 발라보세
엉치뼈가 너른건
해산 잘할 장본이요
앞가슴에 도드라진건
진일[3] 잘할 기골일세
목아래 검은 혹은
추어보면 귀결기요
목은 비록 옴츠랐지만
만져보면 없을소냐
내 얼굴이 곱진 않아도
일등 수모[4] 불러다가
헌그럽게[5] 단장하면
남다 맞는 서방을
낸들 설마 못맞을가
……
(중간 생략)
……
지성이면 감천이라
부모님도 의논하고
동생들도 의논하야
김도령과 의혼하니
첫마디에 되는구나
혼인날자 떨어지니
엉덩춤이 절로 나고
어깨춤이 절로 나누나

두주먹을야 불끈 쥐고
종종걸음으로
삽살개 찾아가서
넌지시 하는 말이
삽살개야 삽살개야
나도 인젠 시집간다
네가 내꿈 깨울적에는
원쑤같이 보았더니
오날 너를 보니
리별할날 멀지 않구나
밥줄 사람 나뿐이라
이와같이 말하구서
혼행날이 돌아오니
신부의 칠보단장
신랑의 사모관대
신부의 아담함과
신랑의 동탁함이
천생배필인줄 알겠구나
신방에 금침 펴고
부부 서로 동침하니
원앙은 록수에 놀고
비춰는 련리지에
깃들인것 같구나
못쓰던 팔 능히 쓰고
못듣던 귀 능히 들으니
이 아니 희한한가
혼인한지 십삭만에
옥동자를 순산하니
쌍태가 더욱 좋다

부부간에 금슬 좋고
자손이 망가하고
가산이 부유하고
공명이 이룩되니
이 아니 무던한가.

(조종주 창, 김태갑 채집)

주: 1) 이 노래는 한 로처녀가 갖은 곡절끄에 김도령과 짝을 무어 행복을 누리는 이야기를
　　　해학적으로 엮은 장편가사인데 여기에서는 첫부분과 끝부분만을 절록하였다.
　　2) 츠렁군- 처량한 몸이 됨.
　　3) 진일- 밥짓는 일, 빨래 등 물을 다루는 일. 일반적으로 어려운일을 가리킴.
　　4) 수모- 혼인날 신부의 화장을 하여주는 여자.
　　5) 헌그럽게- 화려하게.

백발가

슬프고도 슬프도다
어찌하야 슬프던고
이세월이 견고한줄
태산같이 믿었더니
백년광음 못다가서
백발되니 슬프도다
어화청춘 소년들아
백발로인 웃지말아
덧없이 가는세월
낸들아니 늙을소냐
소문없이 오는백발
귀밑이 희박하고

청좌없이 오는백발
털끝마다 점고하니
이리저리 하여본들
오는백발 금할소냐
위풍으로 제어하면
겁을내여 아니올가
근력으로 쫓아보면
무안하여 아니올가
욕으로 거절하면
노염으로 아니올가
드는칼로 냅다치면
혼이나서 아니올가
위장으로 가려놓면
보지못해 아니올가
소진장의 구변으로
달래보면 아니올가
석숭이의 억만제로
인정쓰면 아니올가
좋은술을 많이빚어
권하오면 아니올가
만반진수 차려놓고
빌어보면 아니올가
할수없는 저백발은
사람마다 느끼는구나
인생부득 갱소년은
풍월중에 명담이라
삼천갑자 동박삭은
전생후생 초분이요
팔백년을 사는팽조

고문금문 또있는가
부운같은 이세상에
초로같은 우리인생
물우에 거품이요
위수에 부평이요
칠팔십을 살더래도
일장춘몽 꿈같구나
이내몸은 늙어지면
다시젊기 어렵도다
창일이 글자낼 때
가증하다 늙을로자
진시황의 부서시에
타지않고 남아있어
의비없고 사정없이
세상사람 다늙이는
늙기도 섧다는데
모양조차 추해지네
꽃같이 곱던얼굴에
검은버섯은 웬말이며
옥같이 희던살이
광대등골 되었구나
삼단같은 검던머리
불한당이 쳐갔으며
불따귀에 있던살은
마구할미 우벼갔나
새별같이 밝던눈은
반장님이 되어있고
거울같이 맑던귀가
절벽강산 되었구나

밥먹을때 볼작시면
아래턱이 코를치고
정강이를 걸고보면
비수같이 날이섰고
팔때기를 걷고보니
수양버들 다늘어졌네
무삼설음 쌓였는지
눈물조차 흘러지고
추위한기 들었는지
코물조차 흐르도다
떡가루를 칠라는지
체머리를 흔들흔들
지팽이를 짚었으니
등짐장사를 하랴는가
묵묵누워 앉았느니
비백불만 말만하네
누가주어 늙었는지
남만보며는 떼만쓰고
소년보면 같이하야
얼뜻하며는 성만내고
례사말을 하건마는
건뜻하며는 섧어하며
륙십륙갑 꼽아보니
덧없이벌써 돌아가고
사시절을 살펴보니
빠르게도 돌아간다
늙을수록 분한말을
정할수가 바이없네
편작을 다려다가

늙은병 고쳐볼가
염라대왕 소지하야
늙지말게 하여볼가
주야자탄 생각하니
늙지말게 수가없고
억만번다시 생각하니
이내몸 늙은게 서러워
내어이 살가.

(조종주 창, 김태갑 채집)

류별가

서두나 물곬에서 사시붓대쥐고
빙글뱅글 두만강수로 내려간다
강변의 버드나무 내동무삼고
구녕바위로 어널널 들어간다
들어갈적 오줌이 살살 가슴이 두근두근
죽을고비 넘는다 어떻게 갈가
또다시 요렇게 작두간을 나간ㄷ
우주죽우주죽 콩닦는 소리
사시붓대는 내동무 내사랑
기술이 좋아 앉아서도 가노라
와짝와짝 나가면서 좋아 노래부른다

회령구로 당도하니 가슴이 두근다끈
빙글뱅글 돌아서 회령구로 들어간다

술아니 먹자고 맹세를 했더니
얼씨구나 좋아서 한잔 먹는다
에 좋구나 허널널이 절로난다
내려가 내려가 두만강변 내려가
범구석 지나서 납작바위 당도하니
사시붓대 쥐고서 슬렁슬쩍 내린다
사시붓대 내동무 삿대를 쥐고서
오르며 내리며 눈물이 쏼쏼

나무통아 나무통아 요내신세 말해주렴
청산도 산이요 두만강도 물이요
요내일신도 사람인데 누굴 바랄가
야밤삼경 떼우에서 촛대잠만 자노라
새벽서리 찬바람에 어떻게 갈가나
명일에 요행히 당도한다면
또한잔 먹고서 노래나 부를가
신세자탄 내노래는 어디다 전할가
두만강은 눈물강 내집이라오

또다시 적막강산 내려갈적에
요내일신 사람이냐 귀신이냐
적막한 강산에 나하나뿐이로다
이신세로 어이살랴 흐르나니 눈물인데
눈물은 흘러서 두만강수라
피눈물로 두만강에 노래부른다
아서라 돈없다고 괄세를 말어라
사람이 중터냐 돈이 중타더냐
개도 안먹는돈 돈이다 뭐냐
대대손손 앞날을보고 나는 떼를타노라

가다가 떼목이 섬에 걸리니
떼목을 떼느라 땀을 홀리다
나무를 안고서 통곡하노라
부엉이도 부엉부엉 함께울고
바람도 나뭇가지에 몸부림치노라
요행히 떼를 떼여 내려갈적에
한잔을 먹고나니 먹은뒤엔 또한탄
가엾다 우리신세 두만강떼목군
온몸에 무거운빛 걸머지고서
두만강 물결따라 흘러흘러 가노라.

(허성락 창, 리상각 채집)

초한가

원문이 월흑하니
수운이 기울어져
초패왕은 초를장차
잃는단 말가
력발산도 쓸데없고
기개세도 할일없다
칼짚고 일어서니
사면이 초가로다
우혜우혜 내약하니
낸들너를 어이하리
삼보에 주저하고
오보에 체읍하니

삼군이 흩어지고
마음이 산란하다
평생에 원하기를
금고를 울리면서
강동으로 가졌더니
불의에 패망이니
어찌다시 낯을들고
부모님을 다시뵈며
초강사람 어이보리
백대영웅 호걸들아
초한승부 들어보소
절인지용 부질없고
순인심이 으뜸이라
한패공의 백만대병
구리산에십년 매복진치고
패왕을 잡으려할적에
병마장군 도원수요
결식표모 한신이라
대장단 높이앉아
천하에 호령할제
팽성도 오백리에
거리거리 복병이요
골마다 매복이라
묘계많은 리좌거는
초패왕을 유인하고
산잘놓는 장자방은
계명산 추야월에
옥통소를 슬피불어
팔천제자 흩을적에

그노래에 하였으되
구추삼경 깊은밤에
하늘높고 달밝은데
청천에 높이떠서
울고가는 저기러기
객의수심 돋우는고
변방만리 사지중에
정벌하는 저군사야
너의패왕 세곤하니
전쟁하면 죽을테라
철갑은 굳이입고
날랜칼을 빼여드니
천금같이 귀한몸이
전쟁고혼 되리로다
너의처자 소년들은
한산락엽 찬바람에
핫옷지어 놓아두고
오늘이나 소식오나
래일이나 소식오나
옥같은 고운얼굴
망부하는 고운처자
깊은간장 썩은눈물
밤낮으로 흘리면서
이마우에 손을얹고
나가던길 바라볼제
망부석이 되단말가
남산아레 장찬밭은
어느장부 갈아주며
태호정리 빚은술은

뉘로하여 맛을볼가
어린자식 애비불러
에미간장 다녹이누나
우리랑군 떠날적에
중문에서 손을잡고
눈물짓고 이른말이
청춘홍안 두고가니
명년구월 돌아오마
금석같이 맺은언약
방촌간에 깊이새겨
잊지마자 하였건만
원앙금 앵두침에
전전방측 생각할제
팔년풍진 다지나가고
죽었는가 살았는가
적막사창 빈방안에
너의부모 장탄식을
뉘로하여 화답하며
부모같이 깊은정은
천지간에 없건마는
랑군그려 설은마음
차마진정 못할지라
오작교상 견우직녀
일년일도 보건마는
우리는 무삼죄로
좋은연분 그리는고
초진중에 장졸들아
너희어찌 좋은정을
팔년풍진 사지중에

저때도록 늦추느냐
천명귀어 한왕하니
가련하다 초패왕은
어데로 간단말가
팔년풍진 대공업이
속절없이 되었구나.

（조종주 창, 김태갑 채집）

전쟁가

회초참치 취참끝에
적벽강산 패군장졸
이리저리 모여앉아
신세자탄 울음울제
목볼견 못보겠소
어떤군사 내다르며
신세자탄 하는 말이
만군지중 나갈적에
당상학발[1] 량친님은
못가리라 울음울고
청춘애처[2] 장손오마니
시부모가 우시니까
크게 울진 못하고
돌아앉아 치마폭쓰고
흐득흐득 느껴울며
서러워서 하는 말이

못갈레라 못갈레라
나를 두고 못갈레라
녀필은 종부라[3] 하니
서방님따라 나도 가겠소
일곱살먹은 장손에놈
서당갔다 들어오며
천자벽수 문밖에다
와리리 내던지며
화닥닥 달려들어
아부님 군복자락 잡고
서러워서 하는 말이
아부지 아부지
오늘은 무슨 날이관대
군복자락이 웬말이요
아부님 가는곳 나도 가오
아부님 가는곳 소자도 가오
아가 못갈 말을 네 들어라
길이 멀어 못간단다
물이 깊어 못간단다
산이 높아 못간단다
길이 멀다 못가리
물이 깊다 못가리
산이 높다 못가리
산 생기자 그늘이요
뿌리에서 싹이 나고
드덜기에서 홰초리 날지라
아부지 있길래 나났갔지
부자일신 한몸이라니
아부님 가는곳 소자도 가오

아가 장손아
못갈 말을 네 들어라
만일에 너도 가고 나도 가고
우리 부자 다 갔다가
금년 신수 불행하여
한번 아차 실수 잘못되여
감장콩 한알씩 먹고
메나리 살짝 하게 되면
후대벙사를
뉘게다 전하단 말가
요망한 맘 먹지말구
열심으로 공부하여
상통천문 륙도상랑
지지구굴 팔괘
무불능통 배웠다가
만군지중에 나가
백전백승 승전하야
고향으로 돌아와서
도탄에 든 백성을 건지는것이
떳떳한 장부의 할일이로다
천번이나 부탁하고
만번이나 위로하여 떨궈두고
만군자주에 나가
행여나 승전하야
고향갈가 바랬더니
부견에 백운이라⁴⁾
오구갈길이 만무로구나
당상학발 량친님은
오늘이나 소식올가

래일이나 소식올가

일야지망이 간절할터이요
청춘애처 장손오마니는
새옷지어 놓아두고
긴한숨 길게 쉬며
뒤문밖을 썩 나가서
나가던 길 바라볼적에
일곱 살먹은 장손애놈
저 애비 생각 하노라고
제에미 간장 녹이느라고
먼데서부터
그 슬픈 목소리로
오마니 오마니
아무집 아무개아버진
오셨다는데
우리 아버진 왜 아니오오
장손오마니는
아가 장손아 래일 온단다
모레 온단다 하다가
나중에는 두설음이
한설음이 되어
모자간에 얼골을 마조대고
흐득흐득 느껴울적에
승상님은 죽지않고
고향으로 돌아와서
신세자탄 하는말이
아무개집 아무개는
아무년 아무달

아무날 아무시에 죽었다고
죽은날 죽은시에
밥 한그릇 물 한모금
근근히 떠놓고
전쟁객귀난 면해달라고 비는구나
우연한 세상에 홀로 났다가
전쟁고혼 될줄을
어느 누가 알았단말이냐 흥
생각을 하니 원통하고 기막혀
난 못살리로다.

(조종주 창, 김태갑 채집)

주: 1) 당상학발- 늙으신 부모.
　 2) 청춘애처- 사랑하는 젊은 부인.
　 3) 녀필은 종부라- 여자는 반드시 남편을 따라야 한다는 뜻.
　 4) 부건에 백운- 둥둥 뜬 흰구름.

제6부 신민요

노들강변

노들강변 봄버들
휘휘 늘어진 가지에다가
무정세월 한오리를
칭칭 동여서 매여나볼가
에헤야
봄버들도 못믿으리로다
흐르는 저기 저물만
흘러흘러서 가노라

노들강변 백사장
모래마다 밟은 자욱
만고풍상 비바람은
몇몇번이나 지나갔소
에헤야
백사장도 못믿으리로다
흐르는 저기 저물만
흘러흘러서 가노라.

노들강변 푸른 물
네가 무삼 망령으로
재자 가안 아까운 몸
몇몇이나 데려갔나
에헤야
네가 진정 마음을 돌려서
이 세상 쌓인 한이나
두둥 싣고서 가거라

주: 신민요. 신민요란 새롭게 창작된 민요란 개념이 아니라 1920년대말경부터 1945년 8.15

광복전까지 사이에 민요를 바탕으로 하여 창작되,[1] 민중들속에서 널리 불리워진 노래를 가리킨다. 신민요에는 나라 잃은 슬픔과 애수를 반영한 노래들이 많으며 조국의 아름다운 자연과 소박한 생활감정을 민요의 맑고 부드럽고 경쾌한 민요의 특점을 체현했는바 민족의식을 넣어주고 반일감정을 불러일으키는데서 일정한 작용을 놀았다.

신민요는 민요와 달리 작사자와 작곡자가 분명하게 있다.

≪노들강변≫ 이 신민요는 1930년 신불출(1907~1969) 작사, 문호월 (1908~1953) 작곡. 노래는 봄이온 조국의 아름다운 자연경치를 노래하면서 일제의 식민통치밑에서 무권리하고 고되게 살아가는 인민들의 불우한 처지와 슬픔을 표현하고있다. 이 노래의 선률은 가벼운 률동성과 연하고 부드러운 정서로 일관되여있으며 통속성 그리고 악곡에 고유한 민족정서와 아름다운 선률로 하여 지금까지도 우리 겨레들속에서 애창되고있다.

꽃망태목동(1)

꽃망태 둘러메고
소를 모는 저 목동
고삐를 툭툭 치며
코노래를 부르며
이랴 웅 어서 가자
정든님 기다린다

석양산 바라보며
소를 모는 저 목동
곰방대 툭툭 치며
잎담배를 피우다가
이랴 웅 어서 가자
음 이랴 쯧쯧쯧
정든님 기다린다.

주: 신민요. 1938년 조령출(조명암, 1913~1993) 작사, 김룡환(1912~1949) 작곡.

꼴망태목동(2)

청노새 안장위에 피리부는 초립동
애송이 풋상투가 새 낭자를 찾아간다
이랴 훙 어서 가자 정는님 기다리실라
으응 이라 쯔쯔 멤

양산도 고개마루 싱글벙글 초립동
꽃가마 울렁울렁 새 랑자를 싣고 간다
이랴 훙 어서 가자 정든님 기다리실라
으응 이라 쯔쯔 멤

———————

주: 신민요. 1938년에 추미림(신원 미상) 사, 김룡환(1912~1949) 곡.

노다지

노다지 노다지 금노다지
노다지 노다지 금노다지
노다진지 지랄인지 알수가 없구나
나오라는 노다진 아니 나오고
칡뿌리만 나오니 성화가 아니냐
엥야라 차 차 차 엥여라 차 차 차
눈깔먼 노다지야 어디가 묻혔길래
요다지 태우느냐 사람의 간장을
엥여라 차 차 차 엥여라 차

노다지 노다지 금노다지
노다지 노다지 금노다지
노다진지 지랄인지 알수가 없구나
나오라는 노다진 아니 나오고
도라지만 나오니 성화가 아니냐
엥여라 차 차 차 엥여라 차 차 차
논팔고 집팔아서 모두다 바쳤건만
요다지 태우느냐 사람의 간장을
엥여라 차 차 차 엥여라 차

주: 신민요. 1940년 김룡환 (김영파 1912~1949)작사, 작곡.

봄 이 왔네(처녀총각)

봄이 왔네 봄이 와
수처녀의 가슴에도
나물캐러 간다고
아장아장 들로 가네
산들산들 부는 바람
아지랑타령이 절로 나네
음 음 음 음

괭이 들고 밭가는
저 총각의 가슴에도
봄은 찾아왔다고
피는 끓어 울렁울렁

콧노래도 구성지다
멋들어지게 구성지네
음 음 음 음 ─

봄아가씨 긴 한숨
꽃바구니 내던지고
버들가지 꺾어서
양지쪽에 반만 누워
장도 든손 삭둑삭둑
피리 만들어 부는구나.
음 음 음 음 ─

주: 신민요. 1933년 유도순(1904~1938) 사, 김준영(1908~1961) 곡. 일부 조선족들속에서
≪봄노래≫, ≪봄타령≫이라고 불리우기도 한다.

봄노래

오너라 동무야
강산에 다시 때돌아 꽃이 피고
새우는 이봄을 노래하자
강산에 동무들아 모두다 모여라
춤을 추며 봄노래 부르자

오너라 동무야
소리를 높이 봄노래 부르면서
이강산 잔디밭 향기우에
민들레꽃을 따며 다같이

이봄을 찬미하자 이봄이 가기전에

오너라 동무야
피리를 맞추어 이노래 부르면서
엉큼성큼 뛰여라 씩씩하게
봄잔디 풀밭우에 다같이 뛰잔다
엉큼성큼 이봄이 가기전에.

————————

주: 신민요. 원작은 김서정(신원 불명) 작사 작곡, 동요로서 성인들속에서도 많이 불리웠으
며 가사가 고쳐져 항일부대에서도 널리 불리웠다.

봄이 오네

쾌지나 칭칭나네 쾌지나칭칭 나네
하늘높이 종달새 노래
이산 저산에 봄이 오네
봄철이오네 님이 오네
우리네 청춘도 봄맞이 가세
강물 풀려 고기배 뜨더니
님 실은 배도 돌아오네
봄이 간다 설어를 마소
봄이 간다고 님도 가랴
님은 있고 봄만 가는
록수라 청산에 여름이 와요

————————

주: 신민요. 1935년에 추야월(1911~졸년 미상) 작사 , 김교성(1904~1961) 작곡.

봄맞이

얼음이 풀려서
물우에 흐르네
흐르는 물결우에
겨울이 간다
어야디야 어야디야
어허어야 노를 저어라
응 봄맞이 가자

내가에 수양버들
실실이 늘어져
흐르는 물결우에
봄편지 쓴다
어야디야 어야디야
어허어야 노를 저어라
응 봄맞이 가자

주: 신민요. 1930년 윤석중(신원 미상) 사, 문호월(1908~1953) 곡.

앞강물

앞강물 흘러흘러 넘치는 물결도
떠나는 당신길을 막을수 없거든
이내몸 두줄기 흐르는 눈물을
어떻게 당신이 막으리요

굳은비 후둑이는 내 눈물방울
달빛은 적막한데 당신의 그 얼굴
영화로 오실날을 비옵는 내 마음
대장부 어떻게 막으리요

홍상을 거듭거듭 님앞에 와서
불빛에 당신 그 얼굴 보고 또 보면서
한많은 이밤을 새우지 말고
날새면 리별을 어찌하나

주: 신민요. 1932년 김릉인(생년 미상~1938) 작사, 문호월(1908~1953) 작곡.

초립동 서방

밀방아도 찧었소
길쌈도 하였소
물명주 수건을 적시면서
울어도 보았소
아리아리 살짝 홍
스리스리 살짝 홍
고초당초 맵다한들
시집보다 더할손가
떠나간다
간다간다 나는 간다
간다간다 나는 간다
서방님 따라간다

시누이도 섬겼소
콩밭도 매였소
모본단 저고리 걸어놓고
보기만 하였소
아리아리 살짝 흥
스리스리 살짝 흥
시어머니 잔소리는
자나깨나 성화로세
떠나간다
간다간다 나는 간다
간다간다 나는 간다
우리님 따라간다.

_____

주: 신민요. 추미림(신원 불명) 개사, 김룡환(1912·~1949) 곡.

울산타령

동해나 울산에 잣나무 그늘
경개도 좋지만 인심도 좋구요
큰애기 마음은 열두폭 치마
실백자 얹어서 점복쌈일세
에 에헤라
동해나 울산은 좋기도 하구려

울산의 큰애기 거동 좀보소
님오실 문전에 쌍초롱 걸고요

삽살개 재워놓고 문밖에 서서
이제나 저제나 기다린다네
에 에헤라
동해나 울산은 좋기도 하구려

울산의 큰애기 심정을 보소
가신님 기다려 애타는 마음
이마에 손얹고 넋없이 서서
언제나 오시나 그리운 님아
에 에헤라
동해나 울산은 좋기도 하구

울산의 앞바다 보기도 좋고
새파란 물결에 갈매기 넘실
북소리 둥둥 쳐올리면서
어여차 닻감고 들어온다.

주: 신민요. 1938년 고마부(신원 미상) 작사, 조령출(조명암 1913~1993) 개사,
리면상(1908~1989) 작곡.

능수버들(신 천안삼거리)

천안도 삼거리 능수나 버들은
제멋에 겨워서 축 늘어졌구나
능수야 버들이 꺾어를 지며는
이몸도 서러워 늙어만 가누나

삼가나 합천에 머루야 다래는
제철을 만나서 익어만 가는데
무심한 봄바람 날 속여놓고
리별이 서러워 몸부림치누나

성주나 합창에 명주야 비단은
정든님 손길에 다듬어지는데
능수야 버들에 세월을 감고
잡아라 놓아라 발버둥치누나.

_____

주: 신민요. 1935년 추야월(1911~졸년 미상) 사, 김교성(1904~1961) 곡.

팔경가

에 금강산 일만이천
봉마다 기암이요
한라산 높아높아
속세를 떠났구나
에헤라 좋구나 좋다
지화자 좋구나 좋다
명승의 이강산은
자랑이로구나

에 석굴암 아침경은
못보면 한이되고
해운대 저녁달은

볼수록 유정해라
에헤라 좋구나 좋다
지화자 좋구나 좋다
명승의 이강산은
자랑이로구나

에 백두산 천지가에
선녀의 꿈이 피고
압록강 여울에는
떼목이 경이로다.
에헤라 좋구나 좋다
지화자 좋구나 좋다
명승의 이강산은
자랑이로구나

주: 신민요, 1935년 왕평(리웅호, 1901~1941) 작사, 형석기(1911~졸년 미상) 작곡, 원곡
명은 《조선팔경가》.

아리랑 랑랑

봄이 오는 아리랑고개
님이 오는 아리랑고개
가는 님은 밉상이요
오는 님은 밉상이라
아리아리랑 아리랑고개는
님오는 고개 넘어넘어
우리 님만은 안 넘어와요

달이 뜨는 아리랑고개
나물 캐는 아리랑고개
우는 님은 건달이요
웃는 님은 도련님이지
아리아리랑 아리랑고개는
님오는 고개 넘어넘어
우리 님만은 안 넘어와요

주: 신민요. 1941년 박영호(1911~1953) 작사 김교성(1904~1961) 작곡.

삼아리랑

아리랑 아리랑 아리아리아리랑
아리랑고개로 넘겨주소
아리랑 강남은 천리나 언덕
정든님 올 때만 기다린다네
아리아리아리 넘어서
구월 단풍 좋은 시절에
두견아 음 음 음
우지를 말어라 우지를 말어

주: 1신민요. 1935년 리면상 편사, 리면상 곡.

닐리리

닐리리야 닐리리야
니난 난실로 내가 돌아간다
닐닐 닐리리 닐리리야

노다가오 노다가오
저달이 지도록 노다가오
닐닐 닐리리 닐리리야

왜왔던고 왜왔던고
울리고 갈길을 애왔던고
닐닐 닐리리 닐리리야

청사초롱 불밝혀라
잊었던 랑순이 찾어왔다
닐닐 닐리릴 닐리리야

이왕지사 왔던 길에
발치잠이나 자고가요
닐닐 닐리리 닐리리야

간다간다 나는 간다
어덜덜거리고 내가 돌아간다
닐닐 닐리리 닐리리야

주: 신민요. 박성호(1911~1953) 사, 김월신(신원 미상) 곡.

사랑가

수박같이 둥글사랑
참외같이 달게삭여
박석¹⁾같이 맑은정이
앵도같이 붉게익어
석류같이 멋이있게
배년해로를 하자꾸나 응
백년해로를 하자꾸나

벗과같이 쓴살림도
홍시같이 달게삭여
포도같이 토실토실
호박같이 살이지고
오이같이 순한정이
백년해로를 하자꾸나 응
백면해로를 하자꾸나

복사같이²⁾ 푸른청춘
대추같이 주름돋어
호도같이 굳은 맹세
잣과같이 변치않고
참외같이 귀여웁게
백년해로를 하자꾸나 응
백년해로를 하자꾸나

_____

주: 신미요. 1934년 작사 미상의 가사에 리면상(1908~1989) 작곡.
　　1) 박석— 박속
　　2) 복사— 복숭아

장기타령

에 상투박이 저 로인네
뚜각 때각 뚜각 때각 장기만 둔다네
장이야 군이야 장받아라
상이 뜨면 포 떨어진다
얼씨구 지화자 좋아
절씨구 두어야 장기지
얼싸 장군을 받어라
엣다 멍군이 이 아니냐
대명천지 밝은 날에
긴 담배대 곁들어 물고
에 장기판 술 한상에 세월이 간다

에 풍월짓는 저 로인네
뚜각때각 뚜각때각 장기만 둔다네
장이야 군이야 장받아라
포가 뜨면 차 떨어진다
얼씨구 지화자 좋다
절씨구 두어야 장기지
량수 겸장을 받어라
엣다 멍군이 이 아니냐
청월명월 달 밝은데
은동곳이 제멋에 까딱
에 장기판 일만수에 세월이 간다.

주: 신민요, 김룡환(1912~1949) 사, 곡.

은실금실

은실금실 오색당실
두손에다 갈라쥐고
달도달도 밝은빛을
고이고이 잡아매여
너구나구 자는방에
대롱대롱 달아놓세

살랑살랑 바람불제
밝은달빛 춤을추고
은실금실 엉키여서
오색무늬 곱게되여
너구나구 머리맡에
무지개가 어리였네.

─────────────
주: 신민요. 1935년 작자 미상의 가사에 리면상(1908~1989) 작곡.

장타령

작년에 왔던 각설이
죽지도 않고 또 왔네
품바 품바 잘한다.

랭수동이나 먹었는지
시원시원 잘한다

기름동이에 빠졌는지
미끈미끈 잘한다
품바품바 잘한다

장대골에 제비장
코풀었다 홍선장
육날 메투리 신천장
아궁앞에 재령장
바람불었다 풍천장
예쁜 색시 안악장
울고가는 곡산장
품바품바 잘한다

주: 신민요. 1942년 서항석(신원 미상) 작사, 형석기(1911~졸년 미상) 작곡.

당기당타령

당기당 둥둥 당기당 둥둥
어렴마 얼싸 당기당동
빈대란 놈 빨기를 잘하니
아편쟁이로 돌리고
벼룩이란 놈 뛰기를 잘하니
사냥군으로 돌리자
당기당동 동동동동 동기당동동
어렴마 얼사 당디당동

당기당 둥둥 당기당 둥둥
어렴마 얼싸 당기당동
앵무란 놈 말을잘하니
변호사로 돌리고
황새란 놈 다리가 길으니
우편배달로 돌리자
당기당동 동동동동 동기당동동

당기당 둥둥 당기당 둥둥
어렴마 얼싸 당기당동
까마귀란 놈은 피질이 검으니
굴뚝쟁이로 돌리고
까치란 놈은 나무집 잘지니
목수쟁이로 돌리자
당기당동 동동동동 동기당동동
어렴마 얼사 당디당동

주: 신민요. 1939년, 조령출(조명암 1913~1993)) 작사, 박시춘(1913~1995) 작곡.

방아타령

돌밭에 해당화 발갛게 필때
우리네 가슴도 빨갛게 탄다
이 강산 좋은 강산 떠나지 말자
하늘에 뜬 구름도 달두고 간다
에헤야 좋구나 방아로구나

이 강산 좋은 강산 떠나지 말자

가을이면 벼이삭 누렇게 익고
우리네 마음도 누렇게 익네
화목한 좋은 종네 떠나지 말자
인심도 좋은 이웃 여기서 살자
에헤야 좋구나 방아로구나
이 강산 좋은 강산 떠나지 말자

앞내강변 수양버들 누가 심었나
바람 불 때 사루오루 서로 얽힌다
같은 방아 발짓하는 우리들도
강바람에 서로 얽힌 두가닥버들
에헤야 좋구나 방아로구나
이 강산 좋은 강산 더나지 말자

주: 신민요. 1932년 김동환 (1601~졸년 미상) 작사, 안기영(1900~1980) 작곡.

맹꽁이 타령

열무김치 담글 깨는 님생각이 절로 나서
걱정 많은 이 심정을 흔들어주나
논두렁 맹꽁이야 너는 왜 울어 음
걱정 많은 이 심정을 흔들어주나
맹야야 꽁이야 너마저 울어
아이고나 요 맹꽁아 어이나 하리

보리타작 하는 때는 님 생각이 절로 나서
일손 바쁜 이 마음을 달래여 주네
장마통에 맹꽁이야 너는 왜 울어 음
안타까운 이 심정을 설레여 주나
맹이야 꽁이야 너마저 울어
아이고나 요 맹꽁아 어이나 하리

주: 신민요. 1938년, 리부풍(1914~1982) 사, 형석기(1911~졸년 미상) 곡. 이 두분이 창작
한, 같은 가사에 ≪신 맹꽁이타령≫이라고 제목한 다른 곡조의 노래가 또 있음.

참고자료 목록

- ≪항일투쟁시기 노래집—항일투사 김선의 수첩에서≫(등사판, 내부발행) 연변 대학사회과학학부 편 1957년 8월.
- ≪민요집성≫ 김태갑 조성일 편주, 연변인민출판사 1981년 8월.
- ≪조선족민요곡집≫ 리황훈 주편. 연변문학예술연구소 발행. 1984년판 (朝漢대 역본, 등사판, 내부발행).
- ≪민요곡집≫ 료녕인민출판사 1980년판.
- ≪민요곡집≫ 중국음악가협회 연변분회 편, 연변인민출판사 1982년 6월 제1판.
- ≪조선족구전민요집≫ 리상각 수집 정리, 료녕인민출판사 1980년 12월 제1판.
- ≪중국조선민족문학선집≫·9 구비문학편 (하) 북경대학조선문화연구소 편찬. 민족출판사 1993년 9월 제1판.
- ≪혁명가·동요편≫·2, 연변민간문예연구조 1963년 10월(등사판, 내부재료).
- ≪노래집≫ 동북군정대학길림분교동창회준비위원회 편 연변인민출판사 1990년 2월.
- ≪60청춘닐리리≫ 연변동북군정대학길림분교교사연구회 편. 동북민족교육출판 사 1992년 8월 제1판.
- ≪팔도민요집≫ 현대악보출판사 1981년 제1판.
- ≪민요따라 삼천리≫ 최창호 저. 평양출판사 1995년.
- ≪민요삼천리≫(1) 최창호 저. 평양출판사 2003년.
- ≪민요삼천리≫(2) 최창호 저. 평양출판사 2000년.
- ≪민족수난기의 신민요와 대중가요를 더듬어≫ 최창호 저. 평양출판사 1995년.
- ≪민족수난기의 가요들을 더듬어≫(증보판) 최창호 저. 평양출판사 2003년.
- ≪한국구연민요≫(자료편) 임석재 채록. 集文堂 1997년 9월 제1판.
- ≪한국구연민요≫(연구편) 한국구연민요연구회 엮음. 集文堂 1997년 8월 제1판.
- ≪한국의 민요≫ 임동권 저. 一志社 1980년 10월 제1판.
- ≪한국민요연구≫ 임동권 저. 二友출판사 1980년 2월.
- ≪조선민속사전≫ 과학백과사전출판사 2004년 판.

2008년 7월 31일 아침